JN013574

「青春の色彩」

正　誤　表

◆6頁上段・後ろから4行目

【誤】　　　親元から離れた解放感から

【正】　　　親元を離れた解放感から

青春の色彩

菱﨑　博

本の泉社

装画　古井三恵子
題字　菱﨑　博
挿画　新谷一男
　　　藤本忠正

目次

1　桜並木の下で

今年の春は柔らかい雨の降る日が続いていています。糸のように流れてゆく雨のなかを、僕は歩いている。貴女は何処で何をしているのだろうか。『さようなら』と書かれた貴女の手紙をジャケットの内ポケットに入れ、繁華街の雑踏のなかを歩いているのです。

喫茶店のボックスを照らす朱い電球の下で、頬杖で顔を傾け、笑窪を浮かべ、黒い瞳を細め、爽やかに話しかけてくる貴女を思い出し、僕は涙を流しています。

僕にとって貴女の存在とは、どのようなものだったのか。あの鴨川の河川敷で貴女と巡り合ったのに、未熟で世間知らずの僕は、貴女の生き方が理解できずにいたのです。

貴女がこの学園の町から去った後、僕は自分の愚かさに気付きました。春と共に去っていった貴女を、もう呼び戻すことはできないのだろうか。

佳菜さん、貴女と、青春という月日に関わって来たこの一年。実に夢のような一年であり、今振り返る僕にとって、信じることができない別れでもあったのです。

振り払っても、振り払っても、貴女と共有した日々の出来事が、物語のように浮かんで来ます。

僕には到底考えられない苛酷な環境に育ちながら、貴女は清らかで明るく懸命に今を生きていましたね。また、困難に立ち向かおうとする貴女の眼差しを思う時、安易な言動や虚栄心で他人を傷つけてはならないと、僕は誓いを立てたのです。そしてその結果、自身の人生の汚点になったとしても、貴女と歩んだ青春の日々を書き残すことを決意しました。それが貴女への償いだと信じたからです。

僕は柴田隆一と言います。岐阜で大学入試に失敗した僕は、その翌年京都のR大学に入学しました。京都に来てから四年、終戦直後の一二月生まれで一浪していますから、今年二三歳。本来ならこの春卒業の予定でしたが、単位数が足らず留年することになったのです。貴女から手紙が届いたのは、四月より二部に編入し求職活動をしていた矢先のことだったのです。

思い返せば、貴女と出会ったのが昨年の四月を迎えたころでした。R大学に入学後、親元から離れた解放感から気ままな生活を過ごしていた僕は、二回生までに取らなければならない教職の単位を残していました。このままでは卒業にも影響すると危機感を感じ、不足している単位数を三回生の間に取ろうと懸命でした。そしてようやく単位修得のめどが立ち、肩の荷を下ろしたようで清々しい日々を送っていました。

早速実家の母に単位習得を伝え、来年の春には必ず卒業できるように頑張ることを誓いました。僕の決意を聞いた母も喜んでくれました。数日後、仕送りと一緒に届いた母の手紙には、高山の田舎で暮らす祖父母も僕の単位習得を喜び、来年、僕が大学を卒業し立派な社会人になると信じているとのことでした。

春の盛りを迎えた僕は、洋々とした日々を過ごしていました。

「マスター、満開が近いですね」

「ええ、そうですね」

「明日ですか、それとも明後日ぐらい……」

「明日じゃないですか、今、八分咲きでしょう。今年は春先から暖かかったでしょう」

「楽しみだなあー。明日もこのぐらいの時間に来ますから」

「はい、お待ちしてますね」

「マスター、何時もの曲、入ります」

「ヴィヴァルディの、四季でよかったですか」

「はい、お願いします」

「柴田さん、コーヒーは、ブラックで」

「ええ、ブラックで」

僕は四月に入ってから午後になると、毎日のように行き付けの喫茶『リバーバンク』に通っていました。特にこの数日は何故か気ぜわしく、そわそわとした気持ちで過ごしていたのです。それは鴨川を前にした席から見る、対岸の桜の開花に気持ちの高ぶりを感じたからでもあるのですが、僕が喫茶店に入るころ、対岸の土手で寝そべって本を読んでいるその人に、興味を抱いたからでもあったのです。

次の日はマスターが予想したとおり青く晴れ渡った空に向かい、膨張して今にも飛んで行きそうな桜の花の塊(かたまり)が、手をつなぐ隆盛の雲のように咲き誇っていました。

——おっ、今日も来ているぞ——

そうです。貴女と出会ったのは、春真直中(まっただなか)のころでした。僕はその日も、川を見渡せる喫茶店の大きなガラス窓から対岸のその人を、コーヒーを飲みながら眺めていたのです。

河川敷の土手の草むらで座っていたその人は、白いスラックスにピンクのブラウス、ブルーのジャケットを着、首にはベージュのスカーフを巻いていました。髪は比較的短めで、遠くから見ていると男性なのか女性なのか、一目では判別できませんでした。しかし装いからして恐らく女性だろうと予想し、心を弾ませ対岸を眺めていたのです。

僕が鴨川を見渡せる喫茶『リバーバンク』に通うようになったのは、三ヵ月ほど前からでした。それまでは同じ学部の溝口君に誘われ、河原町荒神口の東角にある『シアンクレール』という、クラシックやジャズの流れる小さな喫茶店によく通っていました。

『シアンクレール』の店内の広さは一〇畳ほどでなかは薄暗く、通路の左右に四人掛けのテーブルがあり、右側の奥が一段上がった独立した小さな防音の部屋で、向かい合わせの二人掛けのテーブルが置かれていました。そしてその部屋だけが朱い光の電球が取り付けられていて、僕はその朱い光がとてもエキゾチックに感じ、時を忘れてリクエストをした音楽を聴き、コクのあるコーヒーを飲みながら過ごしていました。

また、左側の奥にはトイレとその前が階段で、二階にも四人掛けのテーブルが四つ、詰め込んだように置かれていました。

僕はクラシックの好きな友人の溝口君に誘われ、コーヒーを飲みによくこの『シアンクレール』に行きました。客筋も、R大学から近いこともありキャンパスで見かける顔も多く、いつも賑やかな話声が悩みのタネでしたが、朱い光の部屋に入れば音は遮られたので、その部屋が空くのを根気よく溝口君と二人で待っていました。

僕と溝口君とのことですが、あることがきっかけで交流を深める関係になって行きました。それは三回生の秋を迎えるころでした。大学側が突然来年度の学費値上げを、学生に通告してきたことからでした。それまで溝口君とは同じ学部で気が合ったということもあり、一緒にコーヒーを飲みに行ったり、教授や講師の悪口を言ったり学友の噂話を交わす程度でした。

一二月初めの寒い朝のことでした。午前中の講義に出席するため学校の近くまで来ると、校内からアコーデオンの音が聞こえて来たのです。

同時に、

——当局理事者は学友会との交渉に応じろ——

——一方的な値上げは認めないぞ——

スピーカを通して、興奮した叫び声が聞こえてきました。

『なにを騒いでいるんだろう』思いながら校門の前まで来ると、

「おい、柴田」

聞き覚えのある呼び声で顔を上げると、コート姿でマフラーを巻いた溝口君がビラを差し出していたのです。

「なんだ、溝口。何をしているんだ」

「何をのんきなことを言ってるんだ。お前は」

僕は溝口君が差し出したビラを見ました。そこには一方的な学費の値上げに反対するとした学友会のアジビラでした。

「柴田は参加していないが、先週の学生大会で、全学ストで学校側との交渉を呼びかけることを決定したんだ。柴田も参加しろよ」

「えっ、じゃあ今日の講義はどうなるんだ」

全学ストなどという過激な言葉に、講義出席の単位が取れなくなることへの不安が先立ち、全学ストに疑問を抱きました。

「こんな状況だ。できる訳ないだろう。うちの大学は貧乏学生が多いんだぞ」

溝口君の言葉で校内を覗くと、校門の正面に建っている存心館（ぞんしんかん）の前に置かれた壇上では、オレンジ色の鉢巻を締めた若い女性がアコーデオンを弾いていました。壇上が置かれた校内の広場には学友会の旗をはじめ、各学部や研究会の旗などが立ち並び、立錐の余地のないほど学生たちで埋まっていて、寒さを吹き飛ばすような熱気を感じました。

そしてアコーデオンの前奏が終わると、

——学生の歌声に　若き友よ手をのべよ　輝く太陽青空を　再び戦火で乱すな　我ら

の友情は　原爆あるも絶たれず　闘志は
火と燃え　平和のために戦わん　立てよ
団結　かたく　我が行く手を守れ――

広場を取り囲む校舎内から、地鳴りでも起こったのかと錯覚するような轟きで、『国際学生連盟の歌』の大合唱が響いてきました。その轟きを聞いた僕は身震いし、全身が総毛立ちました。

それからの僕は、全学集会や学友会の学費値上げ反対決起集会などに、溝口君に誘われて参加しました。一方、学生たちの学費値上げ反対の声は、日を追うごとに大きく広がって行きました。教授会や大学当局との連日に亘る団体交渉の結果、その年に提案された学費値上げの撤回を導き出したのでした。そして、思いもしないことが起きたのです。学費値上げの混乱で、授業を受けられなかった学生への救済措置として、レポートを提出すれば単位として認められたのです。皮肉にも学費値上げの混乱のおかげで不足していた教職の単位習得ができたのです。

それ以来、当時の僕にはよく解らなかったのですが『アメリカのベトナム侵略反対集会』や『反戦デモ』への参加を溝口君から促されて、参加をしていました。

集会で聞かされた話や展示されている写真は、僕には信じられないものでした。日本国内では、集会で聞く話や写真で見る姿とは、全く違った報道がされていたのです。アメリカ軍のベトナム国民への虐殺や略奪が、日常的に行われているとの報告がされ、しかもアメリカの空母や戦闘機が、沖縄や日本の基地を起点にしているとのことでした。僕たちが住む日本は平和だと信じていたのですが、展示されている写真などを見た僕は、驚きを隠せませんでした。こうしたなかで僕と溝口君との交流が深まって行きました。

そして三月を迎えた僕は、桜のつぼみが膨らむころ、いつものように友人の溝口君とコーヒーを飲みに『シアンクレール』で待ち合わせたのでしたが、何故か店が閉まっていました。で、河原町荒神口より鴨川に向かって、喫茶店を探して歩いたのでした。

「柴田、この喫茶店、どうして『シアンクレール』というのか知っているか」

「意味はよく知らないけど、どこの国の言葉なんだろうね」

「何を言ってんだよ。日本語だよ」

「日本語……」

「ああ、『思案に暮れる』んだよ」

「なーんだ、そういうことか」

他愛もない話に笑いながら友人の溝口君と荒（こう）神口（じんぐち）通を東に向かうと、道に続く前方に大きな石橋の『荒神橋』が見え、橋の彼方には大文字山が地肌に【大】の文字を見せていました。そして僕たちがその橋に向かって歩いて行くと、橋の手前南側に鴨川に沿って建っている白壁の、小さな喫茶店を発見したのでした。

店の名前は『リバーバンク』と言い、その雰囲気は地中海の海辺に建っているような思いを起こさせ、通りを挟んだ向側には洋館風の教会が建っていました。店の前には『満足度の高い音楽を』と書いた看板が置かれ、道に面した小さな入り口の戸を引きなかへ入ると右手にはカウンターがあり、四人がけのボックスが七つ備えてあったのです。天井は意外と低く店はこぢんまりとした感じがしました。鴨川に面した東側はすべてガラス窓にしてあり、店の何処からでも川の流れと大文字山の【大】の字が見渡せました。ガラス窓に向かって左側には川を横切る荒神橋が、緩やかな曲線を描いて美しく伸びています。

店は河川敷から三メートルほどの高さに建てられているので、ランニングをしている人や自転車に乗って行く人、楽しそうに散策をしている若いカップルなど、パノラマのような空間を見下ろすことができ、僕はその日のうちにこの店が気に入ったのです。対岸の土手の芝の緑の間には道路からなだらかに降りている階段が、人を誘うかのように取り付けられていました。

僕は店の雰囲気にも惹かれ、それからというもの一人でよくその喫茶『リバーバンク』に通うようになりました。学生街なら一、二軒は見かけるような喫茶店で、なかには本格的なオーディオが置かれていました。見晴らしが素晴らしい上に好きなコーヒーを飲み、心地好い音楽が聴ける楽しみもあって、週に何度かその店に足を運んでいました。その内、店のマスターとも気安く話せるような関係にもなり、桜の満開を迎えたその日もバイオリンの名曲である、ヴィヴァルディの『四季』に聴き入っていたのです。

美しい風景に心安らかなメロディーを聴き、そしてコクのあるコーヒーを飲む。僕は穏やかに過ぎて行く時間に満足していました。

店の窓から見る川の流れは、一面光を受けた鉱石のように輝き、川面では餌をついばもうと立っている白鷺が銀色に光っているのです。対岸に並ぶ桜並木の花は、それぞれが雪を付けたかのように淡く、土手の草は青く芽吹き所々菜の花が、小さな黄色い花を付けていました。そして最も心を奪われたのは、新緑に輝くなだらかに並ぶ東山の連なりでした。山並みの左に聳(そび)える比叡山を仰ぎ見るようにして、大文字山の山肌に【大】の文字を見せている情景は、一幅の絵を見ているようでした。まるで美を凝縮した舞台に遭遇したかのような錯覚に、僕はまどろんでいたのです。そんな気持ちが、春に同化したかのような、対岸の土手で本を読んでいるその人に心の動きを止められ眺めていたのです。

佳菜さん、それが貴女だったのです。

しばらくヴィヴァルディの音楽に聴き入っていた僕は、その日は学校の前で溝口君と待ち合わせていて、その時間が近付いているのに気付き、店を出ようとカップのコーヒーを飲み干し店を出ました。そして対岸に座っている貴女を一目見てから学校へ行こうと、川端通りに向かって橋を歩いて行きました。橋のなかほどで欄干に手を添え、土手に目をやったのです。すると、土手に座っていた貴女が、片方の手を付き何かぎこちなさそうにゆっくりと体を起こし、手にしていた本を足の方に向け投げ付けたのです。

――ん、何をしているんだろう――

不思議に思った僕は、貴女を凝視していました。すると今度はゆっくりと足を曲げ履(は)いていた靴を手にして、前方の地面に向けその靴を投げたではありませんか。靴は小さく跳ね、草のなかへ隠れてしまいました。貴女はそっと体を前に曲げ、覗くようにして靴を投げた方に見入っていました。そして前に転がっていた靴を拾い、草むらを見ているようでした。ところが、次の瞬間でした。貴女は手にしていた靴を落し、腰を屈め両手で顔を覆(おお)ったではありませんか。僕は貴女に何か異変が起きたのだと直感し、土手を目指して橋を駆け渡ったのです。何故僕がそのような行動を取ったのか到底説明などできません。

　そして土手に立って貴女を見ました。貴女は顔を覆い激しく肩を揺らせて泣いていました。僕は胸の高鳴りを意識しながらゆっくりと土手を下り、貴女に近付いて行きました。

　どうしたことでしょう。貴女の立っている横にはカセットラジオが置かれていて、驚いたことにそのラジオから流れて来た曲は先ほどまで僕が喫茶店で聴いていた、ヴィヴァルディの『四季』のメロディーだったのです。僕は、とても偶然とは思えぬ胸騒ぎを抑えながらゆっくりと土手を下り、顔を覆っている貴女の前に立ちました。

「どうかしたの……」

　ときめきと喉の渇きを意識していた僕は、上ずったかすれ声を発していたのです。貴女は顔を覆ってはいるものの、ショートカットの髪の間から、愛らしい耳が見え桜貝のような薄桃色のイヤリングが、ふくよかな耳朶(みみたぶ)で小さく揺れていました。しかし駆け付けた動機を思えば、そうした心の内を気付かれる訳にはゆかないと思いました。僕は穏やかな顔作りを意識し、ゆっくりと話していました。

　貴女は僕の問い掛けに言葉もなく、顔を伏せ屈み込んでいました。屈んでいる貴女の黒髪に桜の花びらが、揺れながら舞い降りて来たのです。

――ああー、は、花びらが――

　僕は理由もなく感嘆し、両膝を震わせたのです。

「あのー、何かあったの……」

僕の二度目の言葉に貴女は顔を上げ、そっと前方の草のなかを指差しました。涙をにじませ眉を寄せ唇を震わせたその顔は、今にも声を上げ泣き出すのではと思うほど悲壮な表情でした。

僕は貴女が指差す辺りを見渡しました。そこには単行本が、扉を開けたように投げ捨てられていました。

「本の、横です」

僕は貴女の小さな声に、顔を本に近付けて見ました。すると本の横の草のなかに身が半分にちぎれた小さなトカゲが、草の間に横たわっていました。

——なーんだ——

僕はトカゲの赤ちゃんだと知って、得意な思いになったのです。

「トカゲの赤ちゃんだよ」

そう言った僕は半分にちぎれたトカゲの赤ちゃんを摘んで、川に向かって投げようと歩き出したのです。

「止めてください」

「えっ」

小さいが、はっきりとした声が聞こえてきました。僕はその言葉に振り返って、貴女をじっと凝視しました。

何故なら、その小さなトカゲに貴女が何を思い感じているのか、僕にはまったく理解ができなかったからでした。事実貴女はトカゲの出現に恐怖を覚え、その存在を否定するかのような行動を取り、そしてその結果投げ付けた靴が当たってトカゲが死んだ。その恐怖を引き起こしたトカゲを取り払おうとする僕の行為に、どうして異議を唱えるような発言をするのか。僕は眉を寄せ、貴女を見つめていました。靴を履いた貴女は、スラックスのポケットからティッシュを取り出し、それを広げ、

「そのトカゲの赤ちゃん、ここに置いていただけないでしょうか」

恐る恐る言って、じっと僕を見上げたのです。僕は涙を滲ませた貴女の黒い瞳のなかに、意思の強さを感じました。

「この赤ちゃん、もう死んでいるよ」

貴女の言葉の真意が理解できず、トカゲを掌に乗せ死んでいることを伝えました。

「ええ、分かっています。でもその赤ちゃんを、私に返していただきたいのです」

「返す、の……」

「ええ、返してください」

眉をしかめた貴女は、訴えるように話し掛けて来ました。僕は前に立つ貴女をじっと見つめていました。

何かに怯え、何かを訴えているかのような、潤んだ黒い瞳に、僕は狼狽を隠せませんでした。僕は貴女の前に行き、両手の上に広げられているティッシュに、トカゲを無造作に置きました。貴女は恐怖を感じたのか少し手を震わせ、そしてそっとトカゲを包んだのです。

「そのトカゲ、どうするんです」

「戻せません」

「えっ、戻す」

貴女は僕の問い掛けに、小さく消え入りそうな声で答えました。僕は貴女の言葉に、悲痛にも似たものを感じたのです。

貴女は後ろを向き、首に巻いていたスカーフを外し、折り畳んでティッシュをその上にそっと置きました。僕は何をしているのか不思議に思い、顔を傾(かし)げて見定めようとしました。

「見ないで……」

「えっ」

「見ないでください」

「あっ、はい。すみません」

僕は貴女の言葉に戸惑っていましたが、解き放たれたように現れた、白く細い滑らかな、貴女のうなじに目を奪われていたのでした。貴女は僕の視線を遮るようにジャケットの襟を立て、そのなかへうなじを沈めたのです。僕は赤面し、ジャケットの襟から視線を外しました。次の瞬間、貴女は土手へ駆け上がりスカーフを両手に握り締め、川上に向かって走りだしたのです。

僕は貴女の走る後ろ姿を、呆然と見つめていました。

――ちえっ、なんだよ。どうしたっていうんだよ――

虚ろな思いで呟いていました。そして憮然たる思いで貴女が座っていた草むらに、体を投げるように横たえました。

その時でした、草むらのなかに取り残されたカセットラジオから、ヴィヴァルディの四季のメロディーが、僕を現実の世界へと引き戻したのです。

「あっ、おーい、本とカセット、カセットラジオ忘れてるぞー」

僕は本とラジオを手に大声で叫び、小さくなっていく貴女の後を追ったのです。

2　学生街の喫茶店

「おーい、本とカセット、カセットラジオ忘れてるぞ」

僕は土手を走る貴女の後を懸命に追いました。今、思い返せば、その存在に初めて胸を熱くした女性。僕が初めて運命的な出会いだと感じたのが貴女だったのです。

僕はカセットラジオを抱え土手を駆け上がり、大声を上げ貴女を追って懸命に走ったのです。そんな僕を、川辺に集う花見客が見ているようで恥ずかしさを感じながら貴女の後を追いました。そして先ほどまで前を走っているはずの貴女を、人ごみのなかに見失いました。僕は貴女を見失った辺りを見渡しました。河川敷にはランニングをしている人、犬を連れて散歩をしている人、家族連れで遊びに来ている人、川の浅瀬に入って騒いでいる子どもたち、そして、若い男女のグループが、

——君の行く道は　果てしなく遠い　だのに
　ー何故　何を探して　君は行くのかそん
　なに　してまで——

ギターやハモニカを奏で大声で歌っていました。なかには、桜の木の下で茣蓙を敷き酒盛りで歌い踊っている人たちもいたのです。人の間を抜け、僕は懸命に貴女を捜して歩きました。しかし貴女を見つけることはできませんでした。

僕は心のなかで呟きました。

——白のスラックス、ピンクのブラウス、ブルーのジャケットにベェジュのスカーフ——

五分ほど捜したでしょうか、結局貴女を見つ

けることができず本とカセットラジオを抱え、貴女が寝そべっていた土手に腰を下ろしました。そして目映く光り輝く川面を見ながら、貴女の潤んだ黒い瞳、愛らしい耳朶で揺れる桜貝のような薄桃色のイヤリングを思い浮かべていたのです。

「あの、すみません」

後からの声に振り返りました。

「カセットラジオ、返していただけないでしょうか」

土手を見上げると、桜の木の陰から貴女が現れ、僕を見下ろしていたのです。僕は思わず土手へ駆け上がりました。

「カセットと本を渡そうと思って、君を追っかけたんだけど、見失ったんだ」

僕は何故か気恥ずかしく、カセットラジオと本を差し出しました。

「すみませんでした」

貴女は心なしか顔を傾け覗くように僕を見上げ、呟くように言ったのです。その濡れた黒い瞳の奥に、はにかみを感じさせる表情があり、僕は愛らしさを感じたのでした。貴女が受け取ろうとしてラジオを持った時、スイッチが入ったままだったのでしょう。流れて来た音は小さくささやいているような、ヴィヴァルディの四季のメロディーが流れているのに、僕も貴女も気付いたのでした。

「ヴィヴァルディ、好きなの……」

僕は、さもクラッシック音楽に精通しているかのように、目を細め口元をほころばせながら、ゆっくりとした口調で貴女に話しかけたのです。が、告白すれば半年ほど前に友人の溝口君から薦められ、クラッシックを聴き出したのが実際だったのです。ですから、ヴィヴァルディの他に何人かの作曲家の代表曲しか、その時の僕は知らなかったのです。

ところが、

「ええ、バロックなので……」

「えっ、バロック」

「はい」

「そっ、そうなんだ」

貴女は僕の問い掛けに、小さな声で恥じらいながら答えました。

貴女のその言葉を聞いた僕は、体が硬直し汗が出る思いでした。貴女の言ったバロックという言葉が、この場合において何を意味しているのか、その時の僕は理解していなかったのです。僕は恥ずかしさで頭に血が上ったように感じ、無理に笑顔を作っていました。

「ご迷惑をおかけして、すみませんでした」

「い、いえ……。あ、あの……」

頬を仄かに赤く染めた貴女は頭を下げ、カセットラジオと本を受け取ると、振り向きもせず背を丸め土手を去って行ったのでした。

僕は心残りを感じながらも自身の恥ずかしさもあり、貴女に声を掛けることもできず荒神橋を渡って遠ざかって行く貴女を、じっと見つめていたのです。時折首に巻かれているベージュのスカーフが、緩やかな風になびいていました。僕はそんな貴女を、先ほどの女性とは別人のように感じ、呆然と眺めていたのです。

貴女と出会ってからの僕は、大学の講義にもゼミにも身が入らず、キャンパスへも義務的に通っているだけでした。そして貴女にもう一度会いたく思い、土手が見渡せる、喫茶『リバーバンク』へも何度か行ったのですが、芝生には貴女の姿はありませんでした。

正直に言えば、鴨川の土手で貴女と出会ってから、僕の頭は貴女のことでいっぱいになっていたのです。

――あの女性は学生だろうか。歳は僕と同じぐらいかな。もう一度会うことはできないかなあ――

貴女の黒く潤んだ瞳と、季節に同化したかのような彩りとその存在感が、脳裏に焼き付いて離れませんでした。

貴女との出会いから一週間ほどが過ぎたでしょうか。目が覚めると前日の夜半からの雨が降り続き、僕の心も何故か憂鬱でした。僕は午前中の講義にも出ず繁華街に出向き、ショーウィンドーに飾られているジーンズや靴を見たりして歩いていました。昼食と夕食はラーメン・ライスですませ、本屋に入って雑誌の立ち読みをし、百貨店をうろつき喫茶店でコーヒーを飲み、新聞を読んで時間を過ごして下宿に帰ったのです。

帰ったのは夜の八時を過ぎていました。僕は部屋に入ると体を横たえテレビを点けました。流れて来る歌番組にボンヤリと耳を傾けていると、人気グループの狩人が歌う「あずさ2号」やガロの「学生街の喫茶店」という歌が流れて来たのです。これらの曲の美しいメロディーと、青春の失恋賛歌の歌詞がお気に入りでもあるのですが、僕は歌を聴きながら先日の河川敷での貴女とのことを思い出していました。そして思わず歌詞を口ずさんでいたのですが、歩き疲れていたのでしょう、知らない間に眠っていたようでした。

「先輩、先輩、石村です。起きてますか」

どれほど眠っていたのか定かではありませんが、テレビも部屋の明りも点けたまま寝ていたようでした。入り口の戸を叩き僕を呼ぶ声で目が覚めました。僕を訪ねてきたのは同じ下宿で隣の部屋に住む、一年後輩で産業社会学部所属の石村君でした。

「おう、石村、開いてるから入れよ」

「何ですか先輩、寝てたんですか」

石村君は何時もと違い、アイロンのかかった白いカッターに青いベストを着、蝶ネクタイ姿で手に瓶を下げて入って来ました。それがアルコールだと僕は直感したのです。

「知らん間に寝ていたよ。石村、もう何時だ」

「一時ぐらいですかね」

「そうか、もう一時か。石村、バイトは終わったのか」

「今、帰ったところですよ」

「何時もより遅かったんだな」

「ええ、今日は当番の日ですからね、店内の掃除をしないと帰れないんですよ。でもねえ先輩、当番の日はねえ、いいことがあるんですよ」

そう言いながら、石村君はテーブルの上に持っていた瓶を置きました。見ると石村君のような貧乏学生には手に入らない、ジョニーウォーカーの黒ラベルでした。『ジョニ黒』と言えば実家に帰った時、サイドボードに入れてある父親専用のものを、母親に気付かれぬよう何度か口にしたぐらいでした。テーブルに置かれた瓶を見ると、琥珀色の液体が中ほどでゆれていました。

「どうした石村、えらく豪勢じゃないか」

「そうでしょ」

石村君は笑いながら瓶を取り上げ、黒いラベルを僕の目の前に示しました。

「先輩、本物、本物の黒ですからねっ」

「本物らしいな」

石村君は誇らしげに言い部屋のなかを見渡しました。僕の部屋といえば入り口を開けると小さな流し台があり、その次が押入れの付いた四畳半の和室でトイレは共同で各階にありました。部屋にある物といえば、小さな本棚に入れてある辞典と何冊かの本に雑誌、横には実家から運んで来たテレビにタンスがあり、部屋の真んなかにテーブル、流しには一人用の小さな冷蔵庫にガスのレンジが一つ、その横に鍋とヤカン、茶碗が一つに箸二組とスプーンが二本、そしてコーヒーカップとグラスと湯飲みが幾つか置いてあり、それが僕の持っている総てでした。部屋の壁には小さなホウキが掛けてあり、見るからに雑然とした部屋でした。

「石村、何を探しているんだ」

「あてですよ。あて。ねえ、先輩、摘む物はありませんかね」

「あて……。そうだ、確か冷蔵庫に、生協で買ったキュウリのキューちゃんがあるはずだ」

僕はそう言うと立ち上がって流しに行き、冷蔵庫を開けました。ガラーンとした小さな冷蔵庫のなかには、たった一皿しか入っていませんでした。僕は皿に盛られているキュウリのキューちゃんを取り出し、グラスと一緒にテーブルに置き、おどけたように石村君に尋ねたのです。

「石村、その黒、俺にも飲ませてくれるのか」

「何を言ってるんですか、そのために持って来たんですよ」

「でもさ、お前そんな高い代物、どうして手に入れたんだ」

まだ僕の場合はアルバイトをしなくてもいいくらいの仕送りがあるのですが、石村君は僕の半分ぐらいの仕送りで奨学金も受け、その上アルバイトもしなければならないのに、どうして黒ラベルのような高級なスコッチが買えたのか、理解ができませんでした。

「先輩、話は乾杯をしてからですよ」

そう言って石村君はコップに黒を注ぎました。コップのなかでは琥珀色のスコッチが怪しく波打っていました。一口、そっと飲むと、仄かな香りと共に穏やかな温もりが、胸を通り過ぎて行くのを感じました。

「うまいっすね、先輩」

「うん、やはり黒は違うね。俺たちなら良くて赤ぐらいだから、なっ」

僕は久々に飲む黒の滑らかな舌触りと、酷のある味を噛み締めながら赤との違いを感じていました。

「先輩、俺これからも時どき持って来ますよ」

「マジかよう石村、後ろに手が回るようなことしてんじゃないだろうな」

「実はねえ、先輩。カウンターの掃除の時にね、前もって黒の空瓶をポケットに入れて置くんですよ」

「空瓶をポケットに入れて、どうするんだ」

「へっ、へっ」

石村君は意味あり気に笑ったのです。

「その空瓶に何人かのお客がキィープした黒を、少しずつ入れるんですよ」

「えっ、入れる。そんなことをして客にばれてみろ、大変だぞ」

「大丈夫ですよ、先輩。お客が店で飲んでいる時は酔っているでしょう、ですから残ってるアルコールの量など、いちいち覚えていないですよ」

「いいのかそんなことして、店の人に見つかったらバイトどころじゃなくなるぞ。お前先週もダルマのウイスキー持って来ただろう」

「それがねえ先輩。この方法は店のチーフに教えてもらったんですよ」

「えっ、嘘だろう。飲み屋って、客に隠れてそんなことしてんのか」

「嘘じゃないですよ、先輩。これは内緒の話で

すがね、実はそのチーフ、同性愛者なんですよ。ひょっとすると俺、そのチーフに狙われているかも知れないんですよ」

「おい、石村。酒の話といい、チーフの話といい、本当のことか」

「本当ですよ。俺の顔を見るとそのチーフ、何だかんだと言い寄って来るんですよ。この前の当番の時も、俺がカウンターを拭いていると顔を近付けて来て、『私はねえ、宵越しのお金は持たない性分なのよ。だからねっ、お金に苦労はかけないわよ』って、俺の目を見て言うんです。俺、笑って聞き流しているんです。そうだ、ねえ先輩。今週の月曜日、夕方から雨降ったでしょう」

「えっ、月曜に雨……。そうだったかなあ」

「その日は全然お客がなくってチーフが諦めたように、『今日は駄目ね。お客、来そうにもないわね。どう、まだ早いから店閉めて、皆で飲みに行こうか』って……。それで店のチーフが、飲みに連れてくれたんですよ。ところが行った店のチーフがこれまた同性愛者だったんですよ」

「へえー、同性愛者の店ってあるんだな。初めて聞くよ。でもそれじゃ石村お前、同性愛者の挟み撃ちに遭ったんじゃないか」

「そんなことないんですがね。その二人の話を横で聞いていて、俺、背筋が寒くなりましたよ。俺も同じ同性愛者だと勘違いされたんですよ」

「俺たちそんな世界に立ち入ったことないからな。その世界にはその世界のルールがあるんだろう。俺たちには未知の世界だよ」

「それでね、連れてもらった友だちの店のチーフ、俺が座るとカウンター越しに顔を突き出してじっと俺の顔を見て、横に座っているチーフに『新顔じゃない。ねえ、私に紹介するために連れて来たの』って言うんですよ。その店のチーフの一言から、チーフ同士の会話が始まったんですよ」

「何だか知らないけどさあ、面白そうな話になって来たじゃないか」

「で、それを聞いたチーフが、『あんたねえ、今日の私、お客なのよ。余計なことは言わないでよ』『ねえ、こちらのお名前は……』俺の顔を見て店のチーフが言うと、『あんたに紹介するために連れて来たんじゃないの。私の店の新しい子よ』『あんたは若い子ばっかり目を付けるんだから』『お互い様よ。元気がいいのよ』て、笑って横のチーフ、俺の太股に手を置いたんですよ。俺、怖くて体が震え『ウワッー』って叫んで足をばたばたさせたんですよ。するとカウンターのなかにいる店のチーフが、『あら、こっちの同業じゃないの。じゃあ、止めなさいよ。彼、怖がってるじゃないの』店のチーフが言うと、横に座っているチーフが、『知らないだけなのよ。未知との遭遇よ』って笑って、俺の顎を持って頬っぺたにキスしたんですよ。俺、泣きそうな顔をして、笑っていたんですよ」

話しているうちにその時のことを思い出したのか、石村君は興奮した表情で足を振るわせ、鷲鼻を小さく動かせたのです。

「それでお前どうした、まさか相手したんじゃないだろうな」

「えっ、先輩、止めてくださいよ。そのチーフ、頭は五分刈で姿形も男の格好なんですよ。俺は女性の方が良いと思っていますから。だから俺店を出てすぐ帰ろうとしたらチーフが、『タクシーに乗って帰りなさいよ』って、俺の腕を取りタクシーを止めて乗せると座席のドアを開けて『この次はねっ』と言って、タクシー代を渡してくれたんですよ。俺怖くって、後ろの座席で顔は笑ってたんですけど、体の方は震えてましたよ」

「うまくやってんだなあ」

「俺が早出の時なんか開店前に近寄って来て、『夕食まだなんでしょ』って、弁当を買ってきてくれたりするんですよ」

「ずるずるしていたら、変なことになるんじゃないのか。そのうち断れなくなるぞ。できればそんな関係は作らないようにしないと、何のために京都まで出て来て苦学をしているのか分らないじゃないか」

「分かってますよ、先輩」

「ならいいけどさあ、今の俺たちはさあ、勉強に励んで将来のために備える期間として、親から仕送りをしてもらっているんだぞ。バイトはいいけどさあ、流されたら駄目だぞ」

僕は石村君を諭すように話していたのですが、そのくせ彼が持って来るお酒を期待している自分を意識していたのです。

「大丈夫ですよ。俺は同性愛者じゃないですから」

言いながら石村君は顔をしかめ、グラスに入っているスコッチを一気に飲み干し、キュウリのキューちゃんを口に入れ、音を立てて噛んだのです。

「石村、夜のバイトだと実入りがいいのか」

「えっ、どういうことです」

「お前最近、着る物が違ってるじゃないか」

僕の言葉に、チョッキの裾を引っ張り背筋を伸ばし、

「先輩、これですよ。これ」

と、笑いながら小指を立てて見せました。

「ふーん、彼女ができたのか」

「ええ、で、飲み屋のバイトに行ってるんですよ」

「お前、二月ごろまで塗装屋のフキツケに行ってただろう」

「あのバイトはねえ先輩、仕事が出た時だけしかないんですよ。それに塗料が服に付くとなかなか取れないし、外での仕事ですから寒い日な

んか辛くって。それに比べたら今のバイトは楽ですよ。同性愛のチーフが問題ですけどね」

「しかし、いいのか。俺たち学生は夜の世界にはなじまないぞ。特にお前は流されやすいからなあ」

「でもねえ先輩、彼女ができるかどうかの瀬戸際ですよ。綺麗事は言っていられませんよ。もう仲良くなった女の子がいるんですよ」

「それで張り切っているんだな。で、相手は誰だ、うちの学校の女性か」

「ええ、同じ学部の女の子なんですけど、俺より一つ年上なんですよ。その彼女に誘われましてねえ、それで先月彼女のグループと定例ハイキングに行ったんですよ」

「へえ、お前が、ハイキングに」

「あっ、そうだ、どうです先輩、来月の定例ハイキング一緒に行きませんか」

「ハイキング、俺が」

「ええ、男が足りなくって、前回も男は俺一人で後は女の子ばかりだったんですよ。それで『友だちがいたら紹介しろ』って、彼女に言われているんですよ」

僕は女性が多いと聞かされ、石村君の誘いに心が動いたのですが気付かれないよう平静を装っていました。

「お前は、発展が早いんだな。何をしてもいいけどさあ、勉強だけは忘れないように頭の隅に置いとけよ。お前はすぐ流されるんだから、なっ」

「有り難いですよ。俺にそんな忠告してくれるの、先輩ぐらいですよ」

「石村の誘いだけど、俺はハイキングはいいよ」

僕は石村君を窘めながら、石村君の行動力と物怖じしない人懐っこさに嫉妬を感じながら、僕には絶対真似のできないことだと思っていました。

「先輩、何か近ごろ元気がないですね。気のせいかな」

「元気があるか無いか、俺の顔見て分かるのか」

「先輩とは毎日のように顔を合わせているんですよ。そのくらいのことは分かりますよ」

「まあね、お前と違っていろいろと考えることがあってね。俺はお前が羨ましいよ」

「いろいろと考えるのもいいですがねっ、毎日続くと体に悪いですよ。ですからねっ先輩、今度のハイキングに来て、気晴らしでもしてくださいよ」

「お前がそこまで言うんなら、まあ、考えて置くよ」

「何とか参加できるように、お願いしますよ」

「石村、俺たちは学生の身だってことを忘れんなよ。変なことになってみろ、退学だぞ」

「先輩の忠告、肝に銘じて置きます」

「女性との付き合いに、幻想は禁物だぞ」

「幻想、ですか……」

「俺の言っていること、分かってんのか」

「分かってますよ、先輩」

石村君には先輩ぶって話していたのですが、僕も年ごろの男性です。若い女性に対する関心もあったし、プライベートな女性の友だちが欲しかったのは言うまでもありません。

その日は石村君と時間の経つのも忘れて話したのですが、二人の間には人生観や恋愛観の上で大きな隔たりがあることを強く意識したのです。

3　薄桃色のイヤリング

心に強い印象として残った貴女との出会いから、一週間ほどが経っていました。僕は、貴女との再会を願い、しばらく遠ざかっていた喫茶『リバーバンク』に、久し振りに顔を出したのです。その日は朝から霧のような雨が降っていました。店の前で手にしていた傘を置き、扉を開けなかへ入ると、

チェリッシュの『ヒマワリの小径』という曲が、軽やかに美しく流れていました。

僕は肩のバッグを椅子に掛け、ガラス張りの窓際の席に座りました。

「こんにちはー」

「いらっしゃい」

カウンターの奥から白髪頭の小太りのマスターが、唐草模様の赤いバンダナを巻き人懐っこい笑顔を見せて僕を迎えてくれました。

店に入ると同時に、女性の話し声が聞こえてきました。見ると窓際の奥の席に若い女性が数人いて、それぞれがメモ用紙のような物を手に興奮気味に話し合っていました。

「ちょっと待ってよ、弘子。あいつも悪気があってしたことではないのよ。お調子者のキャラから出た行為なのよ。本質的には真面目な奴なのよ」

「だからどうだって言うの。お調子者だったら何をしてもいいというの」

「だれもそんなこと言ってないじゃないのよ」

――チッ、うるさいなあ――

――何を言い争っているんだ。少しは回りの迷惑も考えろよ――

興奮気味で頭を突き抜けるような女性の声に、僕の神経がいらだってきたのです。

僕にしてみれば静かに音楽を聴きたいと思う訳で、他の客のことも考えずに大声で話すなど、不謹慎この上ない女性たちだと腹立たしくなり、奥の席を睨み付けました。その女性たちは僕がこの店で初めて出会ったグループでした。それにしても女性たちの話し合う声が、五・六メートル離れている僕の席まではっきり聞こえて来るのです。僕は益々不愉快な気分になっていました。

「神爾谷（しんじだに）の時のことを思い出してよ。私は止めろと言ったよ。でもあいつは私の言葉を無視して、ルートを外したじゃない。結果どうだった。大事にならないで済んだけど、事故にでもなっていたら、一体誰が責任を取るの」

「男がいないから、『都合付けろ』って言ったの、弘子だよ。参加させるのに私も苦労したんだからら」

「それは分かってるわよ」

――なーんだ、男のことでの言い争いかよ――

騒がしさへの苛立ちと同時に、女性客の話の内容にいささか落胆を隠せませんでした。

「だからさっきから皆で確認してるじゃない。今後はリーダーの指示に従うよう、あいつにもきつく言っておくからさあ。今度そんな行動を取った時は皆で止めようよ。もしこの前と同じことをしたら、この次は参加させないことを私からも言っておくから」

「リーダーが言ったからって、聞くようなキャラじゃないでしょう。あいつは」

「なんなら誓約書も書かせるよ」

「誓約書、ならいいけど、あいつ、本当に書くの」

「任せて弘子、私が必ず書かせて見せるから。神爾谷の失敗を生かせばいいじゃない」

「典子、あんたそんなに軽く言うけどねえ、あの落（らく）（落石）で佳菜が怪我をしかけたじゃない。佳菜の二メートル横に石が落ちて来たのよ。だから私はしつこく言うのよ」

　席に着いてからも、僕の心は一層暗くなって行きました。奥の席から聞こえて来る少し興奮気味の女性たちの甲高い声に、何故か自分の居場所を一方的に占拠されたような思いになっていたからです。

「柴田さん、このところ、しばらく見えなかったですね」

「ええ」

　店のマスターがウォータグラスを載せたトレイを片手に、笑顔で声を掛け近付いて来ました。

「具合でも悪かったの」

「体の調子はよかったですよ。でも僕、貧乏学生ですから、バイトをしないと食って行けないんですよ。ですから少しでも割の良いバイトがあれば、もう必死ですよ」

　僕は奥にいる女性たちにも聞こえるように、少し大きな声でマスターに答えました。マスターには仕送りが少なく、バイトをしながら大学に行っていると話していたのです。

「そうでしたか。大変ですね。体に気を付けて頑張ってくださいね」

　マスターはテーブルにグラスを置き、僕の話に疑いもなく応えていました。

「花、すっかり散ったでしょ」

「花がなくなると、木の雰囲気が変わるんだなあ。なんか木がどっしりとして、随分大人びて立ってるね」

「柴田さん、コーヒーでよかったですか」

「ええ、ブラックで……」

　注文を済ませ窓を見れば、目前に広がる景色に懐かしさが沸き立ち、土手の草むらでの貴女との出来事が忘れられない過去の思い出のように浮かんできました。今は小雨のなか、傘を差した人たちが河川敷を往来していました。対岸の桜の木の奥にはレンガ造りの古風な建物が建ち、東山連峰の如意ケ嶽（右大文字山）はレースで包まれたように霞んで見えていましたが、比叡山の頂上は雲に覆われその姿を見ることはできませんでした。

「ゆっくりして行ってくださいね」

しばらくしてマスターがコーヒーを運んで来ました。

「マスター、リクエストしたいんだけど、いい」

「ええ、先に三曲ほど入っていますから、その後になりますけどいいですか」

マスターは僕のリクエストに、なぜか意味ありげに微笑みながら答えました。

「じゃあ、それが終ってからにします」

僕は久し振りに味わうコーヒーの香りを、目を閉じ強く鼻孔に吸い込みながら、ゆっくりと啜りました。すると先ほどまでの不愉快な気持ちが少しずつ解消し、咽頭から食道を通し胃での微妙な味わいに、心が落ち着いてゆくのを感じていたのです。

その時でした。

予想もしていなかったヴィヴァルディの『四季』の、バィオリンのリズミカルな音色が流れて来たのです。

僕はマスターの微笑を思い出し、振り返ってカウンターのなかのマスターを見ました。マスターは僕を見てにこやかに頷き、奥の女性たちの方を指し示しました。僕はマスターの仕草に、奥の席にいる女性たちを注意深く見ました。すると、僕の席からは後ろ姿でしか見えなかった女性の首には、なんと水色のスカーフが巻かれていたのです。しかも、髪は短く耳にはあの桜貝のような、薄桃色のイヤリングが付いていたではありませんか。

——えっ、あ、あの時の——

僕の心臓は瞬時に高鳴り、体の硬直を意識したのです。

喉がカラカラになり、コップの水を一気に飲み干しました。

「マスター、お、お水、もう一杯、もらえますか……」

「はい、ただいま」

僕は話す言葉が、馬鹿丁寧になっている自分を意識し、椅子から腰が浮き上がるようになっていたのでした。

「はい、どうぞ」

「すみません」

マスターから受け取った水を、また一気に飲み干し、席を立った僕は奥のトイレのドアに向かって歩き出しました。そしてその女性の席まで来た時、体が震え、自分でも分かるほど歩き方が不自然になったのです。

用を済ませた僕は、決意にも似た勇気を持ってトイレを出、その女性の正面に立ったのです。ところがどうしたというのでしょう。その髪の短い女性は下を向き、懸命にメモを取っていたのです。

——顔を上げろ、上げてくれ。上げて僕に気付いてくれ。せめてあの時の女性かどうか、顔を見せてくれ——

僕は祈る思いで、心のなかで叫んだのです。

——コッ、コッ、コッ——

僕の足音が大きく聞こえてくる。そしてその女性の横に来た時、焼け付くような金切声で、唐突に叫んでしまったのです。

「マ、マスター、コーヒー、もう一杯」

「えっ、もう一杯ですか」

マスターは不思議そうな顔をして聞き返しました。

「ええ、もう一杯」

僕はマスターの言葉に人差し指を立て、叫ぶようにコーヒーを注文したのです。

その時でした、下を向きメモっていた女性が顔を上げ僕を見たのです。僕の頭は真っ白になりました。その顔は紛れもなく貴女でした。私を見た貴女も驚いて立ち上がりました。

「あっ、貴方は」

「やはり、君だったんだ」

「先日はご迷惑をお掛けして、すみませんでした」

「い、いやー、迷惑だなんて」

僕の頭のなかは炎が燃え広がるように熱く、胸は喜びで一杯になったのです。貴女の潤んだそして深く清らかで、黒曜石のように黒く輝く瞳を前に、

――これだ、俺はこの憂いを秘めた、黒曜石のような瞳との出会いを求めていたんだ――

僕は心のなかで叫んでいました。

「なーに佳菜、知り合い」

「え、ええ、知り合いというほどのことはないのよ」

僕は貴女の瞳と出会い、その後の言葉が見つからずに戸惑っていました。

「ねえ、集中してよ。すみませんけど、話し合いの途中ですから……」

「あっ、はい、すみません」

「佳菜も座って」

「ええ」

貴女の前に座っていた女性が立ち上がり、僕を睨むようにして言ったのです。

ベレー帽を被り丸顔に眼鏡を掛けた女性の、僕への攻撃的な言葉の後、全員は討議に集中しました。僕もそれ以上は仕方なく、貴女に会釈をして席に戻りました。

席に着くと鞄から読みかけの雑誌を取り出し、ページをめくりました。僕はただ何度となくページをめくって、綴じてある写真を見つめてい

ただけでした。

――あの人の名前はカナと言うのか。それともカナという愛称なのか――

僕はあれこれと、貴女のことに思いを巡らせていました。それからどれくらいの時間が経過したのか、どのような音楽が流れ何時終わったのか、分からずにいました。

「マスター、お金、ここに置いとくね」

「はい、ありがとうございました。またいらしてください」

奥でガタガタと椅子が鳴り、不規則な足音の響きが聞こえて来ました。

「失礼します」

「えっ」

僕はその声で、貴女たちが店を出たのを知ったのです。僕は貴女たちの後を追いせめて貴女の名前と、連絡の方法を聞きたいと思っていたのですが、

「柴田さん、曲どうします」

「はあ」

「もう一度、ヴィヴァルディを入れましょうか」

この時の僕は貴女のことが気がかりで、音楽のことなど考える気分になれなかったのですが、マスターの言葉に思わず、貴女の後を追いたいという衝動を自制したのです。

「さっき聴きましたから……。マスター、今日はもういいですよ」

僕は微笑んでマスターに答えたのです。

「そうですか、じゃあ私の好きな曲をいれましょう」

言ってマスターは、カウンターのなかへ入って行きました。

しばらくすると、静かで穏やかで滔々と流れるようなピアノの音色が、僕の全身を包むように響いてきました。僕は何時の間にか目を閉じ、その音色に引き込まれるように聴き入っていま

した。僕の心は静けさで満たされ、何時もの落ち着きを取り戻していたのです。その曲は、僕が初めて聴くものでした。

「マスターいい曲ですね。なんという曲です」

マスターに曲名を尋ねると、ただ『月光』と答えられたのです。

その日は下宿に帰ってからも貴女のことが頭をよぎり、遅くまで寝付けませんでした。


次の日、僕はその日一番に『リバーバンク』に向かいました。店に入ると穏やかな顔立ちのマスターが笑顔で迎えてくれました。

「マスター、お店、開いてます」

「ええ、いいですよ。どうぞお入りください」

「さすがにこの時間だとお客はいないね」

「柴田さん、早いですね。どうされたのです」

マスターが話すとき、太い唇をやや右上がりにする癖があり目を細めて話し掛けられると、とても親近感が伝わって来るのです。

「マスター、今日の講義は午前中の一時間だけなんですよ」

「そうでしたか」

開店前一番に店に入ったのには、僕なりの理由があったのです。マスターに聞けば、昨日の女性たちのことが分かるかもしれない。とすれば、貴女のことを少しでも知ることができるという、淡い期待があったからでした。それに開店直前のこの時間ならお客も来ていないので、貴女のことを尋ねたとしても他人には聞かれずにすむと考え、午前中の講義をサボって期待に胸を膨らませて来たのです。

「マスター、昨日の女性たち、よくこの店に来るの」

「柴田さんと話していた人ですか」

「ええ、そこのところで話していたでしょ」

僕はそう言って、貴女たちが座っていた奥の席を指差しました。

「そうですね、リーダーの沢田さんは以前より月に何度か見えていましたよ」

「どこに座られていました」

「ベレー帽をかぶっておられたでしょう」

「へえ、あの人がグループのリーダーなの」

「他の人たちは、そう呼んでいましたよ」

――すみませんけど、話し合いの途中ですから――

マスターの言葉に、丸眼鏡で僕を睨み攻撃的な話し方の、小柄で丸顔の下半身のしっかりと女性を思い浮かべていました。

「意思の強そうな女性でしたね」

「グループで来たのは、そうですねえ、一〇日ぐらい前でしょうか」

「彼女たちは学生なのかなあ」

「そうじゃないですか。確かリーダーの沢田さん、柴田さんと同じR大学でしたよ」

「へえー、そう。じゃあ他の女性も同じかも知れないね」

僕は話しながら自分の言葉遣いが、性急になっているのを意識していました。

「仲が良さそうでしたから、皆さん同じ学校じゃないですかねえ」

僕は貴女たちが、僕と同じR大学に在籍しているかも知れないことを聞き、訳もなく嬉しくなっていました。そして期待に胸を膨らませて下宿に帰ったのです。


その二日後、隣の部屋に住んでいる石村君が、夕方の早い時間に僕の部屋を訪ねて来ました。

「先輩、どうです、この間の返事」

「返事、何のことだ」

僕は貴女と『リバーバンク』で再会できたことで気持ちが一杯になり、先日の石村君と話していたハイキングのことをすっかり忘れていました。

「嫌ですよ、ハイキングのことですよ。もう忘れたんですか」

「ああ、そうだったな。すっかり忘れてたよ」

「先輩、何かいいことあったんですか。この前より表情が明るいじゃないですか」

「そうか、表情明るく見えるか」

　確かに石村君の言うとおりかも知れませんでした。当然その理由は『リバーバンク』で貴女と再会できたことと、貴女が私と同じR大学に在籍しているかも知れないという、手掛かりを得ることができたからでした。しかしこの時、僕はそのことを石村君に話すことはできませんでした。

「先輩、実はもう返事したんですよ」

「えっ、何の返事だ」

「この前先輩にハイキングの話したでしょ。そのことで昨日ナオンちゃん（彼女の愛称）と会ったんですよ。ナオンちゃんから男が少ないんで、友だちを呼んでくれって前から頼まれてたんですよ。それで俺先輩の名前言ったんです。ですからもう先輩は人数に入ってるんですよ。先輩が来てくれないと俺立場がないんですよ。このとおりお願いですよ」

　そう言って石村君は手を合わせて、僕にハイキングに参加するよう求めてきたのです。

「困った奴だな。でも行くとしたらさあ石村、いろいろと準備がいるんだろう」

「まあ、そうですね。リュックとカッパに昼弁に飲み物、それに箸とコップにおやつ。あとタオルと帽子に手袋、手袋は滑り止めの付いたのがいいですよ。昼弁のほうはヒュッテがありますから、そこでも食べることもできますけどね。あっ、そうだ。これ、登山日程表とメンバー表を渡しておきますよ」

　僕は石村君から手渡された日程表とメンバー

表には目を通すこともなく、本棚に置きました。

「物入りだな。俺のような貧乏学生にはきつい出費だが、まっ、仕方ないか。分かった、石村の顔を立ててハイキングに行くよ」

「本当ですか。先輩、俺、最高に嬉しいですよ」

「気分的には余り行く気はしないけど、石村の立場がなくなると聞いては、断れないじゃないか」

「先輩、恩に着ます。俺また酒持って来ますから」

僕が、気が進まないと石村君に言ったのは、偽りのない僕の気持ちでした。僕としては当然のことでした。貴女と再会し、その後も出会える手掛かりができたのですから、他の女性と遊び楽しむなど余り気乗りがしなかったからです。

次の日、僕は実家の母に連絡をしました。そしてゼミの資料集めなどにお金がいると言って、父には知らせずに送金してもらうことにしたのです。お金のむしんなど厳格な父が聞けば、母もろとも叱り付けることでしょう。父は岐阜県の県庁に勤めていて、子どものころから勉強や躾には厳しかったのですが、その他は何苦労なく育ちました。

実家に連絡した数日後、母の名前で一万円の入った現金書留が送られて来ました。

僕はハイキングの日まで少しでも、登山への知識を持っておこうと考えました。山のような自然を対象にする行動に、何の知識も持たないことへの不安があったからです。僕の友人で同じ学部の溝口君は、ワンゲル部にも所属していました。その溝口君に、石村君から渡された登山日程表を見せました。

「溝口、これが日程表だよ。注意しなければならないことがあったら、言ってくれよ」

溝口君は真剣な眼差しで、日程表に目を通していました。そして、

「柴田、この行程なら僕がどうこう言うことな

いよ」

ワンゲル部に所属している友人の名前は溝口仁と言い、二人ともR大学の四回生を迎えたばかりでした。

その溝口君の話では、危険な箇所はリフトとケーブルでクリアしてあり、中腹から頂上までのルートもしっかりしていて、初心者でも心配ないとのことでした。溝口君の話を聞き僕は安心しました。

初めてのハイキングに、僕は期待を膨らませて行きました。しかしハイキングの当日、まさかあのような事故に巻き込まれるとは、この時思いも寄らなかったのでした。

4　誓約書

あまり乗る気がしなかったハイキングの日がやって来ました。

前日の天気予報では曇り時どき晴れで、ワンゲル部に所属している友人の溝口君に言わせると晴天の日より歩き易く、ハイキングに行くにはまずまずの条件とのことでした。

僕はハイキングの日が来るまで何度となく、貴女と再会した喫茶『リバーバンク』に足を運びましたが、貴女と会うことはできませんでした。マスターが話していたリーダーの沢田さんも顔を見せていないらしく、貴女を知る手掛かりは得られませんでした。

ハイキングの当日は現地集合でしたので私と石村君は、京都駅から湖西線に乗り現地比良駅を目指したのです。汽車のなかは結構混んでいましたが、私と石村君は向かい合って座ることができました。

「先輩、昨日ね、俺、ナオンちゃんに呼び出されましてね」

列車が動くのを待っていたかのように、石村君が額を寄せ私を見上げるようにして話しかけてきました。

「どうした石村、深刻な顔して。何か心配事でもあるのか」

「前にも話したと思うんですけど、三月のハイキングの例会に行った話」

「例会ハイキング。そう言えば、下宿で聞かされたな」

「そのハイキングで、俺ミスってしまったんですよ」

「石村、下宿でハイキングの話は聞いたが、お前がミスった話は聞かなかったぞ」

「それがねえ先輩、俺も昨日ナオンちゃんからその話を聞くまで、ミスった意識全然なかったんですよ」

「どういうことなんだ。分かるように、ちゃんと説明しろよ」

「この前行った例会のハイキングのコースなんですけど、目的の駅に着いてからバスでリフトの乗り場まで行くんですよ。そこからリフトの横の道を歩いて、谷間を登って行くんです。途中岩場や鎖場もあって結構スリルなコースでしてね、それで最後は砂地に掘られたような道があって、その道に取り付けられた鎖を持って登るんです」

手真似をしながら、石村君はコースの説明をしました。

「石村お前、この前のハイキングが初めての山登りだったんだろう」

「ええ、初めてでしたよ」

「初めてで、よくそんな危険なところへ行けるもんだなあ」

「それがねえ先輩、初めのうちは怖かったんですが、慣れて来ると結構面白いんですよ」

先ほどまでの深刻な顔が今はなく、懸命に説明する石村君に僕は好感すら感じていたのです。

「ふーん、そんなに面白いのか」

「それでねえ先輩、その砂地を登る途中岩が風化して、ケルンみたいになっているのが何箇所か立っていたんですよ。俺そんなの初めて見ましたから、どうなってるのか見たくなって道から出て、五六メートルほど横にあるそのケルンのような岩に移ったんです。そしたら一番後ろにいたナオンちゃんの友だちが『馬鹿、ルートを外すな』って、大声で俺に言ったんですよ」

「へえ､恐ろしいねっ。女性でも結構言うんだね」

「すると直ぐ横から『正夫、何をしてるの、早くルートへ戻ってよ』って、ナオンちゃんも言ったんです。けど俺もう一歩でその岩に届くので、二人の忠告を無視して岩まで行ったんですよ」

「忠告を無視して行ったのか。困った奴だなあ、お前も。ほんとよくやるよ」

「それで突起している岩を持ったら、突然その岩が欠けて落ちたんですよ。俺、下を見る余裕もなくって、四つん這いになって必死で元の道まで戻ったんです」

「よく無事ですんだなあ」

「俺、本当に冷汗が出ましたよ。それで元のルートまで戻って砂場を越えて上に着くと、『いい加減にしてよ､怪我人が出たらどうするのよ』って、ナオンちゃんの友だちに叱られて、それで俺、必死で謝ったんです」

「へえー、そんなことがあったんだ」

「岩が欠けて体が浮いた時は、恐ろしくて生きた心地しなかったですよ」

「そうか、そんな恐ろしい目に遭ったのか」

「砂地の斜面が結構急で、下の方には岩がごろごろしていましたから。落ちたら終りでしたよ」

石村君は消耗したように、前回のハイキングで起こった出来事を、僕に説明しました。彼の名前は石村正夫と言うのです。

石村君は太い眉を寄せ、少し大きな目の間にある鷲鼻を動かせ、小さな口で額にしわを作って懸命に説明しました。失敗談を話す時の石村君の癖で、目を閉じうつむき加減で首を傾けて話すのです。そんな石村君の顔ですが、笑うと童顔になりとても愛嬌を感じさせるのです。

「なるほどねえ、ルートを外すということは、やはり危険なんだ。で石村、お前の失敗って言うのは、そのことか」

「そうなんですよ。でも俺その失敗はその時に謝っていたんで、もう済んだことだと思っていたんです。それが昨日ナオンちゃんから呼び出され、二度と勝手な行動は取らないこと。リーダーの指示に従うことを誓約しろ。それに、今度その誓約を破れば次の参加は認めないって、言われちゃいまして……」

石村君の話をよく聞いて見ると、なるほど、彼女たちの言い分には正当性があるように僕には思えました。

「石村、お前なあ、どんな場合でも集団で行動する時は、リーダーや責任者の指示に従うのは当たり前だぞ」

「ええ、そうなんですが……」

「お前、自分の過ちを指摘され、それで消耗していたのか」

石村君の話を聞いていた僕は常々思っていたより、石村君の神経は意外に細かいと感じたのです。

「違うんですよ、先輩。俺だけならよかったんですよ。けどナオンちゃんは、今日一緒に行く先輩にも、その誓約をしてもらってくれって。それで俺、先輩には断らなかったんですけど『必ず先輩にも誓約させるから』って、ナオンちゃんに言ったんです。ですから今日の先輩は、誓約して参加したことになっているんです」

石村君の話を聞きながら、腹が立って来ました。誓約のことはこの際大した問題ではありません。問題はまだ会ったこともない、しかも前回のハイキングでの石村君の失敗は、僕とは何の関係も責任もない筈です。で、あるにもかかわらず、どうして僕が彼女たちの要求する誓約をしなければならないのか、そんな道理のない話は承諾できないと思ったからでした。しかもそれが、僕の知らないうちに勝手にされていたのです。

「おい待てよ、石村。そんな重要な話、何で今まで黙っていたんだ。どうして前もって、俺に言ってくれなかったんだ。昨日も下宿で会ってたじゃないか」

「先輩が気を悪くするかも知れないと思って、俺、言えなかったんです。それに先輩に行かないって言われたら、俺も行けなくなるんで……。それで黙ってたんです」

僕は石村君の話を聞き考えました。石村君の神経は決して細くはない。

石村君の思考は、神経の太い細いといった次元のものではなく、ただ『彼女と遊ぶ』ことを優先する思考になっていて、

――誓約書の話しをすれば絶対先輩は怒って、やばいことになる――

と考え『先輩には言わずにおこう』と石村君は考えたのです。長い間付き合ってきた先輩後輩の関係を無視してまで、女性との関係を優先させたと思い腹が立ってきました。

「石村お前、俺を騙すの、これで何度目だ。言っておくが石村、俺はお前を騙したことなど一度もないぞ。もし俺がだ、お前から誓約の話を事前に聞かされていたら、今のお前の予想どおり、当然今日のハイキングに俺は来ていないぞ。考えても見ろ、俺が今日来たのも俺から出た要求じゃないぞ。お前の立場がなくなると聞かされ、それで来たんじゃないか。そうだろう、違うか」

「はい、そうです」

「石村、もしお前が俺の立場ならどうする。自分が承諾するかしないか決めるべき誓約を、他人の一方的な判断によってされたとしたら、お前納得するか。そんな話を聞かされて納得するほど、俺の意識は低くないぞ。石村、お前は俺の値打ちを一面識もない相手に売り渡したんだぞ。しかもだ、地面に叩き付けるような価値で

だ。そんな権利お前にあるのか」

　その時の僕は意識的に不機嫌な顔をし、無愛想な話し方で石村君に責任の重さを認識させようとしたのです。

「先輩、すみませんでした」

「石村、いくら親しい仲であろうと、謝ってすむこととすまないことがあるんだ」

「はい……」

　しばらくの間、僕たちは無言で列車に揺られていました。列車が山科へ抜けるトンネルに入った瞬間、内耳の奥がジーンと鳴り頭のなかに薄い幕が張られたように感じました。大きく口を開け、懸命に唾液を飲み込みました。するとその幕がすっとなくなったように、ジーンという音が耳から消えたのです。トンネルを抜けると、薄暗かった車内に陽が射しこんで来ました。前の席では石村君が申し訳なさそうに、下を向いて座っています。まるで反省猿のようでした。僕は吹き出しそうになるのを必死で堪えていました。少々薬が利き過ぎたと愉快になって来たのです。

「分かったよ、石村、そう落ち込むな。俺さえ我慢すれば双方の顔が立つんだったら、今日は辛抱してハイキングに参加するよ」

「本当ですか、先輩」

「仕方ないだろう。こんなことでお前との関係を、断ち切る訳にいかないじゃないか。そうだろう」

「はい。先輩、勝手なことをしてすみません。こんな理解のある先輩を……」

　石村君の目が潤んで来ました。

「分った、分かったって、石村、もういいよ。俺も言い過ぎたよ」

　僕は手を伸ばし石村君の肩をたたいて、誓約書の件を受け入れる意思を示したのです。

「そんなことないですよ。忍耐強い先輩がいるから、正直言って何時も助けられているんです。俺、先輩がいると安心なんです」

石村君の神妙な顔つきで話す言葉を聞き、僕は彼を赦す気持ちになっていました。

「但しだ、石村。今回のようなことは絶対繰り返すなよ」

「はい、絶対しません。誓います。先輩、恩に着ますよ。先輩、俺、食う物持って来たんですよ。チョコレート食べてくださいよ」

「石村、お前は本当に幸せな奴だな」

「えっへっ。それとねえ先輩、山の上で飲むビールも持って来てるんですよ。先輩のも用意していますから」

「へえ、俺のビールもか。有難いね」

「店のチーフに、今日のハイキングの話をしたんですよ。そしたらビールを持たせてくれたんです。上で飲んだら旨いっすよ」

「チーフに貰ったのか。困った奴だなあ、お前は。転んでもただでは起きない奴だよ。まあ、汗を出した後に飲むビールは格別だから、なっ」

読み筋どおりにことが運んだように思っていた僕は、優越感に浸って得意になっていたのですが、今その時のことを思い返すと、むしろ石村君の方がすでに僕への対応を知っていたのです。じっと悲しげに下を向き少しの時間を堪える、この方法が石村君の僕に対する戦術だったのです。

湖西線の滋賀比良駅で僕たちは降りました。僕はこの日のために、スニーカーを買っていました。真新しいスニーカーの音を気にしながら、石村君の後ろからホームに出たのですが、待ち合わせをしていた石村君の友だちはホームにいなかったようでした。

登山客の間を通り抜け駅の表に出ると、正面にはせり上がるようにして田園が広がり、その向こうに比良山系の山並みが見えていました。駅の表は人もまばらで、石村君の彼女たちとは会えませんでした。

「あれー、ナオンちゃんたち、来ていないのかなあ」

「何だ、いないのか……」

「先輩、裏の方に行ってみましょうよ。バスの乗り場にいるかもしれませんから」

僕と石村君は駅の裏の方へ行きました。駅の裏にはバスの発着場があり前には琵琶湖の広がりが見え、その対岸には御伽噺に出て来るような山々が並んでいたのです。

発着場ではハイキングに行く人たちで騒がしく、バス乗場の前の歩道にはいろんな色のザックが置いてあり、すでにバスの到着を待っている登山客が長い列を作っていました。

僕たちは列の後に並び、バスを待つべきかどうかの判断もできず戸惑っていました。

「石村、何処で集合することになっているんだ」

「おかしいなあ、この比良駅で会うことになっているんですがねえ」

僕は少し不安になり、石村君に集合場所を確認しました。石村君も懸命に友だちを捜していました。その時でした。

「正夫、こっち、こっち」

若い女性が、列の前の方から僕たちの方へ向かって駆けて来ました。

「あっ、先輩、あれがナオンちゃんですよ」

見ると、何処かで見た覚えがあるような女性でした。

「典ちゃん」

「典ちゃんじゃないわよ。何をしていたの、遅いじゃない」

「時間どおり電車に乗ったよ。約束どおりだよ」

少し受け口で、目鼻立ちのしっかりした丸顔の女性が、大きい声で話しながら僕たちの前に来ました。

「あっ、正夫の先輩ですね。お早うございます。今日はよろしくお願いします」

「典ちゃん、この人が何時も話してる柴田先輩。こいつ俺のナオンちゃんで、津田典子って言うんですよ」

「柴田です。こちらこそよろしくお願いします」

「あれ、柴田さん、何処かでお会いしませんでした」

「さあ、僕には覚えがないなあ。僕の顔、何処にでもありそうだからね」

「何だよ、典ちゃん。格好いい男を見ると、すぐ声を掛けるんだから」

「何よ、正夫。柄にもないことを言わないで」

「そんな怖い顔するなよ、すぐ怒るんだから」

津田さんの話では、すでにハイキングの参加者全員が揃っていて、先に到着した津田さんたちは、列の前の方に並び、バスの到着を待っているとのことでした。

その日は休日で登山客も大変多く、何時もなら一台のバスが発車するのですが、あまりにも乗客が多いため次の発車時刻には二台のバスが出ることになり、津田さんたちは前のバスに乗り僕たちは後ろのバスに乗ることになったのです。

『出合小屋』の『イン谷口』の次がバスの終点『比良リフト前』です。そこからリフトに乗ることを確認し、津田さんは列の前の方に駆けて行きました。

幸い、僕と石村君はバスに乗ることはできたのですが、バスのなかは物凄い乗客の数で、ほとんど鮨詰めの状態でした。その上乗ったバスは古い型の鼻の付いているバスで、ちょっとした道の凸凹にも良く揺れ、途中何度か窓の方に腕を延ばして体を支えていました。バスは駅を出ると国道一六一号線を走り、道を横切る比良

川という大きな川を渡って左に折れ、山が重なり合って広がってゆく山間を何度となく蛇行しながら、三〇分ほど走って終点の『比良リフト前』の駅に着きました。僕たちは人に揉まれてバスを降りたのです。終点はバスが回転できるほどの広さがあり、多くの登山客で騒然としていました。バスから降りた乗客は、次々と坂道をリフトの『さんろく駅』に向かって登って行きます。僕と石村君は道に迷った子どものように、ただ辺りを見回すばかりでした。

「正夫、正夫」

混雑のなかから、津田さんの声が聞こえて来ました。僕たちは声のする方を捜しましたが、何処から呼んでいるのか、さっぱり見当も付きませんでした。

「何処を見ているのよ」

いつの間に横に来ていたのか、津田さんが石村君の肩を叩き立っていたのです。

「これだけ大勢の人がハイキングに来ているんだよ、誰が何処にいるのか見分けが付かないよう」

津田さんは道を挟んで向かい側に建っている、トイレの前から呼んでいたようでしたが、確かに石村君の言うとおりでした。僕も声のする方を捜していたのですが、何処から津田さんが呼んでいたのかさっぱり見当が付きませんでした。

「先にバスを降りた二人はリフトの駅へ向かっているから、早く私たちも行かないと日程が狂っちゃうのよ。急いでよ、正夫。これだけの人がリフトに乗るんだから、二、三〇分の待ちだよ」

「ええっ、なんだよ、典ちゃん。そんなに待つんか」

　僕は石村君と津田さんの話を聞きながら坂道を登っていたのですが、何故か暗い気持ちになっていました。こんな思いをしてまでハイキングに来るとは、正直考えもしなかったからでした。

　それまで僕の気持ちのなかでは、知らない女性たちとハイキングに行くことへ或る期待もしていたのですが、津田さんの言葉を聞いた僕は誓約のこともあって気分が優れず、もうどうでもいいように思えて来たのです。そしてやっとのことでリフトに乗り、切り開かれた草原のような山肌を足元に見ながら、リフトに揺られていました。リフトに乗った僕たちは山の中腹駅でロープウェイに乗換え、終点の北比良駅にたどり着きました。僕はバスに乗ってからずっと緊張していたので駅の長椅子に腰を掛け、待合の自動販売機で買ったコーラーを飲んでいました。

　山は昨日の天気予報とは打って変わって、目も眩むほどの晴天でした。

「先輩、疲れたっすね」

石村君も僕の横に座って、缶コーヒーを飲んでいました。

「正夫、皆外で待っているのよ。早く出て来てよ」

「小便を済ませたら、すぐ行くから」

　外から叫ぶ津田さんの声に、僕たちは重い腰を上げトイレで用を足し、しばらく慣れていた薄暗い駅の待ち合いから、陽射しの強い外へ出たのです。と、一瞬周りが真っ暗になり、僕はその場に立ちすくんでいました。人の足音や話し声、強い陽射しのなかで聞く鳥の鳴声が僕の耳に飛び込んで来ました。

「あれっ、ねえ、彼さあ、打ち合わせの時、喫茶店で見た佳菜の知り合いじゃない」

「あっ、そうだよ、佳菜。あの時の彼だよ」

「……」

僕は聞き覚えのある声に首を傾げました。

「どう正夫、やっぱ会ってたんだよ、柴田さんと私たち」

「へえ、驚きですねえ。世間って狭いですね、先輩」

映写機に写し出されたかのような目前の風景が、ピントのずれた画像から映像がしっかりと絞られて行くように、少しずつはっきりと見えて来ました。そして前に立っている女性たちを確認しました。

僕のこれまでの人生で、これほど驚いたことは記憶にありませんでした。それは僕にとって喜ばしい驚きと、期待へと続く偶然でした。

「あっ、貴女は」

「どうしたんです、先輩」

僕は周囲をはばからず、大声で叫んでいたのです。

5　八雲湿原

——貴女が、僕の前に、立っている——

僕は言葉もなく呆然と立っていました。太陽の光を全身に受け微笑んで僕を見ている貴女に、僕の心は吸い寄せられたのでした。

首には草色のスカーフが巻かれていました。ピンクのブラウスにベージュのベスト、黒のスラックスに白いスニーカー、小豆色の帽子を深く被っていました。

私を見た貴女は、微笑んで会釈をしました。

「では全員揃いましたので打ち合わせをします。広場に来てください」

「先輩、何してるんですか。行きますよ」

リーダーの声と共に後ろから石村君に背中を押され、やっと意識が回復し貴女の後を歩きました。僕は、貴女の均整の取れた体型を意識していました。

ロープウェイの駅の横は、ブランコなどが置かれている広場になっていました。僕たちはまずその広場に集まり自己紹介をし、簡単な打ち合わせをしました。

「まず自己紹介をしますね。私は沢田弘子と言います。今日のパーティーのリーダーです。よろしくお願いします」

下半身のしっかりとした丸眼鏡の沢田さんは、ポッカ姿がとても似合っていて僕は好感を持って見ていました。

「私はサブリーダーの津田典子です。よろしくねっ」

津田さんが言い終わった時、沢田さんが前に出ました。

「発表します。只今、正夫ちゃんと付き合っています。キャー」

言い終わると沢田さんは、津田さんと石村君を指で指さしました。

「弘子、止めてよ、そんな言い方。次は佳菜よ」

見ると、津田さんの横で石村君は頭を掻いてはにかんでいます。

「私は、小田桐佳菜と言います。よろしくお願いします」

――オダギリカナ、小田桐佳菜。何という響きのいい名前だ――

僕は心のなかで､貴女の名前を繰り返しました。

「小田桐さん、ですか」

「……」

呟くような僕の言葉に貴女は頷き、笑窪を作って微笑んで僕を見ました。

「次、正夫よ。あんたは愚図なんだから、早く言ってよ」

津田さんに言われて、石村君は前に出ました。

「前に出なくていいのよ。正夫は」

顔を真っ赤にした石村君に､全員が笑いました。

「あの、俺、石村正夫です。頑張ります」

石村君は緊張の余り、言葉がつながらなくなっていました。

「バッカね、何を頑張るのよ。早く下がりなさいよ」

津田さんの叱るような言葉に、石村君は頭を掻きながら後ろに下がりました。

「次は、今回初めて参加されました、正夫ちゃんの先輩です」

沢田さんに紹介された僕は、気持ちを静めゆっくりと話しました。

「僕は石村君の友人で、同じ下宿に住んでいる柴田隆一です。出身は岐阜県。R大の四回生ですが一浪していますので、現在二二歳。今日のハイキングを石村君から誘われ、楽しみにしていました。よろしく……」

「へえー、驚きっ。同じ学校だわ。それに四回なら私たちと同じじゃん。学部は何処」

「一部文学部、日本文学専攻だよ」

沢田さんはしっかりとした目で僕を捕らえ、話して来たのです。

「日文ね、私は日本史専攻よ。今度食事でもしましょうよ」

「えっ、ええ」

僕の自己紹介に、全員が集中しているように感じていました。だからこそ、貴女にも僕の身辺を知ってもらいたいという思いがあったので詳しく話したのですが、沢田さんの食事の申し入れにはいささか動揺しました。

「早速ですが、今日のコースの説明をしますので、全員近くに寄ってください」

全員が沢田さんを取り囲むように前に出ました。

「ここから出発して二時間位で頂上に着きます。ですからお昼過ぎには昼食予定場所の八雲ケ原に下りて来ます。今日のコースは初めての柴田さんも参加しますので、安全なコースと日程を組みました。今日は登山客も大変多いので、全員はぐれないようにしてください。休憩は登り下り一回ずつ取る予定です。次に歩く順番です。トップはサブリーダーの典子で、典子がルートを取ります。二番目は正夫ちゃん、その後に柴田さん、柴田さんの後は佳菜で、私がラストを歩きます。最後に、下りて来るまでは私の指示に従って行動すること。勝手な行動は取らないようにしてください。いいですか正夫ちゃん、今説明したこと守ってね。以上です。何かあるようでしたら言ってください」

沢田さんは言いながら、鋭い目で石村君を見ました。

沢田さんの説明は初心者の僕にも分かり易く、簡潔で明快でした。ところが、説明が終わると石村君がそっと手を挙げたのです。沢田さんの顔が、瞬時に堅くなりました。

「なあに正夫、まだ何かあんの」

横から津田さんが怒ったような顔をして、石村君を睨みました。

「あのー、頂上でビール飲むのは、駄目ですかね」

石村君の質問に沢田さんは、呆れたように肩を落とし、

「正夫ちゃん、飲み過ぎなければビールを飲むぐらいは、別にいいんですよ。私も少しは飲みますからね」

「そうですか、先輩、リーダーが飲んでもいいって」

石村君と沢田さんの会話を聞いていた貴女は、少年の他愛ない悪戯にでも出会ったような爽やかな笑顔で、石村君を見ていました。


「もう一度言っておきます。今日は登山客も多く大変混雑していますので、歩く順番を守ってはぐれないようにしてください。では、出発します」

ハイカーの溢れるなかを、沢田さんの声で全員が決められた順に歩き出しました。ロープウェイの駅の前には二つの道があり、どちらの道を行っても最終的には同じ比良スキー場に出るらしいのですが、僕たちは琵琶湖を見下ろせる景色のいい広い道を行くことになりました。

先頭を津田さんが行きます。そして石村君に僕と、順々に続いて出発しました。僕たちが歩く道は美しく整備され、山のなかの道にしては驚く広さでした。テレビなどで見る山道とは全く違っていたのです。僕は振り向いて貴女に尋ねました。

「山の道って、こんなに広いのかなあ」

「ここの道は特別なんですよ。もう少し行くと

スキー場がありますから、それでゲレンデまで広い道が続いているんじゃないかしら」

「へえー、それで道が広いんだ」

なるほど貴女の言うとおり道を歩いて行くと、大きなロッジが建っていて多数収容できる食堂もあり、シーズンにはスキー客が宿泊するとのことでした。ロッジの前には鉄の柵があり、眼下には琵琶湖が見渡せる素晴らしい景色が広がっていたのです。

ロッジを過ぎ山に挟まれた道を行くと山が切れたところで視界が開け、なだらかなゲレンデを見下ろすところに出て来ました。

目の前には比良山系の山々が悠然と立ち並んでいました。ゲレンデの下には食堂と管理室を備えた『八雲ヒュッテ』があり、近くには水道に流し場、トイレまで備えられていました。少し離れた所ではテントも張られていました。そしてヒュッテの横には大きな湿原があり、白く小さな水蓮の花が水草の間で咲き、私たちの心を慰めてくれました。湿原の入り口にある池には森青蛙が生息しているらしく、産卵期には池の上に伸びた木の枝に卵が産み付けられている、白い泡の固まりが数多く見られるとのことでした。僕は初めて見る山の景色と八雲ケ原の湿原の美しさに、心の和みと安らぎを感じました。

僕たちはゲレンデを下って、ヒュッテの前で少し休憩を取りました。ゲレンデを見上げると東側の杉の立林が美しく、ここで昼食をするのは正解だと思いました。そしてヒュッテの前にある丸太の腰掛に座り、懸命にメモっている貴女に声を掛けたのです。

「あのー、小田桐さん、小田桐佳菜さん、でしたよね」

「はい、小田桐です」

「鴨川の後、喫茶店でも会ったけど、ゆっくり話せなかったね」

「ええ、そうでしたわね。鴨川ではお世話になりました」

　僕の言葉に笑窪をつくり、はにかむように貴女は答えました。

「実は小田桐さんに、聞きたいことがあったんだけどね」

「えっ、聞きたいこと……。私に」

「ああ、僕は鴨川で小田桐さんの言ったことが理解できず、ずっとそのことばかりを考えていたんだよ」

「私の言ったこと……。鴨川で私、何を言ったのでしょう」

　僕の言葉に貴女は静かに聞き返しました。その時の僕の思いは、何としても貴女に近付きたいという強い思いで、貴女に話す理由を必死に探していたのです。

「小田桐さんは、僕がトカゲの赤ちゃんを川に投げようとした時、僕を止めたよね。そして僕がその理由を聞くと、確か『戻せません』と言ったただろう」

「止めてください。その話は。もう、思い出したくないのです」

「えっ」

　僕の言葉に貴女は眉を寄せ、苦しそうに下を向きながら呟きました。そして、

「ごめんなさい柴田さん。今の私の言ったことは、気にしないでください」

　貴女は顔を上げ、笑みを浮かべて僕に言ったのです。

「何だか、嫌なことを思い出させたようだね」

「柴田さんに責任があるわけではないのですよ。なのに、私ったら……、どんなことでしょう。さあ、言ってください」

　顔を上げた貴女は、明るく僕に言ったのです。

「話しても、いいの……」

「ええ、もう大丈夫ですから」

「あの時さあ、小田桐さんが何を言おうとしていたのか、『戻せません』と言った言葉が気掛かりで、小田桐さんともう一度話す機会があれば、ぜひその理由を聞きたいと思っていたんだよ。あれは何を言おうとしてたの」

「あの時、私は取り返しのつかない罪を犯してしまいました」

「小田桐さんが罪を犯した。どういうことだよ」

「だって、そうじゃないですか。私だけでなく柴田さんも含め、失われた命を元に戻すことなど、絶対にできないのですよ」

「それは当然のことだよ」

「だからこそ、どんな小さな命であっても尊いのです。でも私、トカゲの赤ちゃんが怖かったの……」

　貴女は両手を胸の前で握りしめ、頭を振って言いました。

「うんー、言っている意味は分かるんだけど……」

「トカゲの赤ちゃんだと言って、命を奪う権利など誰にもありません。だから私は罪の重さに後悔して泣いていたんです。トカゲの赤ちゃんが怖いと思うのならその場から私が逃げるか、赤ちゃんが何処かへ行くまでじっと辛抱すればよかったんです」

　答えて、またその時のことを思い出したのか、貴女は目を潤ませていました。そのあまりにも純真な言葉を聞いた僕は、脳みそが空っぽになったのです。

「そうか、それで泣いていたのか」

「私は、他人を傷付ける行為は否定したいの。暴力や殺人、戦争などは最も罪深いことだわ。大勢の罪もない人の命が奪われるよ。奪われた命は戻すことはできない……」

「そうだよな。僕たちが話しているこの瞬間にも、カンボジアやベトナムで人の命が奪われている」

貴女との思いもしなかった会話に漂う、不思議な静けさに浸っていたました。

「だから私、せめてもの罪滅ぼしに、人目のつかない所へ赤ちゃんを埋めたの……」

「そうか、土手を走って行ったのは、その為だったのか……」

「ええ、柴田さんのお陰でそれができたの」

貴女の強い思いを聞かされた僕は言葉もなく、ただじっと前方にせり上がるゲレンデの草原を見つめていました。その時でした。

「ねえ、何を仲良く二人で話しているの」

後ろからの声に振り向くと、沢田さんが僕たちを覗き込むようにして立っていました。

「へえー、佳菜、登山日記書いてるんだね。今日、絵は描かないの」

「想い出を大切にしたいの。絵は感じた思いをスケッチし、帰ってから仕上げるのよ」

「よく続くんだね」

沢田さんの話し掛けにも、貴女はノートから眼を放さずに書いていました。そのノートを見た僕は嬉しくなっていました。何故なら貴女の想い出の登山日記には、僕も含め今日の参加者の名前が記されていたからです。

「ねえ、柴田さん、来月の第二木曜日ねえ、私の所属する研究会でコンパやるんだけど、よかったら参加してよ」

「研究会、何処の……」

「日本史研究会よ。柴田さん聞いたことあるでしょう」

「ああ、確か僕の友人も所属しているよ。でも僕会員じゃないよ。会員じゃないのにいいのか」

「別に構わないわよ。柴田さんが研究会のコンパに来るのなら、私大歓迎だわ」

「コンパかあ、久し振りだな」

「どう、駄目」

「いや、別にいいんだけど、今日のメンバーも出席するんだろう」

「ええ、でも佳菜は入れないけどね」

「えっ、どうして」

「佳菜は学生だけど、基本的には社会人だから駄目なの」

「えっ、社会人。小田桐さんが」

沢田さんの社会人という言葉に、ノートにエンピツを走らす貴女を見ました。

「ええ、そうよ」

「へえ、僕はてっきり沢田さんと同じ、うちの学生だと思ってたよ」

「佳菜と私とはねえ、小学校・中学校と一緒だったの。小学校は途中からだったけどね。高校は佳菜が定時制に行ったから、一緒じゃなかったのよね。佳菜は看護婦になるために、私は大学に入るために京都へ来たのよ」

「へえ、そうだったのか」

僕と沢田さんの会話の間も貴女は、時間を惜しむように懸命にノートに書きこんでいました。

「佳菜が所属する看護学校は、うちの学校の前にある大学病院のなかにあるんだよ」

僕は沢田さんの話を聞き、大学の前にある病院なら目と鼻の先だし、ひょっとすれば道で出会うかも知れないという、身近さを感じました。

その時でした……。

「弘子、何してんのよ。タイムオーバーだよ」

「あっ、わりぃ、わりぃ。はーい、休憩終りですよ。では、出発」

津田さんが口を尖らせて、沢田さんに言いました。

僕たちはスキーの上級者用の、ゲレンデの横のルートを登って行きました。ここからは道幅も狭く山の斜面に作られた細い道を、注意して登って行きました。林のなかを行き、岩を超え、川を渡り懸命に歩きました。ただひたすら山道を登って行きました。息を切らせ汗を流しながら、ただひたすら山道を登って行きました。山を二つ越え次の山の頂上に辿り着くと視界が開け目の前には、左側に稜線が美しく伸びていて、この比良山系で一番高い武奈ケ岳が現れたのです。

「あれが武奈ケ岳。比良山系で一番高い山。頂上から西に伸びる稜線が西南稜よ」

沢田さんが指を差して叫びました。僕は間近でこれほど美しい山を見たのは、初めてのことでした。頂上には多くの人がいて、色とりどりのパーカーや帽子が見えていました。

「先輩、あれですよ。あれが頂上ですよ。ビール飲みたーい」

「何よ、正夫、あんたはビールのことしか頭にないの」

「俺にとっては大事なことなんだよ。チーフに報告する約束になっているんだよ」

「誰のこと、チーフって」

「えっ、」

思いもしなかったのでしょう。津田さんの言葉に石村君は目を丸くしていました。

「どうしたの、言えない関係の人なの」

「違うよ、チーフの話はまた後で話すよ」

僕は二人の話を聞きながら、目前に広がる雄大な景色を眺めていました。何故だか分からないのですが、目標にしている山の頂上が見えると、理由もなく嬉しくなって来るのは一体どういう訳でしょう。

最後の砂場に到着しました。ここを登り切ればもう頂上です。

「柴田さん、正夫ちゃん、止まって」

沢田さんが大声で叫びました。僕たちは振り返って沢田さんの言葉を待ちました。

「皆、注意してよ。この砂場は最初だけですぐ岩に変わるから。その岩滑り易いのよ。足元だけじゃなく、上から下りて来る人にも気を付けないと、事故になるよ」

僕は振り返り沢田さんを見つめました。そんな僕に沢田さんは微笑んで、首を傾げて見せました。

しばらく行くと、確かに沢田さんが言ったとおり外側に膨らんで、しかも、何本も縦にしわの入ったような岩が出現したのです。僕と石村君は場所によっては、四つん這になって登ったりしました。岩を越え急斜面を登り、やっとのことで武奈ケ岳の山頂に辿り着きました。頂上は三百六〇度パノラマで、素晴らしい景色が僕たちを迎えてくれたのです。

「ワーイ。先輩、ビール、ビールですよ」

「有難いね」

僕は石村君から手渡された缶ビールを、一気に飲み干しました。

「フー、うまい」

「先輩、最高ですね」

このような場所で飲むビールは、喉にしみました。少しの時間僕たちは他愛ない話をして、降りることになりました。下山するのにそれほどの時間はかかりませんでした。下山した僕たちは、八雲ヒュッテの前で昼食を取ることにし、お握りしか持って来なかった僕はヒュッテで焼きそばと味噌汁を買い、全員が揃って昼飯を食べたのです。

「目標にしていた武奈ケ岳に登頂でき、一応乾杯したく思います。乾杯」

「イェー、乾杯」

無事頂上に登れたことを祝い、ビールを買い大声を上げて乾杯をしました。

「ねえ、柴田さん。次の例会にも正夫ちゃんと一緒に参加してよ。私たち女性ばかりでしょう。

もし良かったら、柴田さんのお友だちも誘ってもらっていいから」

沢田さんが僕に話しかけて来ました。沢田さんの言葉に僕は、ワンゲル部に所属している友人の溝口君を思い出したのです。

「僕の友だちに溝口仁（ひとし）という男がいるんだ。確か彼は、ワンゲル部に所属しているはずだよ。彼なら誘えば来ると思うんだけど、彼でもいいか」

「ワンゲル部に所属してんの。じゃあその溝口さん、レベル高いんじゃない。なんか怖そうだね」

そんな沢田さんを、貴女は静かに見つめていました。

「でもねえ、弘子。そんな人に参加してもらって、いろいろ指導してもらえれば、私たちも色んな挑戦ができるじゃない」

「そうね。柴田さん、お願い。典子も賛成してるから、そのお友だちの溝口さんに会ったら私たちの話伝えといてよ」

津田さんの言葉に沢田さんは、僕の手を取って要望しました。

「ああ、溝口に会ったら君たちのことは伝えておくよ」

昼食後は楽しく歌ったり話し合ったり、湿原の散策をしたりしてあっという間に時間が過ぎ、時計の針はもう三時を指していました。僕は湿原を散策し思いのままに散文詩を書き、少し早めに集合場所に向かいました。

僕がノートを手に湿原の入り口まで来ると、

「柴田さん、もうじき集合時間ですよ。あら、何書いてたの、見せて」

沢田さんが僕に近付き、僕の手からノートを取り読み出しました。

『九十九折　杉の森から沢の音

四方に広がる　山の影
青く広がる高い空　風と雲と光る水
岩に沿って水が巻き　水路狭く糸を引く
湿原は　遥か昔の湖（うみ）と知る
白睡蓮は　水の中　万物　命　宿す水
人里離れ　山に涌く
厳然たるは　山の命の知るところ　　隆二』

　沢田さんの朗々とした声に、全員が驚いたように僕を見たのです。僕は顔を赤らめ、沢田さんの手からノートを受け取ったのです。

「感じが出ているね。さすが日文。じゃあ柴田さんも、下りる支度してくださいね」

　沢田さんの声に全員が下山の身支度をしました。ゲレンデの草原は登山客で溢れています。テントを張りその前でビールを飲んでいるパーティー、大きなザックを背負い武奈ケ岳へ向かって登って行くグループ。

「先輩、こんなに汗かいたの、久し振りでしょ」

「そうだなあ、見ろよ、塩が吹いているよ」

　首筋についている白いものをつまんで見せました。

「どうです先輩、帰ったらサウナへ行きませんか」

「サウナで疲れ落とすか」

　僕と石村君は下宿に帰ったら直ぐ、サウナ風呂に行く約束をしました。

「ねえ弘子、佳菜、私らも行こうか。サウナ」

「そうだね、どう佳菜も行く」

「私は寮のお風呂で済ますわ」

　僕と石村君の話を聞き、沢田さんも津田さんとサウナへ行く約束をしていました。この時の僕たちはアルコールも入りお腹も膨れ、遊び疲れて注意力が散漫になっていたのです。何よりも全員事故なく頂上から下りることができた安堵感と達成感で、緊張感が緩んでいたのでした。

全員で確認していた歩く順番も、誰も気にすることなく歩き出していました。

沢田さんは歩きながら日本史研究会のコンパについての説明を、僕にしていました。僕も沢田さんの話を聞きながら、頷いていました。貴女は僕と沢田さんの少し前を歩いています。大勢の人がロープウェイの出発時間に合わせて、ゲレンデを登って行きます。

だらだらとした足取りで、ロープウェイの乗り場まで来ました。

「あれ、正夫ちゃんと典子は」

沢田さんの声で振り返ると、後ろを歩いている筈の石村君と津田さんの姿が見えませんでした。僕たちは駅のなかや周囲の広場を捜しましたが、二人の姿は見当たりませんでした。

「二人で楽しくやってるんじゃない」

「はしゃいでいるんだろうなあ。子どもじみた男なんだよ、石村は」

「何もなければいいんだけど……」

沢田さんも冗談めかしに言っていたのですが、貴女は二人のことを心配していました。

僕と沢田さんは駅のなかに置かれているベンチに腰を掛け、コンパについて話し合っていました。その間も貴女は駅の外で、二人の到着を待っていました。僕は貴女のことが気掛かりでしたが、懸命に説明する沢田さんの話を聞いていたのです。

そして、二〇分が過ぎ三〇分が経過しても、二人は姿を現しませんでした。

「何かあったんじゃない」

「もう一時間もすれば暗くなるよ」

僕たちは不安を隠せませんでした。暗くならない内に二人を捜そうと話が決まり、ロープウェイの駅の事務所に相談に行ったのです。

胸元に会社名が入ったポロシャツの、五〇才

位の駅員のおじさんが出てきて、

「八雲ケ原まで一緒におった人間が、ここの駅に来るまでにはぐれるちゅうんはどういうことや。子どもならいざ知らず大の大人がはぐれたとは……。そんな話、わしら長年勤めてるけど、初めて聞くで」

「ええ、ですから私たちも、後からついて来ていると思っていたんですけど。気が付いたらいなかったんです」

「あんたらの格好を見たら、まんざら初めての山歩きとは違うやろ。それがどういう訳でここまでの短い間ではぐれたんや。まるで子どもと同じやないか。リーダーは誰や」

「はい、私です」

「あんたがリーダーか」

「はい」

「リーダーがしっかりしてたら、こんな初歩的なミスはなかったはずやで」

「はい、すみません」

駅員に窘められた沢田さんの言葉は弱々しく、さすがにショックは隠せませんでした。結局ゲレンデとロッジ、ヒュッテの近くに取り付けてあるリフトの拡声器を使って、石村君と津田さんに呼びかける放送を流すことになったのです。それでも分からなければ、警察に連絡することになりました。まさかこのような大層なことになるとは、夢にも思っていませんでした。


――登山中の方にお呼び出しします。R大学の石村正夫様、津田典子様、R大学の石村正夫様、津田典子様、お友だちの沢田様がロープウェイの駅で待っておられますので、連絡してください。お友だちの沢田様がロープウェイの駅で待っておられますので、連絡してください――

大きな音で二度のマイク放送が、山中に響き渡りました。その間も沢田さんは駅の職員に今日の日程を見せ、先ほどまでの経過を説明していました。話し合っている僕たちをロープウェイを利用する乗客がジロジロ見ながら、駅のなかへ入って行きます。

そして放送がされてから三〇分が経過していました。すでに太陽は西の山に近付こうとしていました。

「先輩、柴田先輩」

「弘子、佳菜」

突然、石村君と津田さんの僕たちを呼ぶ声が聞こえて来ました。

「あっ、典子よ」

見ると僕たちが歩いて来た道ではなく、正面の山のなかを八雲ケ原湿原まで続く道から、津田さんの肩を借りた石村君が上半身下着一枚で杖を突きながら、体を引きずるように歩いて来ました。

髪はバサバサで顔は墨を塗ったように黒く、ズボンはずぶ濡れで今にも泣き出しそうな顔をして歩いて来たのです。石村君を抱えている津田さんも、着ている衣類も真っ黒に泥で汚れ、髪を振り乱し、千鳥足になって僕たちに向かって来たのです。

「典子、あんた、今まで何してたの」

「石村、お前その姿どうしたんだ」

沢田さんと僕は、二人を見て叫びました。

「足場の木から滑って、泥地に落ちたのよ。私、助けようとしたんだけど、正夫の足が動かなくって」

石村君と津田さんの姿が見えた時、貴女は石村君に駆け寄って腕を取り、僕を見て叫びました。

「柴田さんお願い、石村さんを助けてあげて」

「あっ、ああ」

僕は貴女の言葉に思わず走り、石村君の前に行きました。そして、

「石村、俺の背中に乗れよ」

「先輩、もう少しですから」

「何を言ってるんだ。そんなこと言ってる場合じゃないだろう。早く乗れよ」

「はい、すみません」

僕は石村君を背負い、貴女は津田さんを抱えるようにして、駅の入り口まで運んで来たのです。

「大丈夫ですか石村さん。頑張ってくださいね。典子も頑張って」

「ありがとう。ごめんね、佳菜」

「気にしないで」

強かった陽射しも緩やかに傾き、夕陽が空を染めかけていました。その夕陽を受け僕の横を歩く貴女の真剣な顔は、僕が今まで見た顔とは全く違う険しい表情でした。

僕は息を切らせながら石村君を駅のなかへ運び、長椅子に寝かせました。

「怪我はどの程度だ」

しばらくするとロープウェイの駅から連絡を受け、二人の警官がやって来たのです。

「足場から落ち怪我をしました。右足が動かないようです。骨に異常があるかもしれませんので、無理に動かさない方がいいと思います」

「歩けないだと。どうせ冗談をしていたんだろう」

「一人で歩くのは無理です。それより早く病院へ運んでください」

貴女は、ぞんざいな態度の警官に対し臆することなく、石村君の状況を丁寧に説明していました。僕と沢田さんはただ、貴女の後ろに立って見ているだけでした。

6　遭難の原因

石村君たちの事故は、比良山での遭難として翌日の新聞に掲載され、地方テレビやラジオでも放送されました。

事故当日、ロープウェイの頂上駅に消防レスキュー隊が出動し、石村君を山から下ろし救急車で病院へ運んだのです。幸い石村君の怪我は右足首の捻挫と膝の打撲で、一ケ月ほどで回復すると診断されました。この遭難事件をとおし、僕は貴女の人間性に心を打たれ魅了されていったのです。

ハイキングの当日、武奈ケ岳の頂上より下山し八雲ケ原での昼食後、石村君と津田さんは二人で湿原へ散策に出かけたようでした。貴女もノートに湿原の花や風景をスケッチしていました。僕も杉の森に囲まれた湿原の美しさに魅せられ散策したり、木で作られた遊歩道を歩いていました。沢田さんもヒュッテのなかでビールを飲み、ヒュッテの店員さんと話しくつろいでいたとのことでした。一方、湿原の奥にまで出向いていた石村君と津田さんですが、下山する時間が来たので昼食を取った場所まで戻ろうと、遊歩道を歩きヒュッテに向かっていました。そして二人が湿原の入り口に来た時でした。

「お兄ちゃん、待って」

「ほら、悦子、白い花が一杯咲いているよ」

青とオレンジのトレーニングウエアーを着て、楽しそうに走ってきた小学生の男の子と、石村君はぶつかり男の子が倒れました。

「前を見ていないと危ないよ」

「ごめんなさい」

「気をつけてね」

倒れた男の子を石村君が起こしたのでした。

「はーい」

「元気だねえ」

子どもたちに注意を促した石村君と津田さんは、集合場所に戻り沢田さんの指示で下山の支度をし、僕と沢田さんの後ろを歩いていたのです。僕も出発の時、確かに石村君たちが後ろを歩いていたのを確認していました。僕と沢田さん、そして石村君と津田さんがそれぞれ二人ずつ並んで歩き、貴女は僕と沢田さんの前を少し離れて歩いていました。そして全員が歩き出してしばらくした時でした。石村君たちの後方から、

「洋一、悦子ちゃん」

激しく名前を呼ぶ、女性の声が聞こえて来たらしいのです。そして叫んでいたその女性が、石村君と津田さんに声を掛けて来たのです。

「すみません、すみません」

「はい、何でしょうか」

「男の子は小学三年生で青のトレーニングウエアー、女の子はオレンジ色のトレーニングウエアーを着ているのですが、見かけなかったでしょうか」

女性の説明に石村君たちは、湿原の入り口で見た男の子たちを思い出したのです。

「あっ、典ちゃん、遊歩道で遊んでいた子どものことじゃ……」

「えっ、どこです。どこの遊歩道です」

「二〇分ほど前でしょうか、向こうの湿原で青いトレーニングウエアーの男の子と出会いましたよ、女の子は確かオレンジのトレーニングウエアーを着ていましたよ」

「どこです。その湿原はどこです、教えてください」

我が子の姿を見失った母親の必死の願いに、

石村君と津田さんはお母さんと一緒に子どもたちを捜しに行ったのです。そのお母さんは八雲ケ原のキャンプ場にテントを張り、泊まりがけで遊びに来ていた家族だったのです。

「俺、道知らないからな。知ってたら走って捜しに行くんだけど。どうする典ちゃん」

「お母さん、心配しないで。あの湿原に危険なところはありませんからね」

「そうでしょうか」

「正夫、何かあった時、正夫の力が必要だから一緒に来て。私が案内するから」

「うん、分かった。行こう」

「お願いします。お願いします」

　二人は僕たちに子どもを捜しに行くことを伝えようと思い、ゲレンデを登っている僕たちを捜したのですが、あまりにも大勢の人で話しているうちに僕たちを見失い、仕方なくお母さんと湿原に向かったのでした。そして湿原の奥で遊んでいる男の子と女の子を発見したのです。

「洋一、あなたお兄ちゃんでしょう。あれほどお母さんに黙って遊びに行っちゃ駄目って言っていたのに、どうして約束破ったの。このお姉さんとお兄さんに捜していただいたのよ、お礼言ってちょうだい」

「お姉ちゃん、お兄ちゃん、ありがとう」

「いいんですよ、さあ、早くお母さんと一緒に行きなさい」

「ありがとうございました。助かりました。さあ、テントへ帰りますよ」

「はーあい」

　お母さんに手を引かれた子どもたちは、無邪気に湿原の入口へ向かって行きました。

「事故にならなくて良かったね、典ちゃん」

「何よりだったね」

「どうする、引き返す」

「少し待って、地図を見るわ」

津田さんは地図を出し自分たちがいる場所を確認し、

「よく聞いて正夫、今から引き返せばかえって時間がかかるの。それよりこのまま裏道を抜けて、ロープウェイの駅へ出る方が早いの」

「うん、僕は典ちゃんの言うとおりにする」

「道は登山道だけど、少し急げば皆とそんなに違わないから」

「分かった。じゃあ、行こう」

石村君と津田さんの二人はその親子と別れた後、湿原の登山道を抜けたようでした。途中から引き返すのも、さらに時間を掛けることになるとの津田さんの判断で、少し遠回りでしたが二人はそのまま湿原を抜け、ロープウェイの駅を目指したのでした。二人は遠回りした分時間を取り戻そうと急いだらしく、途中窪地に架けてある丸木を踏み外した石村君が、三メートルほど下の泥地に落ち足を痛める事故に遭遇したのです。


警察の調べに対し津田さんがことの経緯を説明しているのを、病院へ付き添いとして車に同乗していた貴女は、その話を聞き知っていました。


事故から二週間が過ぎたころでした。ゼミの時間、沢田さんが僕を訪ねて大学の有心館（ゆうしんかん）に顔を出しました。僕たちは清心館（せいしんかん）の地下にある学生食堂で話し合ったのです。

「ねえ、柴田さん、この前のハイキングでの典子たちの遭難のことだけど、柴田さんはどう考える」

「考えるとは、何を……」

「私たちにも反省すべき点はあったよ。けど典子たちの取った行動も、グループで行動している限り見逃せないと思っているの。しかも私が許せないのは、出発の時に私の指示に従うよう何度も確認していたの、柴田さんも覚えているでしょ」

「ああ、特に石村に注意していたよね」

「でしょう。だのに二人だけで楽しもうとして、その確認を無視したことは許せないわ。昨日も典子と学校で顔を会わせたけど、私腹が立つからねっ、無視してやったの」

沢田さんは言いながら、顔を上に向けました。

「沢田さんの腹立ちは、僕にも分かるけどさあ……」

「典子の方は私に話したい様子だったけど、いまさら弁解じみたこと聞かされても仕方ないじゃない。そうでしょう。典子はサブリーダーだったのよ。しかも典子の登山の経験と知識は、私より豊富なのよ」

「うーん、もしそうだとすれば、石村が誘ったのかも知れないな」

「正夫ちゃんはね、前回の時も私の忠告を無視しルートをはずして、事故を起こしたのよ。彼、集団行動のできない、いい加減なとこあるからね。だから私は、典子たちの二人きりになりたかった気持ちが、遭難の原因だと確信しているの。柴田さんはどう思う」

言って沢田さんは僕を見つめました。丸い眼鏡の奥で光る沢田さんの瞳に動揺しました。

「そうだね。あり得ることだね」

「柴田さんも、私と同じように感じていたのね」

事実確認もない憶測から出た理屈立てに、僕と沢田さんは暴走して行きました。

「だけどさあ、沢田さんがさっき言ってた、僕たちの反省って何のことだ。僕にはさっぱり分かんないよ」

「あの時、私と柴田さんがコンパの話に夢中になって、取り決めた歩行の順番や点検を怠ったことよ。でも、今回の二人の遭難とは関係ないと私は思っているけどね」

「えっ、待ってくれよ。どうして僕にも責任があるんだよ」

「私はね柴田さん、ワンゲル部に所属している貴方のお友だち。なんて言ったっけ」

「ワンゲル部の友だちって、溝口のことか」

「ええ、そのお友だちの溝口さんに立ち会ってもらって、今後のために話し合っておいた方がいいと思うの」

「えー、そこまでするのか」

「柴田さんが、止めろ。って、言うなら、この話し合いは持たないけどね」

言い終わると沢田さんは、じっと僕の顔を伺うように見ました。

「整理すべき問題があれば、話し合えばいいんだ。けど、そこまでする必要があるのかどうか。それを僕に聞かれても、僕には分からないよ」

「だってそうじゃない、どうして事故が起こったかということより、どうしてあの二人が列を離れて別行動を取ったのか、そのことの方が重要じゃない。事故というのは何時どんな状況でも、起こり得ることでしょう。けど、規律を破るということはグループの信頼関係に関わることだし、今回はこの程度で済んだけど一つ間違えば大事故にもつながるかも知れないじゃない。今回は初めて参加した、柴田さんもいたのよ」

「そんな難しいことを言われても、僕にはわからないよ」

話が進むにしたがい、僕が参加していることにも話が及び、気分が重くなっていました。

「でもね、初心者の柴田さんが参加してたことは事実よ。このことを考えても問題の整理をする必要があるし、このような失敗を二度と起こさないためにも、話し合う必要があると私は考えているの。それに私と柴田さんだって、ロープウェイの駅員さんや警察に事情聞かれ、いろいろ嫌な思いをしたでしょう」

「それは、そうなんだけど……。まあ、リーダーの沢田さんが持つ必要があると判断するのなら、初心者の僕に異論など言えないけどね」

「良かった。柴田さんの考えが分かって。私、佳菜にも今日の話伝えておくわね」

清心館を出た僕は、沢田さんと別れて溝口君に連絡をしたのでした。

僕はこのような遭難事故の場合どう対処すべきなのか、答えるべき知識など持ち得ませんでした。ただ沢田さんの言う『二度と起こしてはならない』ということだけは、何となく分かるような気がしていました。そして理由はともかく、貴女に会うことができる喜びの方が先に立ち、話し合いを持つことへのこだわりはありませんでした。


数日後、僕は溝口君に会い沢田さんと僕が話したことを伝え、その話し合いに出席することを要請したのでした。

「溝口たちワンゲル部がさあ、もし山で事故に遭った場合はどうするんだ」

「山の事故って言ったっていろいろと状況の違いもあるし、夏山と冬山では当然対応や判断は違ってくるんだ。だから僕たちの場合はあらかじめ事故に遭遇した時を想定して、どう対応するべきかを参加者全員で確認しておくけどね」

「なるほど、用意周到という訳だな。じゃあさ、先週溝口に話したハイキングでの事故には、ワンゲル流に言えばどう対処すればよかったんだ」

「まず別行動を取らなければならないことが起こった場合、どちらか一人が先行するメンバーに知らせに行く。そして落ち合う場所を決めておく。もし事故が起きた時はその場所に目印をつけ、助けを求めに落ち合う場所へ走る。僕たちの間では常識だけどね」

「やはりワンゲル部の意識レベルは高いよ。なあ溝口、今言ったことをさあ、今度の話し合いの場で言ってくれないか」

「柴田、今の僕の話は一般的なことだよ。今回の事故の状況や参加者のレベルも知らないのに、話し合いに出席して意見を言うなどできないよ」

「そう言わずに、俺の顔を立てて出てくれよ」

「困ったなあ」

溝口君は頭を掻きながら呟くように言いました。

「そこを何とか頼むよ」

「じゃあ出席するけど、話し合いのなかには入らなくてもいいことにしてくれないか」

「それで充分だよ。恩に着るよ、溝口」

「柴田、こんなことは今回だけにしてくれよな」

「ああ、分かってるよ」

僕は渋る溝口君を説得し、溝口君が出席することを沢田さんに伝えたのでした。

僕と沢田さんは石村君の回復を待ち、貴女と溝口君も同席の上『リバーバンク』で話し合うことになったのです。

一方、怪我をした石村君には和歌山県の実家よりお母さんが見えられ、病院に入院中も退院後も石村君の日常の世話をされていました。石村君は退院二週間が過ぎたころには回復し、一人で歩けるようになっていました。その間、僕も彼を見舞ったのですが様子を見に行く程度で、お母さんの前ではゆっくり話すこともできませんでした。


遭難事故の話し合いは貴女の実習が終わる時間を待って、午後七時から始まることになりました。当日店は結構混んでいて、マスターとバイトの女性は忙しく立ち働いていました。集合した僕たちは自己紹介を済ますと、直ちに本題に入りました。

「じゃあ、私から言うね。柴田さんいい」

「えっ、ああ」

「佳菜もいい」

「……」

沢田さんの呼び掛けに、貴女の眉は歪み言葉もなく悲しげな眼でじっと沢田さんを見詰めていました。一方暗い表情でいた津田さんの目は、潤んでいるように僕には見受けられました。

「弘子、今日の話は大筋では分かっているけど、お互い傷付け合うことだけはしないで置こうよ。それと今日の私、言い訳するつもりで出席しているんじゃないからね」

津田さんの言葉が少しうわずっているように、聞こえてきました。

「典子、私はここで貴女たちを裁くつもりなんか毛頭ないのよ。ただ物事を全員の共通認識とするため、ことの経緯をはっきりさせたいだけなのよ」

沢田さんの言葉を聞きながらが、僕は貴女のことばかりに心が動いていました。貴女の表情は一層暗くなっていました。

「今日は柴田さんのお友だちで、ワンゲル部の溝口さんにも同席してもらっています」

この時、沢田さんの声が鋭さを増したように感じました。

「じゃあ溝口さんにも、正確な判断をしていただけるよう、一応当日のことを話して置くわね。みんな、間違っていたら遠慮なく言ってね」

沢田さんは当日のことをほとんど間違うことなく報告し、参加者も間違いのないことを確認し、そして沢田さんは続けました。

「まずリーダーとして反省すべき点を報告するわね。たとえ八雲ケ原が登山客で混雑していようと、最後まで全員の確認をせずロープウェイの駅まで行ってしまったこと。ただこの点について言わせてもらえれば、出発時の打ち合わせで帰りのルートも含めて全員で確認していたし、典子はサブリーダーでもあった訳だから、私が確認していなかったらサブとして、その代役を果たすべきポストにあった点を、考慮に入れて欲しいの。その点典子はどう思う」

「半分言い訳のようにも聞こえるけど、基本的に言うことはないわ」

「典子、変な感情を入れないで、冷静に話してくれない」

「分かったわ、そのとおりよ」

「典ちゃん」

津田さんの横に座っていた石村君が緊張した表情で津田さんを見て、手をとりました。

「じゃあ典子たちは、どうしてルートを変えたのか聞かせてよ」

沢田さんと津田さんの話を、全員がじっと聞いていました。

「あ、あのー」

「いいの、正夫は黙ってて。今さらルートを変えたことをここで説明しても、私たちへの遭難という汚名は解消されないのよ」

「だ、だって、典ちゃん……」

「いまさら弁明しても仕方のないことじゃない。別に大した理由があって、ルートを変えた訳じゃないんだから」

津田さんは話そうとする石村君の言葉を押さえました。

「典子、そんな言い方しちゃ、話し合いを持った意味がないじゃない。大した理由でなくても、その理由を聞かせてよ。典子だってサブリーダーだったのよ。それに登山の知識だって私より高いし、経験も豊富じゃない」

「だから、別に理由があってルートを変えた訳じゃないって、言ってるじゃない」

「良く聞いて典子、ここではっきりして置かなければならないことは、付き合ってる貴女たち二人が列を外して突然いなくなり、別行動をとった結果一方が怪我をし、遭難として報道されたのよ。それだけじゃないわ。ロープウェイの駅員さんや警官からも『リーダーの責任だ』と、きつく叱られたのよ」

「弘子ねえ、私は別にいこじな気持ちで言っている訳じゃないのよ」

「典子たちが言いたくないのは私も分かるのよ。私だって付き合っている人と一緒に登っていたら、人目のないところで楽しみたいと思うのは当然だし、もしそうなら今回の失敗を踏まえて、二度と同じような過ちを繰り返して欲しくないのよ」

　何故別行動を取ったのか理由を言わない津田さんに、腹を立てたような強い口調で沢田さんが言って津田さんを睨みました。

「事実確認もしないで、そんな変な言い方しないでよ」

「なら理由を言いなさいよ。典子たちが病院に行っている間、私と柴田さんだってロープウェイの駅員さんに叱られたり、警察に事情を聞かれ、『今後はこのようなことのないよう、言い渡しておくぞ』って、厳重に注意をされ嫌な思いをしたのよ」

　沢田さんの話す声が、話が進むにつれ高まってきました。

「……」

「どう典子、皆の前で事情を話してくれない。正夫ちゃんはどう」

「……」

　遭難という言葉の重さはことの大小を度外視し、大きな過ちや自然に対する知識のなさが引き起こした最悪の事態とする内容を意味しているのです。遭難として報道されたことは、すべての言い分を議論のなかに入れる余地のないものとして、沈黙させてしまう響きがあると僕は感じて聞いていました。

　事実僕や石村君を取り巻く友人や関係者、同学部やゼミの同僚などの遭難と聞かされた時の驚きは、石村君や僕の受け止め方よりもはるかに深刻な出来事として、受け止められていたのです。

「ねえ、溝口さん、今まで話を聞いて、どのような意見を持たれました」

話を向けられた溝口君は、困ったような顔をしていました。再三にわたる沢田さんの要請に、溝口君の重い口が開かれました。

「僕は全員のレベルがどのくらいかということも知らないし、当日その場に居合せてもいないので、的確な分析や状況把握はできません。その点は了承してください」

「当然だわ」

「まず登山中事故に遭遇した際、全体がどういう行動を取るのかという事前の意思統一がなかったこと。そして今、皆さんのお話を聞いている限りで僕が感じた点は、事故を起こした当事者がどうしてルートを外したのか、その点が明確にならない限り問題の正しい判断ができないということ。それと下山するまではリーダーが全体の状況を、常に把握していなければならないこと。何故なら、どのような事態になろうと最終の判断と責任はリーダーにあるからです。今までの皆さんの話を聞いた僕の意見です」

溝口君の言葉を聞いた沢田さんは下を向き、その表情に影が差したように見えました。僕は今、このタイミングだと直感したのです。

「初心者の僕だけど、意見を言ってもいいかなあ」

突然の言葉に、全員が驚いたように僕を見たのです。

「柴田さん、意見があれば遠慮なく言って」

「こんな時に意見を言うのは、恥ずかしいんだけど……」

ゆっくりとした僕の声に、貴女は目を細めて僕を見ました。その時、僕の鼓動は激しさを増していったのです。

7　幼き体験

僕の言葉に、貴女は何かを訴えるように黒い瞳を潤ませ僕を見ていました。貴女の憂いを秘めたその表情に不安がよぎり、動揺を覚えました。

「柴田さん、気付いたことがあれば言ってよ。どんなことでもいいから、言って」

僕がためらっていると、沢田さんが僕に意見を出すよう求めたのです。

この時僕は、溝口君とこの度の遭難について話したことを思い出していたのです。その時でした。

「先輩、お、俺、もう少し注意して歩けばよかったんです。俺の不注意でリーダーや先輩にも迷惑をかけ、本当にすみませんでした。佳菜さん、すみませんでした。俺が一番悪いんです。俺、次回からの参加を取り止めますから。だからもう……」

石村君が声を震わせて言いました。

「正夫一人が悪いんじゃないわ、私が付いていてこんなことになって。ごめんね、正夫」

津田さんは石村君の手を握り、顔を覗き込むように話しました。そんな二人を見た僕は、発言を求めたことを後悔していました。同時に石村君に嫉妬にも似たものを感じたのです。

「正夫ちゃん誤解しないで、私たちが今日の話し合いを持ったのは、貴方たち二人の個人的な責任を追及するためじゃないのよ。今回の事故を教訓にして、再発防止を考えることに意味を感じたからよ。だから正夫ちゃんも、その点を理解して欲しいの」

沢田さんはしっかりとした声で、津田さんと石村君を見て言いました、

「正夫、いいから柴田さんの話、黙って聞こうよ」

「うん、分かった……」

津田さんの言葉に、石村君は苦しそうな顔をして下を向いたのでした。

「じゃあ柴田さん、言って」

「初心者の話だから、的確な意見じゃないかも知れないけど、少し気になったことがあるので最後まで辛抱して聞いて欲しいんだ」

「分かったわ」

「ずっと話を聞いていてよく分らないことがあるんだが、どうして道を変えた理由を石村たちが言えないかだけど、その前に何故道を変えなければならなかったのか。変えなければならない理由が生じたんなら、どちらか一人が先を行くメンバーに道を変えることを伝えてからでも、遅くはなかったと思うんだ。それと石村が落ちて怪我をした場所からロープウェイの駅まで、走れば一五分ぐらいで到着できる距離だろう、だとしたら、津田さんがその場で石村を助け行動を共にするより、駅まで僕たちに知らせに走る方が適切だと思うんだよ。もし二人がそこに気付いていれば、今回の遭難という事態は避けられたんじゃないかと思うんだ」

僕の言葉に沢田さんは、何度となく頷き、

「へえー、この前の登山が初めてなのに今の柴田さんの意見、すごく専門的だね」

沢田さんは、僕の意見に同意しました。

「今の僕の意見は、溝口のアドバイスを基にして話しているんだ」

「でも、初めての登山だったんでしょう。それなのに、そんなことなかなか話せないわよ」

溝口君は目を閉じ、僕と沢田さんの話を聞いています。

「ただ僕は石村と下宿も隣同士だし、それに日

常生活の場でも長い付き合いをして来たからよく分かるんだけど、目上への気遣いや性格のおおらかな所が石村にはあるんだ。ただ、自分が失敗しても罪の意識を感じないと言うか、他人が迷惑をしても気づかないところも持っているんだ。僕もこのハイキングの参加に当たって、石村が言うところではどうしても僕が参加しなければ、石村の立場がなくなると言われ、今回初めて参加したんだ。ところが現地に向かう汽車のなかで、前回のハイキングで石村自身のルール違反に対し、二度としない旨の誓約を全く無関係の僕の分まで、僕に断らずに君たちに承諾していたんだ」

「えっ、典子から聞かされた誓約、柴田さんは承諾してたんじゃなかったの」

僕の言葉を聞き、驚いたように沢田さんが僕を見ました。

「現地に向かう列車のなかで、石村からその話を聞かされたんだよ。初めは腹が立ったけど、石村はそうした行為に対する罪の意識、と言うより、ジョーク的な考えに基づいたものだと考え僕の誓約を認めて、今回のハイキングに参加したんだ」

「そうね、正夫ちゃんのそういうところ、私も常々感じるわ」

沢田さんの言葉でしたが、僕の話の真意と同じかどうか疑問でした。

「で、この度のハイキングでルートを変えたのも、二人で楽しむという気持ちとジョーク的な、例えば幼子によく見かける悪戯っ子のような気持ちから、出た行動だと僕は感じているんだ。だから石村らしさのようなところを抜きに、追及をすることが適切かどうか僕は疑問があると思うんだ」

「なるほど、言われて見れば柴田さんの意見、もっともな意見ねっ」

僕は今回の遭難の原因を専門的に分析し、石村君と津田さんの二人の行動をその心情の分野からも指摘し、さらに石村君の立場も沢田さんの立場も傷付けずに、納め得る意見を述べたことに満足していました。

「先輩、すみません。俺がこんな人間だから、先輩にまで迷惑をかけて……」

下を向いて僕の話を聞いていた石村君は、顔を上げ胸を詰まらせていました。

「石村、僕はここでお前の失敗を追及しているじゃないんだ。石村の場合は、一般論では割り切れないものがあるのだと、言ってるんだ。その点を分かってくれよ」

言って僕は、前に座っている貴女を見ました。ところが貴女を見た僕は驚きました。下を向いている貴女を見ると、何と顔から涙が落ちていたではありませんか。

「佳菜、どうしたの。何で泣いてるの。私、何か変なこと言った」

沢田さんが貴女の顔を覗いて尋ねました。貴女は顔を上げ涙を拭き、そして僕を鋭く睨んだのでした。僕の心臓は激しく波打ちました。そして貴女が、

「私は定時制の高校に入学し、看護婦になりたい一心で働きながら学び、今の看護学校を受験し京都に来たのよ。私が何故看護婦になりたかったか、弘子知ってる」

「知らないわよ。だって佳菜からそんな話、聞かされたことないもん」

「私が二歳の時、父が病気で亡くなった。残された私たちはその後長くは住まなかったけど、父の親戚の家に移った。移り住んだ親戚の家の前には、公園があったわ」

「公園」

「ええ、ところがその公園にはまだ臍帯の付い

た、生まれて間もない猫の赤ちゃんが、五匹も六匹も箱に入れられてよく捨てられていた。家に持って帰れば叔父さんに叱られるから、私はお姉ちゃんと二人で、裏の空き地に建っている小屋で育てようとした。朝起きてお姉ちゃんと二人で仔猫を見に行くと、必ず一匹が死んでいた。残っている仔猫も弱っていて鳴き声も上げない。私はお姉ちゃんと二人で、毎日毎日泣いたのを今も覚えている。裏の空き地に、死んだ仔猫の赤ちゃんを紙に包んで埋め、仔猫のお墓を作る毎日だった。残っている仔猫には台所に置いてある砂糖を、家の人に気付かれないように持ち出し、水に溶かせて飲ますの。けど、仔猫たちは弱っていてそれも飲まない。そして、最後の一匹も死んでしまった。小さい仔猫の命を助けたい。泣いているだけで何もできない幼い私。死んで行く仔猫を前に、ただ悲しくて、悲しくて、自分の無力を思い知らされた」

「そのことと今の話と何か関わっているの」

貴女の話を聴いた沢田さんの言葉でしたが、参加者全員が貴女の小さいころの話を静かに聞いていました。貴女の話は続きました。

「そんな思いが、幼い私のなかに刻み続けられて来た。だから私は看護婦という仕事を選んだと思う。私は石村さんが運ばれた病院で、典子の警察官への説明を聞いていて、行方が分からなくなった我が子の名前を叫ぶ母親に『捜して』と頼まれ、二人が前後のことも忘れて子どもたちを捜しに行った。その結果あのような事故に遭遇したけど、私はその話を聞き山のなかで取った二人の行動の『何が間違いで、何が間違いでないのか、この場の誰がそれを決められるのだろう』と、疑問を持ったわ。子どもの安全を願う母親の思いに応えようとした二人。もしはぐれた子どもたちが事故にでも遭遇していれば、一刻を争うことになる。二人が幼い命を守りたいと思って取った行動に、どのような理屈を持って立ちはだかろうというの。そして、怪我をした石村さんを置いて行けなかった典子。懸命に力の限り、ロープウェイの駅まで共に行動した典子の気持ちも、傷つき弱った者を大切にしたい。頑張って生きるよう励まし力になりたいという、人間としての優しさから出たのなら、必然の行動だと私は思うわ。私は二人を信じ、友人として関わって来たことを誇りに思うわ。でなければ私自身幼いころから持ち続けていた、弱い者の命を守りたいという心は、嘘になるわ。むしろ私は、弘子たちの言っていることが理解できない」

「佳菜、ウゥ」

貴女の言葉を聞いていた僕は、初めは幼いころの貴女の体験を興味深く聞き、なかほどの話に自身の言動を後悔し、最後は胸が詰り体中が総毛立っていました。津田さんは、貴女の言葉に涙を流していました。石村君は津田さんの手を取り、目を潤ませていました。当然沢田さんも言葉なく、下を向いていました。

どれほどの沈黙が続いたのでしょう。しばらくして溝口君が目を開け、本当に穏やかな笑顔で話し出しました。

「柴田には、この場では発言しないと言っていたんだが、少しいいかな……」

「溝口、言うべきことがあれば、構わないから言えよ」

僕も貴女の話しを聞き、すべてのわだかまりが洗い流されたように感じ、素直な気持ちで溝口君の言葉を待ったのです。

「僕は今日ここへ来て、大変勉強になりました。僕もワンゲル部のリーダーとして、良く山に登ります。当然初心者を伴って登ることも度々です。初心者に登山で学ぶべき精神などを、どのように伝えればよいのかでよく意見が分かれます。そして何時も、技術面だけの伝達に終わってしまうのです。本当に血の通わない、冷たい伝達です。ところが今の小田桐さんの話はどのような難関であろうと、たとえ絶望的な状況に追い詰められようと、信じ合い助け合うという心を決して忘れてはならないということを、教えているのだと気付かされました。信じ合うなかでこそ、どのような苦難も乗り越えることができるのだと、確信が持てました。小田桐さん」

溝口君が立ち上がって貴女に話しかけました。

「はい」

「ワンゲル部の、夏休み登山の企画にぜひ小田桐さんに参加していただきたいのですが、お願いできますか」

「登山の企画。そんなこと私には無理です。それに、皆さんのレベルにはとてもついて行けませんわ」

溝口君は腕を伸ばし、貴女に握手を求めました。貴女ははにかみながら立ち上がって、溝口君の手に応えました。

「柴田に頼まれた時は渋っていたけど、僕はこの話し合いに出席してよかったよ」

「石村、津田さん、僕の思い込みで嫌な思いをさせたこと、本当に後悔してるよ。それに小田桐さん、貴女の言葉がなければ僕はよき後輩、よき知人をなくすところだったよ」

「止めてください、柴田さん。私こそ、柴田さんや弘子に生意気なことを言いました。気を悪くしないでね。私も石村さんと典子の優しい心に、教えられた一人です」

僕は貴女の言葉を聞き、何と奢りのない清い心の持ち主なんだろうと感心していました。

「私はことの経緯を聞かされてなかったからね。典子、正夫ちゃん、ごめんね」

沢田さんの言葉にも素直な思いが伝わってきました。

「もういいよ、弘子。私も正夫も遭難という当事者になって、学校や同僚、回りの人や親戚からもいろいろと言われ落ち込んでいたけど、佳菜の話を聞き気持ちも軽くなったわ。どう正夫」

「本当だよ。典ちゃんの言うとおりだよ。先輩、迷惑をかけてすみませんでした」

「石村、そんな言い方するなよ。恥ずかしいじゃないか」

僕と石村君の言葉に全員が笑いました。

「しかしねえ、一番教えられたのはリーダーだった私よ。仲間を信じられないって、リーダー失格だね」

「弘子はこれからも、私たちのリーダーよ。ねえ佳菜」

「ええ、そうよ」

言った貴女の瞳は、出会った時のように黒く輝いていました。

「何時も佳菜にはね、最後の最後で敵わないんだ」

「何を言ってるのよ、弘子。そんなこと言わないで。ねっ」

「ねえ、ねえ、今度はさあ、溝口さんをリーダーに迎えての登山はどう。もう私はリーダー失格だから」

この時の僕たちは、沢田さんの提案に心から賛同しました。そして沢田さんから日本史研究会のコンパに誘われたのでした。

「さしあたりはさあ、日本史研究会のコンパに、溝口さんやワンゲル部の人たちにも参加してもらって、楽しくやらない。どう溝口さん」

「へえー、日本史研究会ですか、僕の友だちもいますよ」

「じゃあ、その友だちも誘ってよ。佳菜もさあ、友だち何人か連れて来てよ」

「私のような部外者が、参加してもいいの」

「いいわよ、コンパっていろいろと理由を付けているけどね、いろんな人が交流できればいいのよ、基本的にはね。だから看護学校の学生も来ればいいのよ。ねえ、典子」

「そうだよ、佳菜。私も正夫も研究会に入っていないけど、二人で一緒に参加するよ」

「そう、じゃあ私も、何人かに声を掛けて見るわ」

そして次の週末、僕たちは叡電元田中駅の横にある『天寅』という学生たちが良く利用する大衆居酒屋で、コンパを開くことになったのです。


そして一週間後、日本史研究会のコンパが開催されたのでした。

コンパの当日、僕は指定された時間より少し早めでしたが『天寅』という居酒屋へ行きました。階段を上がり二階の和室の部屋に入ると、まだ誰も来ていませんでした。ガラーンとした部屋の中央に座ると、清楚な気持ちになりました。

しばらくすると石村君と津田さん、沢田さんと日本史研究会のメンバー、溝口君とその友人、貴女を含め三人の看護学生が席に着きました。見ると貴女の首には、白い包帯が巻かれていました。

「今日は包帯だね」

僕が聞くと、

「実習が終わったのが遅かったのよ、実習の時に巻いていた包帯のままで来たの」

貴女は笑って答えました。

その白い包帯が、なぜかエキゾチックで僕を魅了したのです。静かだった部屋は一瞬にして、熱気が溢れる部屋へと変わりました。

全員が揃ったところで、沢田さんが立ち上がりました。

「皆さん静かにしてください。私はこのコンパの実行委員の沢田です。正直、こんなに多くの方に集まっていただけるとは、思いもしませんでした。日本史研究会と言っても、別に大袈裟なことをしている訳ではなく、その場その場に合わせ理由を付けては飲む会ばかりをしている会です。今日はワンゲル部の方も何人か、それと私の友人で、看護学校へ行っている佳菜がお友だちと一緒に参加しています。ですから今日のコンパは、三者合同コンパということで進めさせていただきます」

「異議なし」

「私と看護学校の友人の佳菜とは同郷で、ハイキングの仲間なんですが、また皆で何処かの山に登れたら楽しいだろうと思います。今日はワンゲル部の方も、何人か参加しています。できれば部長の溝口さんにその企画をしていただき、また今日参加の顔触れが山で会えれば、一層交流が深まると思います。ということで、私の挨拶に代えます」

　沢田さんの話は何時も感心するほど、その場の雰囲気に合ったものでした。その後溝口君そして貴女が挨拶に立ち、乾杯の後参加者全員が自己紹介をしました。

　コンパもたけなわになったころ、僕は貴女の席の前に座りました。

「小田桐さん、僕にも小田桐さんの友人を紹介してよ」

　僕は貴女の隣のお下げ髪の、面長で右目の下に黒子のある女性のことを尋ねました。

「ええ、この方は寮の隣の部屋にいる北岡里江さんよ。何時も一緒なのよ」

「へえー、北岡さんですか。北岡さんは、小田桐さんの後輩ですか」

「私、幼く見えますけど、佳菜とは同回生なんですよ。ねえ、佳菜」

「私ね、困った時は何時も里江に相談するの。私の大切な親友よ」

「そう、小田桐さんの親友なら、僕も友だちだよ」

「この方が柴田さん。私の友だちの典子、里江も知ってるでしょう。典子の彼の先輩よ」

コンパという解放的な場で、貴女と身近で話し合える機会を得たことに、僕はただ嬉しく有頂天になっていたのです。

貴女の紹介を聞いた北岡さんは、

「私の方こそ何時も佳菜には、助けてもらってばっかりなのよ。へえー、柴田さん、津田さんの彼の先輩ですか」

「柴田隆一です」

「北岡里江です。よろしく」

「僕はねえ、北岡さん。小田桐さんとは奇遇というか、不思議な出会いで知り合ったんですよ。そんなことでこれからもよろしく……」

僕はこの時すでに、結構な量のお酒を飲んでいました。

「私の方こそよろしく。柴田さんと佳菜との出会いは、佳菜から聞いてますすよ」

「僕のこと……。二人でどんな話をしてんのか、聞いてみたいね。ところで僕ね、一度聞いてみようと思っていたんだけど、看護寮へは男性は入れないんだろう」

「勿論ですよ。但し例外は認められていますがね」

「例外って、どんな場合を言うんだ」

「そうですねえ､引っ越しの時の業者さんとか」

「じゃあ、北岡さんが引っ越しする時に、僕を荷物運びに使ってよ」

「柴田さんは、顔見知りだから、駄目ですよ」

「そっか、顔見知りは駄目なのか」

僕は貴女と北岡さんに話し合えたこともあって、気分もよく何時になく心の昂りを覚え、グラスのなかのビールを三杯四杯と、立て続けに飲み干しました。

「柴田さん、そんな一気に飲んじゃ体によくないですよ」

その日の僕は何のためらいもなく、注がれるままにグラスを空けていました。僕は貴女の忠告にも耳を傾けず、飲み続けました。下らない強がりでしたが、それが大人びていると錯覚していたのです。

そして酔いが回るにつれ、自棄っぱちにも似た投げやりな態度で、周囲の注目を集めようとしたのでした。

「また、柴田さんと佳菜が仲良く話している」

「なんだ、沢田さんか」

そこへ沢田さんが、貴女と僕の間に割り込むようにして来たのです。

「なんだはないでしょう。ねえ、柴田さん。溝口さんが待っているから、次のハイキングの打ち合わせをしょうよ」

「次のハイキングの。ようし、やろう」

僕は足元をふらつかせながら、沢田さんに手を引かれて溝口君の席へ行ったのです。僕は溝口君との話もほどほどにし、出席者全員にビールを注いで回っていました。

コンパも大分盛り上がり誰が言うともなく、部屋のなかほどで一気飲みが始まったのです。僕と石村君を中心にした一気飲みに、手拍子と共に喚声が上がりました。

「一気、一気、一気」

「おうっ、行け、頑張れ石村」

「駄目、危険です。石村さん、止めてください」

「止めなよ、正夫」

「ウォー、万歳」

ビールを一気に飲み干した石村君は、真っ赤な顔をして両腕を広げて万歳を叫んだのです。僕もそれまでもかなり飲んでいて、錯乱状態になっていました。

「次は先輩ですよ」

「よーし、俺の次は溝口だぞ」

「どうしたんだ、柴田。少し落ち着けよ」

「心配するな。大丈夫だ」

僕は、手を取って諭す溝口君の忠告にも耳を貸さず、前後の見境もなくなっていました。

「一気、一気、一気」

どれほど飲んだのでしょう、急に気分が悪くなって、息苦しさを感じたのです。

「柴田さん、止めてください。そんなに飲めば危険です。止めてください」

僕は、後の席で叫ぶ貴女の言葉を耳にしながら、落ちて行くように気を失ったのでした。

その時の貴女の応急処置を、後日石村君から聞かされました。体を横に向け顎を上げ、戻した異物が気管に詰まらないように吐きやすくし、体温が下がらないようにお店で借りた毛布で僕の体を包むなど、貴女の適切な処置で大事に至らずに済んだのです。気が付けば、僕は病院のベッドの上でした。僕は自分の取った行動が恥ずかしく、愕然としていたのです。

——小田桐さんに会いたい。そしてお詫びと同時にお礼が言いたい——

恥ずかしさと共に貴女に会いたい思いが、日々募って行くのでした。

病院から帰って一週間後でした。僕は貴女に会うべく、寮を訪ねたのです。僕は貴女の帰りを待つため、病院の敷地内にある寮の入り口に立っていました。病棟の通用口から白衣の上にピンクのエプロンを着た看護学生の集団が、次々と建物のなかから出て来ました。余りにも大勢の白衣に圧倒された僕は、貴女の見極めも叶わずただじっと通用口を見ているだけでした。

白衣の実習生が僕の前を通って、寮のなかへ入って行くのです。気後れした僕はどうすればいいのかも分からず、ただじっとその場で立っているしかありませんでした。

「あら、誰かと思ったら柴田さんじゃない」

「あっ、小田桐さん……」

僕を見つけた貴女は、寮に入ろうとしていたところでした。にこやかに首を傾げ、爽やかな笑顔で貴女が近付いて来たのです。

　その貴女の瞳を見た僕は、名前を呼び目を潤わすことしかできなかったのです。

「あれ、柴田さん。こんなところへ来られて、何か急用でもあったのですか」

「……」

　貴女の問い掛けに頷きました。

「どうされたんです」

「小田桐さんに、この間のコンパのことで話したいことがあって」

「コンパのことで、私に」

「小田桐さんが懸命に忠告しているのに僕は耳を傾けないで、その上大変な迷惑までかけてしまって、どのようにお詫びすればいいのか。本当にすみませんでした」

「元気になられてよかったですね。でも、もう二度とあんな真似はしないでくださいよ」

「あんな苦しい思い二度としたくないよ」

「約束ですよ」

「うん、約束するよ」

「よかった、約束していただいて」

「あのー、小田桐さん」

「はい、何でしょう」

「できれば、小田桐さんの都合のつく時でいいんだけど、小田桐さんにぜひ僕の話を聞いてもらいたいと思って、それで、お願いに来たんだ」

「私に。どんなお話でしょう」

「できれば、日を改めて会ってもらえないかなあ」

「そのお話というの、今ここではできないのですね」

「立ち話ではなく、お茶でも飲みながら話したいんだけど。だめかな」

「分かりました。じゃあ、何時がいいんでしょう」

「今度の土曜日はどう」

「土曜日は別に用事はないのですけど、実は大原の方へサイクリングに行こうと思っていたの」

「えっ大原。そうか大原か。小田桐さん、そのサイクリング、僕が同行しては駄目かなあ」

「別に構いませんわよ。柴田さんが一緒に行ってくださるのなら安心ですわ。私大原までのはっきりした道を知らないのよ。それなのに一人で行こうなんて、無謀よね」

貴女は言うと首をすぼめ、少し舌を出してはにかみました。

「じゃあ、話はその時にするよ。どう、朝の九時ごろに来ていればいいかな」

「そうね、九時でいいわ」

「じゃあ、朝の九時、ここの前の入口で待ってるよ」

「はい。私、柴田さんのお昼のお弁当、作って置きますから。いいでしょう」

「弁当、楽しみだなあ。それじゃあ、土曜日九時に」

僕は寮の入口から、前の河原町通りまで駆け抜けました。何故か心の底から、次々と喜びが沸き上がって来るのでした。貴女と二人になって自分の話を伝えることが、僕にはとても大変なことだったから……。

僕は幸せな思いに満ちながら、石村君の部屋を訪ねたのでした。

「石村、足の方はどうだ」

「ええ、もうこのとおり何ともないですよ」

そう言うと石村君は寝転んで、足を上下左右に振って見せました。

「早く治ってよかったな。それより石村、今日は俺がおごるからさあ、ラーメンでも食いに行かないか」

「えっ、ラーメン。本当ですか。本当にいいんですか」

「ああ本当だ。久しぶりに二人で食うのもいいだろう」

「嬉しいですね。じゃあ僕のお気に入りの大東飯店、そこでもいいですか」

「ああ、お前の行きつけの店だろう」

僕と石村君は、廊下の板木のきしむ音を立てて、下宿の階段を降り外へ出ました。

暮れなずむ学生街は、若者たちで賑やかに華やいでいました。僕たちは下宿から歩いて一〇分ほどのところにある中華料理店の暖簾を、炒め油の匂いを感じながら潜りました。

「いらっしゃい」

店に入ると痩せたおじさんの威勢のいい声が、カウンターのなかから聞こえて来ました。そして腰をかけた僕たちに、

「ご注文、何いたします」

「ラーメン・ライス二人前」

「へーい、ラーメン・ライス、リャンガー」

「ついでだ、石村、餃子も行くか」

「へえー、今日は豪勢ですね、何かあったんですか、先輩」

「おじさん、餃子一人前ずつ、追加してよ」

「へーい、チャオズ、リャンガー」

甲高い声が狭い店に響きます。

「おじさん、ニンニクの擂(す)ったの、もらえます」

「お前、強烈なニンニクの匂いをさせて、津田さんに嫌がられないか」

「何時も顔をしかめられますけどね。ですがねえ、この味の誘惑には勝てませんよ」

石村君はニンニクの擂ったものをラーメンに入れて食べるのが大好きらしいのですが、僕は刺激の強さと後に残る匂いが気になり入れたことはありませんでした。

「先輩、今日は何だか嬉しそうですね」

「石村には今日の俺が、嬉しそうに見えるんだ」

「先輩、いいことがあったんなら、俺にも教え

てくださいよ」

石村君の話を聞きながら、何故か喉の渇きを覚えた僕は、コップの水を飲み干したのでした。

8 大原女（おはらめ）

　僕は香ばしいニンニクの香りと炒め油のニオイを嗅ぎながら、コップの水を飲み貴女と大原に行く約束を思い出しながら、鴨川での出会いを石村君に話したのです。

「へえ、鴨川で。ドラマティックですね。もの凄く、いい出会いじゃないですか」

「石村、お前は大袈裟なんだよ」

「俺もそんなドラマティックな出会いがしたいですよ」

「ドラマティックな出会い、か……」

「ドラマティックですよ。で、相手の人の名前、何て言うんです。うちの学生ですか」

　石村君が急かすように聞いてきます。

「俺のことよりさあ、石村。お前、津田さんとは何処で知り合ったんだ」

「嫌ですよ、先輩。俺たちのなれそめなんか聞いても、面白くもおかしくもないですよ」

「横で見ていてお前と津田さん、結構いい線行ってるぞ」

「実はねえ、先輩。ヘッヘー」

　石村君は鼻をこすりながら、意味ありげに笑いました。

「何だよ、変な笑い方するなよ。気持ち悪いじゃないか」

「先輩、誰にも言わないって、約束してくれますか」

「話も聞かない内に、なんだ」

「特にナオンちゃん（恋人の愛称）には、俺が言ったってバラさないで欲しいんですよ」

「ああ、分ったよ。誰にも言わないから早く言えよ」

何度も念を押す石村君に、少し苛立ちを感じて投げやりに言いました。

「実はねえ、先輩。昨日俺、ナオンちゃんと、キスしちゃったんですよ」

言って石村君は、口を突き出して笑いました。

「えっ、津田さんと、本当か」

「ええ、俺、本当にしちゃったんですよ」

「何処でしたんだ」

「昨日昼過ぎ、下宿にナオンちゃんが遊びに来たんですよ。夕方近くまで下宿にいましてね。その後ナオンちゃんを下宿まで、歩きで送ったんですよ」

「津田さんの下宿って、京都駅の裏口の方じゃなかったのか」

「そうですよ」

「お前ら二人で、京都駅の裏口まで歩いたのか」

「だって俺、金無いですからね」


「驚きだなあ、全くよくやるよ」

石村君の話を聞いた僕は驚きました。石村君は往復三時間以上の道を歩いたというのです。その道すがら、津田さんを抱き締めて接吻を交わしたらしいのです。その時でした。

「へーい、ラーメン・ライス・チャオズ・あがりー」

「来た、来た」

カウンターのなかから、僕たちの注文したものが置かれたのです。

「はい、擂り、置いとくよ」

ニンニクの擂り降ろされたのが入った小皿を受け取った石村君は、

「先輩もどうです。入れませんか」

「俺はいいよ。生のニンニクは刺激が強いだろう。そんなに食べれば体がかゆくなるよ」

「そうですか。一度食べたら病みつきになりますよ」

石村君は鼻を鳴らして、ニンニクの擂りおろしを入れたラーメンをすすりました。無邪気に笑う石村君を見た僕は笑ってしまいました。

「どうだ、石村、ビールもいくか」

「えっ、ビールですか。いいですね」

「よーし、おじさん、ビール一本、グラスは二つね」

「へーい、ピチュー、イイガー」

僕と石村君とは、あの遭難の話し合い以来、時どき行っていた食事にも行かなかったのです。何故か気恥ずかしく下宿で顔を合わせても、どこかよそよそしい会話しか交わせずにいたのです。しかし食事に誘った時から、僕も石村君も以前の二人の関係に戻ったように感じたのです。

「なんか今日の先輩、やっぱ変ですよ。どうしたんです」

「実はなあ石村、お前に教えて欲しいことがあるんだ」

「なーんだ、それでおごってくれたんですか」

「そんな風に考えるなよ。食事に誘ったのは別の理由もあるんだ」

「何ですか、その別の理由っていうのは」

「たいしたことじゃないんだ。実家の母親がさあ、親父に内緒で小遣いを送って来たんだ。それで石村を飯に誘ったんだよ。石村に聞きたいこともあったし、なっ。それにこの間の『リバーバンク』でのことも、謝りたかったからな」

「あのことは忘れてくださいよ。でも、いいですね先輩は、五人兄弟で三男坊の俺とは違って、一人息子の跡取りでしょう。しかも裕福な家に生まれて、恵まれてますよ」

「跡取り、か。俺はその言葉に、随分苦しめられて来たんだ。俺の一番嫌いな言葉だよ」

跡取りという石村君の言葉が母の口癖と重なり、少々気分が悪くなっていました。

「そうですかね。で、俺が教えることって何ですか」

「実はこの週末に大原に行くんだけど、お前大原までの行き方を知ってたら教えてくれないか」

「えっ、大原。マジっすか」

「ああ、マジだよ」

石村君が驚いたように僕を見て鼻を動かしました。

「どうしたんです先輩、先輩が大原に何しに行くんです」

「俺だって大原ぐらい、行ったっていいじゃないか」

「やっぱ、今日の先輩は変ですよ。先輩が大原に行くなんて、どうしたんです。何があったんです。教えてくださいよ」

「石村お前、誰にも言わないって約束するか」

「約束ですか」

石村君は餃子を食べながら、曲がった鼻を忙しく動かしたのです。

「ああ、時期が来れば俺から言うからさあ、今は内緒にして置きたいことがあるんだ。どうだ、石村」

「何のことか分らないっすけど、先輩との約束じゃないですか。俺が破る訳ないでしょう。だから早く言ってくださいよ」

「よし、分かった。実はその大原に、小田桐さんと一緒に行くことになったんだ」

「えっ」

貴女の名前を聞いた石村君は、餃子が喉に詰まったのか激しく咳き込んだのです。

「大丈夫か石村」

「脅かさないでくださいよ、先輩。小田桐……。小田桐って、あの看護学校に行っている、小田桐佳菜さんのことですか」

「ああ、その小田桐佳菜さんだ」

「本当に小田桐さん。マジっすか」

「マジだよ。土曜日に小田桐さんと一緒に大原に行くんだよ」

「驚きっすよ、先輩。小田桐さんが先輩の相手だなんて、俺、全く想像できないですよ」

「そんなに驚くことないだろう」

僕は平然と餃子を口に入れました。暖かい肉汁とニンニクの香りが口に広がりました。

「へえ、本当ですか先輩。もしかしてさっき言っていた鴨川で出会った相手も、小田桐さんだったりして。ね、先輩」

石村君は猜疑の流し目で僕を見て言いました。

「まあ、その話は後で話すよ」

「だって、先輩は俺とは違って格好いいし、男前だし、頭もいいじゃないですか」

「何言ってるんだ、おだてるなよ。石村には似つかない言葉だぞ」

「いえ、俺本当にそう思っていますよ。それに家の環境も俺らとは格段の差だし。何時も女性たちのなかで、先輩には付き合ってる女性がいるのか、いないのか。って、噂になっているって、俺のナオンちゃん言ってましたよ。それに格好いい女の子から、よく声を掛けられるじゃないですか」

「バカ、そんな話、数えるほどしかないぞ」

「だから俺、先輩の相手はもっといいとこの家のねっ、お嬢さんをイメージしてたんですよ。小田桐さんが相手とは、ほんと、マジに驚きですよ」

「石村、先ほどお前に話した、鴨川の河川敷で出会った相手、実は小田桐さんなんだ」

貴女の名前を聞き石村君は顎を振って頷き、

「やっぱね、ちょっとはそうじゃないかって、大原の話を聞いて思っていましたよ。へー、先輩と小田桐さんとの間に、そんな出会いがあったんですね」

「俺はさあ石村、小田桐さんと出会った時から小田桐さん以外の女性を、付き合う対象として考えることができないんだ。小田桐さんは優しくて、奥ゆかしくて本当に人間として素晴らしい女性だと、俺は思ってるんだ」

石村君に話しながら、貴女が話していた幼少のころの公園での仔猫の話を思い出し、胸が熱くなるのを感じていました。

「そうですか、小田桐さんが先輩の彼女か。まっ、小田桐さんも色が白くポッチャリして、目が黒くて綺麗で可愛い女性ですよね」

「石村、お前走り過ぎだよ。まだ付き合う話はできていないんだぞ。この週末に二人で大原へサイクリングに行くことになった。只今現在はそれだけだよ。まあ俺はその途中で付き合いを申し入れるつもりだが、なっ」

「そうですか、うまく行けばいいっすね、先輩」

僕たちはビールを飲みラーメンを食べ餃子を頬張り、大原への思いを語り合いました。石村君は心から、僕と貴女との交際が実現することを願ってくれていました。

その週末がやって来ました。僕は下宿の知り合いに自転車を借り、病院の寮の前に貴女を迎えに行ったのでした。約束の時間の三〇分も前に看護寮の門前に着き、貴女が姿を現すのを緊張しながら待っていました。二〇分ほどすると野球帽に白いボーダーの上着を着た貴女が、ジーンズにリュックを背負い首には赤いバンダナを巻き、自転車を引いて出て来ました。野球帽を被っている貴女の姿が、とてもスポーティーに見えたのです。

「おはよう、柴田さん、待った」

「今来たところだよ」

貴女は門前の僕を見つけ、声を掛けて来ました。

「私ね、今日は大原の里にある寂光院と三千院が見たいと思っているの。それともう一つ大原で見たいものがあるの。今日は柴田さんに一緒に行っていただけて、本当に安心だわ」

「案内するとは言ったけど、大原への道は余り詳しくないんだ。石村から少しばかり聞いて置いたけど、まあ、何とかなるよ。ともかく一夜漬けの案内人だよ」

「一夜漬けでも、私は大歓迎なんですよ。女性一人では、やはり不安ですからね」

「じゃあ、行こうか」

「はい、お願いします」

僕と貴女は自転車を連ね、河原町通から川端通へ出て、真っ直ぐ北へ向かって自転車を走らせました。美しい高野川を見ながら二人で自転車を漕ぎ、風を受けながら緩やかな坂道を進んで行きました。僕はとても爽やかな気持ちでいました。

東山通に出、美しい並木のトンネルがある御影通（みかげどおり）を白川通に向け、汗を滲ませ懸命にペダルを踏みました。

そして白川通を北へ向けて行きました。白川通に出ると僕は力一杯自転車を漕ぎ、貴女を引き離しては得意になっていました。しばらく漕いで自転車を止め振り向くと、息を切らせながら懸命に自転車を漕いでいる貴女に、ある可愛さのようなものを感じて待っていました。小気味良い息遣いで顔を赤くし、貴女は僕に追い着きました。

「疲れた」

「ええ、柴田さん早くて……。見失わないように、私は一生懸命漕ぐんだけど……。どんどん離れて行くんですもの」

「じゃあ、少しゆっくり行こうか」

「そうしていただけたら嬉しいわ」

僕たちは白川通を北上し花園橋を右に取り、国道三六七号線を上高野から八瀬へ、高野川に沿って自転車を走らせたのです。八瀬に入ると国道とは名ばかりで道幅も狭く、観光バスがすれ違う道を注意しながら進みました。

しばらくすると山の間に開かれたように家が立ち並び、そここに田畑が点在して見えて来ました。正面には蛇行する道路が伸び、その奥で山々が青く光っているのです。道を進むと右手に大きな駐車場のある、『しば漬け』で有名な店に出ました。その店の向かい側には花尻橋という小さな橋があり、橋の手前には幅三メートルほどの地道が畑と川の間に伸びていました。僕たちは車の多い国道を避けその地道を進みました。遠くで野鳥が鳴いています。

「ここが大原の里か。自然に囲まれたいいところだね」

「写真で見るより山並みの美しい里だわ」

北山の峰々に禊（みそ）がれた美しい小川が流れ目前には田園が広がり、その一角に苗から成長したばかりの紫に染まった紫蘇畑が鮮やかで、北山の深い緑の山並みと自然豊かな里山を前にした僕は、思わず森山良子が歌う『この広い野原いっぱい』を口ずさんでいたのです。

僕はこの美しいメロディーと、透き通るガラスのような歌声の森山良子が大好きでした。今、目前に広がる田園のなかへ自転車を走らせこの歌を歌うと、頭のなかに野菊やタンポポの花の群生が現れて来るのです。

僕が歌っていると合わせるようにして、後ろから貴女の綺麗な歌声が聴こえて来ました。青い空、点在する白い浮き雲、新緑の美しい山々が迎えてくれる里山のなかを、水の音を聞きながら地道に車輪を震わせて進んで行きました。

そして農道を通り、別れ道に建ててある標識を頼って寂光院を訪ねました。

細く登る道の突き当たりは原生林に囲まれ、山の間へと道が消えて行きます。鬱蒼とした古道が続いていて、寂光院はその手前の垣根に挟まれた石段を登って行くと、山の中腹に静かに佇んでいました。石段の上り口の前には何軒かの土産物屋が建っていて、貴女は一軒の出店で、編み笠を被った小さな小僧さんの修行僧の人形を買いました。

「どうしてその人形を買ったんだ」

何故その人形なのか、僕が貴女に尋ねると、細めた目の奥にはにかみを隠しながら、

「今の私も、この小僧さんのお人形と同じだから。素直な気持ちを忘れたくないの」

つぶらな瞳で、あどけなく言っていました。

寂光院を後にした僕たちは、田畑のなかの細い道を自転車で走り国道を横切り、三千院に続く急な坂道を自転車を押しながら登って行きました。しばらく登ると、幅の広い石段が現れました。僕たちは自転車を置き、青い紅葉の葉が道にしだれる石段を登って行きました。石段を登り切ると、そこに三千院の山門が見えて来ました。

「どうですか、美味しく漬かっていますしぃね。お摘みなさって」

山門の前には茶店のような土産物屋が並び、道を行き交う観光客相手に手拭いを頭に被り、膝ぐらいまでの絣（かすり）の着物に、前掛けと赤い紐（ひも）を襷掛（たすきが）け、絣の手甲に白い脚半と地下足袋姿の大原女の姿をした女性が、漬物の味見をさせていました。その光景を見た僕はタイムスリップしたように感じて、初めて名刹を訪ねる心情を知ったのです。

「飲んでみてくださってね。美味しい紫蘇茶ですよ。よかったらなかで休んでくださってね。土産物も食事も揃えていますしぃね」

大原女姿の女性がお盆を手に僕たちに声をかけ、紫蘇茶を勧めに来ました。貴女はお盆に乗せてある湯飲みに顔を近付け、立ち上る湯気の香りを嗅ぎ、

「ねえ、柴田さん。とてもいい香りがするから、紫蘇茶のサービスいただかない」

「飲んでもいいんですか」

「ええ、ご遠慮なさらないで飲んでくださって」

「じゃあ、いただきます」

店の前でお茶を勧める若い大原女の言葉に、僕は赤い毛氈（もうせん）が敷いてある床机に貴女と並んで腰を掛け、恥ずかしさを覚えながらも楽しい気持ちで紫蘇茶を啜りました。

「柴田さん、少し待ってくださらない」

言って貴女はリュックからスケッチブックを取り出しました。

「私がこの大原を訪ねたかったのは、大原女をスケッチしたくてよ。こんなに早く出会えるなんて、幸運だわ」

「小田桐さんは、絵が好きなんだね」

「この里山で大原女のスケッチが書きたかったの」

「小田桐さんは絵も描くんだったね。どんな絵か、機会があったら見せてよ」

「人に見せられるような代物じゃないのよ」

「山に行ったときも書いていただろう」

「趣味の範疇なのよ。四年間懸命に通った定時制高校の卒業が決まって、京都の看護学校の入学を目標にしていたころ、いろいろ京都のことを調べていたの。その時、この大原のことが紹介されていたの、ちょうど今見ている景色に、大原女の行列が写真で写っていたのね。京都へ来ることができたら、ぜひこの地を訪ねたいと思ったの」

「そっか、思いが叶って良かったじゃないか」

「でも京都に来た本当の理由は、別にあったけどね」

「えっ、本当の理由……」

貴女は興奮気味に言って少しの時間でしたが、スケッチブックにエンピツを走らせていました。そんな貴女を僕は眩しく見ていました。スケッチが済むと貴女はゆるりと紫蘇茶を味わっていました。


「この紫蘇茶結構香りがいいし、美味しいわね。なんだか体によさそうよ」

「こんないい場所で飲むから、なおさら美味しく感じるんだよ。この場所は本当に心が和むところだね。ここにじっと座っていると、いろいろなイメージが湧いて来そうだよ」

僕は紫蘇茶の香りを胸に吸い、目を閉じて静かに言いました。

「やはり柴田さんは、私たちとは視点が違うのね」

「取り立てて言うほどのことじゃないよ。ただ、そうだねえ、感じるだけなんだ」

「どのように感じるのかしら」

「そうだね、行き交う人がいて、土地に住む人がいて、深い山に囲まれた緑の名刹を守る人たちがいて、それを訪ねる人々と迎える人がいて、また売る人と買う人がいて、そしてお茶を啜る僕たちがいて」

「ほんと、そうね。この山にも里にも田畑にもお寺にも、溢れるほどの命があるものね」

「溢れるほどの命。小田桐さんは面白いこと言うんだね。僕にはあり得ない視点だよ」

「私の方こそ、柴田さんには感心していたのよ」

「えっ、感心。僕の何を感心していたんだ」

「山で柴田さんが書いていた詩。とても感じが出ていてよかったですよ。私、弘子が読んでいたのを、驚いて聞いていたのよ。よく書かれるのですか」

「小学生のころから、思いついたことを書いているだけだよ」

「詩が書けるような環境で育ったのね。私が育った環境からは、考えられないことだわ。本当に羨ましいわ。これからも勉強されて、どんどん書いてね」

「意識的に書こうと思っても、書けるものじゃないけど、感じた時を大切にするよ」

　紫蘇茶を飲んだ後、山寺の三千院を拝観しました。僕たちが三千院を拝観し出て来た時は、すでに正午を一時間も過ぎていました。僕も貴女も空腹でした。

「腹ぺこだよ」

「私もよ」

「お昼はどうするの」

　貴女が背負っていたリュックを僕が持って、貴女に尋ねました。

「柴田さん私ね、寮のお友だちに、食事をするいい場所を教えてもらって来たのよ」

「へー、小田桐さんもいろいろと調べて来ていたんだ」

　僕たちは、大原の奥へと向って行きました。

「この先にねえ、勝林院と言うお寺があるらしいの。そのお寺の本堂の右の道を行くと、山の斜面のような所があって、そこから素晴らしい景色が見られるそうよ」

「じゃあ、その景色のいい場所へ行こうか」

僕たちは三千院の前の道を、真っ直ぐ北に向かって奥に突き当たりました。そこには勝林院と書かれた標識の板があり、ガラーンとした方丈のような庭の奥に、素朴なお寺が建っていました。本堂の右横を山道に沿って行くと、確かに貴女の言ったとおりの景色が現れたのです。

草の香りと美しい山道に誘われ進んで行くと、大きくて平たい岩が現われました。僕たちはその岩の上で食事をすることにしたのです。前方には太陽の光を浴びた大原の山々が、燦々と輝きを放ち僕たちを取り囲むように立ち並んでいました。

「素晴らしくいい眺めだね」

「こんな開放的な気分で食事をするなんて、ほんと何年振りでしょう。柴田さん、貧しい食事ですがいただきましょうよ」

貴女はリュックから、二箱のタッパーを取り出しました。開けるとなかには海苔巻きのお握りに卵焼き、ソーセージに鳥の唐揚げに焼き魚、そして野菜サラダが入っていました。

「凄い贅沢な昼食だなあ、石村に話したら叱られそうだよ」

「簡単に済ませたのよ」

「そうかなあ」

「はい、手を拭いてねっ」

「ああ、ありがとう」

ナイロンの袋のなかに入っている手拭を受け取った僕は、手を拭きお握りを頬張りながら、貴女に自身の思いを打ち明けるべく機会をうかがっていました。貴女はいろいろと話していたようでしたが、僕の頭のなかは貴女にどのように付き合いの申し入れをするべきか、そればかり考えていました。と、僕は緊張の余り喉を詰め激しく咳き込みました。

「大変、はい、お茶飲んで」

差し出されたコップを受け、一気にお茶を飲み干しました。そして僕は、胸の高鳴りを押し殺し、貴女に自身の思いを打ち明けようと思ったのです。

しかし、結局その日は自分の思いを伝えることができずに、大原を後にしたのでした。

「小田桐さん」

「はい」

「あのー」

感情を高ぶらせていた僕の言葉、つながっていませんでした。

「どうされました」

「またさあ、こんなふうに会ってもらえれば嬉しいんだけど、駄目かなあ」

「そうね、柴田さんさえよかったら、私は一向に構いませんのよ」

「ああ、よかった。嬉しいよ」

「私、柴田さんの顔色が変わったので、何を言われるのか心配していたのよ」

「駄目だなあ、僕は、自分の気持ちを伝えようとすると何時も緊張してしまうんだ」

「真面目な人なのね。分かるわ」

この時の貴女の言葉で、僕の心は本当に明るくなったのです。

「じゃあ今度はさあ、僕が昼食を用意するから、どう次の土曜日。小田桐さん、都合つくかなあ」

「そうね、土曜日は少し朝寝坊したいので、お昼前に会うのならいいわ」

「そう、じゃあ何処へ行く。僕は小田桐さんに合わせるから」

「私その日は夕方からバイトなの、だから三時半には寮に帰っていたいの。だから近くでならいいわ」

「小田桐さんの寮の近くでいいなら、ありふれた所だけど、京都御苑で会おうか」

「御苑、いいわよ。私御苑のなか散歩するの、京都御苑で会う約束ができたことで、僕の気持ちも幾らか満たされて下宿に帰ったのです。

少し心残りでもあったのですが、次の土曜日に

　貴女に自分の思いを伝えられなかったことが

「そう、じゃあ御苑で聞かせてね」

時にするよ」

「うん、でも御苑で会えるから、御苑に行った

ってませんでした」

「それはそうと柴田さん、私に話があるって言

「僕だって初めての体験だよ」

……。楽しいの……」

「でも私にしてみれば、初めてのことだから

とだ、大層なことはできないから」

「あんまり期待しないでくれよ。どうせ僕のこ

　貴女は手をたたいて喜びを表しました。

にしているからね」

「わー、嬉しいな。柴田さんの昼食、私楽しみ

に行くよ」

「じゃあ、一一時ぐらいに、また寮の前に迎え

大好きなの。じゃあ御苑で会いましょうよ」

9　雛(ひな)の葬送

　大原から下宿へ帰って来たのが、夕方近くでした。夕食のインスタントラーメンを作っていると、僕の帰りを待っていたかのように、石村君が部屋に訪ねて来ました。

「先輩、石村です。入ってもいいですか」

「石村、お前はいちいち断らなくてもいいんだ。早く入れよ」

「ラーメン作っているんですか。エッヘッヘッー」

　そう言うと、石村君は意味ありげに笑ったのです。

「食べるんなら、もう一袋あるから食べろよ。ただし、卵は俺の分しかないからな」

　僕はそう言ってラーメンの袋を渡しました。

「ありがとうさんです。エッヘッ」

　石村君は鼻にしわを造って笑っています。

「気持ちの悪い笑い方をするなよ。お前が何しに来たか、分かってんだぞ」

「で、どうでした先輩。うまくいったんでしょう」

「そんな簡単に、物事が運ぶ訳ないだろう」

　僕は手鍋を運んでお膳に置き、卵を割ってナベに入れました。

「えっ、じゃあ駄目だったんですか」

「まだ初めてのデートじゃないか。問題は次に繋ぐことが大事なんだよ」

「次って、どういうことっす……」

「次の土曜日に、二回目のデートの約束をして別れて来たんだ」

「なんーだ、心配するじゃないですか、先輩。次のデートの約束ができてれば､大成功ですよ」

「まあ、心配しないで見てろって。必ず説得してみせるからさあ」

「それを聞いて安心しましよ」

石村君の僕を気遣う想いが、痛いほど伝わってきていました。

僕は湯気の立つ手鍋からラーメンをすすりました。

「先輩、じゃあ食べますよ」

「ああ、食べろよ」

僕たちはラーメンをすすりながら、貴女と行った大原でのことを話しました。


土曜日の朝、目を覚ますとすでに日は高く上がっていました。僕は前日に用意した食料やコーヒー缶を新聞紙と一緒にリュックに詰め、今日こそ貴女に自分の思いを伝える決意をして、貴女を迎えに病院の寮に行ったのです。

「風が強くて少し寒いけど、天気が好くって嬉しいわ」

「そうだよ、外で食事をするのに雨だったら最悪だよ」

貴女は山で巻いていた草色のスカーフをし、白いセーターにピンクのスカートを揺らせ、笑顔で出て来ました。河原町荒神口から北へ上った次の信号を西に入り、大学の正門の前をとおり、寺町通を渡れば御苑の東側にある清和院御門に到着です。この門の反対に位置するのが蛤御門でした。

貴女の生活している看護寮から御苑までの距離は、一〇分ほど歩けば到着するくらいのところでした。僕たちは清和院御門をくぐり砂利に足元を取られながら、美しく整備された道を並んで歩いたのです。

道の端に備えられたあちこちのベンチでは、若い男女のカップルが腰をおろし楽しそうに話していました。また、垣根のなかの芝生で子どもとはしゃいでいる家族や、ベンチに座って日向ぼっこをしている老人もいました。大宮御所から左手に京都御所を見る大きな道に出ると、前方の空に霞がかかったような北山の山並みが姿を現しました。僕たちは広々とした大通りを、猿ケ辻に向かって歩いて行きました。

上空を数羽の鴉が、鳴きながら道を横切って飛んで行きます。東側の芝生のなかでは、ゆっくりとした動きの太極拳をしている老人、望遠カメラで野鳥を撮影している人たち、キャンバスを立て絵筆をふるっている人、旗を持ったバスガイドに先導され、御苑のなかを老人の集団が歩いて行く。実にさまざまな人たちが、思うに任せて時間を過ごしているのです。

「空が高くて広くて、自由に流れる雲も見え、木や草の香りが身近に感じるわ」

貴女は両腕を広げ、深呼吸を繰り返しています。

「昔は人口も少ないから敷地も広く取れ、建物も高くする必要もなかったんだろうね」

「柴田さんは、御苑へはよく来るの」

「下宿から結構近いんだよ。だから時どきだけど、気分転換に散歩に来るよ」

「一人で散歩しているの」

「ああ、来る時は何時も一人だな。気が向いた時、ふらっと来て散歩をしたりベンチで寝転んで本を読んだり、そのまま眠っていて守衛さんに起こされたり、馬鹿みたいだよ」

「ウフッフッフ、じゃあ今日私と二人で来たの、初めてなのね」

「そう言えばそうだよ、二人で来たのは初めてだなあ」

「正直に言うとね、私も里江とよくここへは来るのよ」

悪戯を告白する時のように恥じらう貴女に、僕は心を弾ませていました。

「里江って、北岡さんのこと」

「ええ、休日におにぎりを作って遊びに来たり、実習が終わって夕食の後、二人で夜の御苑を歩いたりね」

「暗くなって女性二人だけじゃ、危険じゃないか。二人で何をしてるんだ」

「ベンチに腰をかけていろいろと話をするの」

「どんな話しをするの」

「実習の時の話とかドクターと看護婦さん、他の学生の噂話だけど。時どき話に夢中になって時間の過ぎるのも忘れて、守衛さんに注意されたりするの。危ないから早く帰りなさいって」

「そうか、守衛さんに注意されるのは、僕と同じだ。けど、僕は明るい時しか来ないよ」

「ねえ、柴田さん。私たちこの御苑の何処かで、顔を合わせていたかもしれないね」

「そうだね、でも不思議なもんだね、人間の出会いって」

「そうね、鴨川の土手でのことがなかったら、今柴田さんとこうして御苑に来ていることはなかったものね」

「じゃあ僕は、トカゲの赤ちゃんに感謝しなくちゃいけないな。トカゲの赤ちゃんの出現があったからこそ、小田桐さんと出会えたんだからね。その限りではさあ、トカゲの赤ちゃんの命も、大いに存在価値があったんだよ」

「思い出したくないけど、言われてみればそうだわね。少し悲劇的だったけど」

　貴女が言った時、風が音を立て砂ぼこりが二人を吹き抜きました。僕たちは体をかがめて風が去るのを待ちました。

「風が冷たくて少し寒いわ」

「佳菜さん、僕はいいからこれを着てよ」

　僕は着ていたトレーナーを貴女に差し出しました。

「柴田さん、寒くない」

「ああ、遠慮せずに着てよ。佳菜さんが風邪をひいたら患者さんに感染するだろう」

「ありがとう」

貴女は言うと僕のトレーナーを着て、長めの袖を重ねていました。


僕たちは楽しく話しながら、猿ケ辻を右に折れ『母と子の森』に向かって小道を歩きました。エノキ、サクラ、モミジ、カツラの落葉樹の林から松やアケボノスギの針葉樹の巨木の林へと、小道は続いていています。

「柴田さん、この道、さっきの砂利道と違うわね。何だか柔らかくてとても歩き易いわ」

「うーん、長い歳月をかけ、木々の落ち葉が土を耕して来たんだよ。きっとそうだよ」

「落ち葉が土を耕すか、いい言葉ね。そして耕されたその土のなかから、また新しい命が産まれる。だから気持ちよく歩けるんだね。それに引き換え人間は自然が創った暖かい道を壊し、冷たい道路に換えて行く。人間の作った道路からは何も産まれない」

「そのどちらを選択することが正しいんだろう。人間の生活にとっては、どちらも大切なことなんだけど……」

僕たちは静かで柔らかい小道を、木漏れ日を受けながら清々しく歩いて行きました。御苑の北に沿った今出川通に近付くと、垣根の向こうにあるグランドから、

――打て、ワッー、回れ、回れ、走れ、おーい何やってる、早く投げろ――

草野球の歓声が、小さく聞こえて来ました。

「どう柴田さん、あの松の下で座りましょうか」

「僕は何処でもいいよ」

僕たちは囲いのなかにある松の大木の下に新聞紙を敷き、腰を降ろしました。

「ねえ柴田さん、少しお昼には早いんだけど、昼食にしないこと」

正直僕は、貴女の言葉に救われたように感じ

ていたのです。と言うのも、朝起きるのが予定より遅くなり、慌てて貴女を迎えに行ったため朝から何も食べていなかったのです。

「そうだね、昼には早いけど僕は大助かりだよ。朝ご飯食べないで来たから、さっきからお腹が鳴っていたんだ」

「ええ、私にも柴田さんのお腹の音、聞こえていましたよ」

「何だ、小田桐さんにも聞かれていたのか。じゃあ、もっと早く言えばよかったよ」

貴女にお腹の鳴る音を聞かれていたことが恥ずかしく、顔のほてりを感じていました。

「僕は店で買って来た物しか用意できなかったけど、我慢して食べてよ」

僕はリュックのなかから野菜の入ったサンドウィッチと唐揚げ、バナナとクッキーに缶コーヒーを取り出し、新聞紙の上に並べました。

「デザートにおやつにコーヒーまで揃っているじゃない。バランスのいい昼食だわ」

「僕は何も考えずに買って来たんだよ。そんなふうに言われると照れるよ」

僕と貴女は他愛のない話をしながら、楽しく食事をしたのです。

「さっきさあ、北岡さんと御苑で遊ぶって言っていたけど、どんな遊びをするんだ」

「子ども染みた遊びだけど、三つ葉のクローバーを摘んで飾りを作るのよ」

「へえー、そんなもので飾りが作れるの」

「ええ、子どものころお姉ちゃんとよくやったのよ」

「へえー、佳菜さんにはお姉さんがいるんだ」

「ええ、そうよ」

「クローバーの飾りか。面白そうだね。どうするの、僕にも教えてよ」

「じゃあクローバーをたくさん摘んでくれる」

僕は松の木の近くに群生する、三つ葉のクローバーを懸命に摘みました。幼少のころからこのように友だちと遊んだ記憶のなかった僕は、無心になってクローバーを摘んだのです。

——キャア！——

突然、貴女の悲鳴が聞こえて来ました。僕は驚いて貴女のいる処へ駆け寄りました。

「どうしたんだ、佳菜さん」

「見て、柴田さん。ここを見て」

「どうしたんだよ、急に大声を出して……。何だよ」

貴女の指差す処を見ると卵から孵(かえ)って間なしの鳥の雛が、干からびて死んでいたのです。僕と貴女は松の大木を見上げました。松の葉の間からは、眩しく輝く太陽の光が射していました。

「どうしたんだろう。巣から落ちたのかなあ」

「この雛、何の雛かしら……」

「襲われたのかなあ。特に鴉は悪食だからね」

「雛の時は、皆同じような姿をしているのに、鳥同士でそんなことをするのかしら」

「鴉にでも襲われたのなら、まだ救われるけどね」

「柴田さん、それ、どういう意味なの」

この時貴女は顔を傾げて私を見たのです。

「何時だったかテレビで見たんだけど猛禽類の雛はさあ、自分が生き残るために一緒に産まれて来た兄弟の雛を、突っついて殺してしまうんだよ」

「えっ、どうしてそんなことをするの」

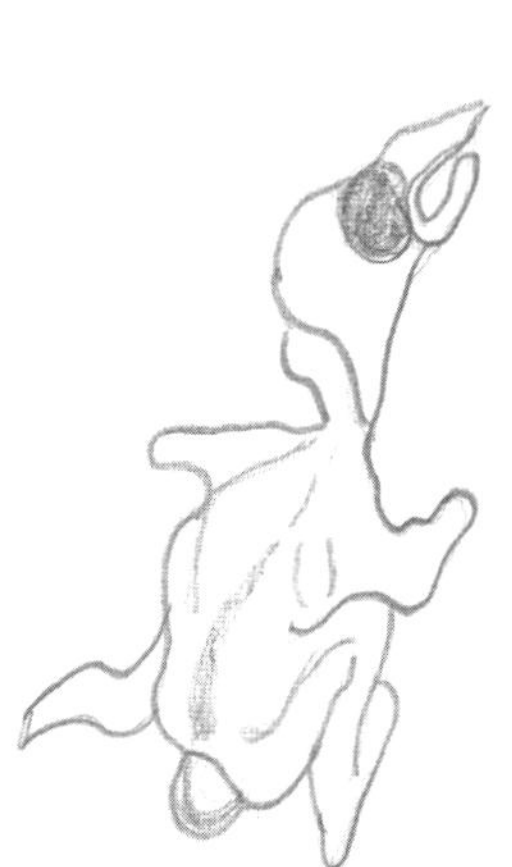

「自分以外の雛がいると、親鳥の運んで来る餌の取り分が少なくなるから、本能的に自分が生き残るために殺すんだろうね。しかも、それを親鳥はじっと見ているんだ。でもその雛が他の生き物に襲われたりすると、親鳥は命を懸けて雛を守ろうとする。僕たち人間には考えられないことだよ」

貴女は僕の言葉にしばらく考え、

「そうっか、地球上の命が命として生きて行くことが大変なんだね。人間だって生きて行くのが大変だもの。そうよね。鳥たちと私たち人間との違いは、その命がどういう世界と対峙して生存しているかでしょうね。この雛が悪い訳じゃないものね」

「そうだ佳菜さん、この雛のお墓を作らないか」

この時僕は、鴨川でトカゲの墓を造ったと言う貴女の言葉を思い出したのです。

「そうね、二人でこの雛のお葬式をして、お墓は深く掘ったものにしようね」

「よし、やろう」

僕は近くに落ちていた木の枝で、地表に出ている松の根の横に穴を掘ったのです。新聞紙に雛の死骸を包んで土に埋め、その上に石を置き雛のお墓を作りました。そしてお墓に向かって目を閉じて手を合わせたのです。少しの時間でしたが僕は穏やかな気持ちになり、そっと目を開け貴女を見ました。驚いたことに貴女の瞳から、大粒の涙が流れていたのでした。

「小田桐さん、どうしたんだ。どうして泣いているんだ」

「この雛も巣から落ちてなければ、親鳥になって空を飛んでいたのにと思うと……」

貴女から命に対する慈しみの言葉を聞き、貴女の慈悲にも似た愛を僕に向けてもらいたいという強い思いが湧き立ったのでした。

「小田桐さん……」

「どうしたの、柴田さん」

「もう僕は、我慢ができないんだ」

「えっ、何が我慢できないの」

「こんなことを小田桐さんに告白する僕を、変な人間だと思わないで欲しいんだ」

「私が、柴田さんを……。そんなこと思ったこともないですよ。それより少し落ち着いてください」

感情を高ぶらせた僕の手を取った貴女の瞳に、深い憂いを見たのです。

「僕は、鴨川の土手で小田桐さんと出会って以来、ずっと小田桐さんのことばかり考えていたんだ。小田桐さんが好きなんだ。だから、僕と付き合って欲しいんだ。佳菜さん、駄目か」

「柴田さんとはすでに知り合いですし、お友だちでしょう」

「友だち……。佳菜さん、僕は一般的な友人関係を言っているんじゃないんだ。佳菜さんに対する特別な感情が、どうしようもなく強くなって行くんだよ」

「柴田さん……」

僕は取り留めのないことを、必死になって言っていました。顔が真っ赤になり、体が硬直するのを意識していました。

僕の申し入れを聞いた貴女の表情は硬く、不安を隠せないでいるのが伝わって来ました。

「気分を害したんですか、小田桐さん」

「いえ、そうでは……」

「気分を悪くしたのなら謝るよ。しかし、今話したことは小田桐さんに対する、僕の本当の思いなんだ」

僕は握っていた小田桐さんの手を放し、静かに話しました。

「でも私、どう答えたらいいのか分からないんです」

「もう少し、もう少し男性と女性の関係についての、僕の話を聞いてくれないだろうか」

「ええ、分ったわ。聞かせてもらうわ」

「特別な関係の男女の付き合いは、単に異性を求めるだけではないと僕は考えているんだ。人間同士としての男女が、個性をぶつけ合いそこから互いに影響し合う。そのなかで、個性の限界をお互いが広げて行く。男女の交際とはそうした異性体験だと、僕は考えている。だから僕にとってその相手は、誰でもいいという訳じゃないんだ。僕にとっての相手は、小田桐さん以外に考えることができないんだ」

僕は自分の考えを伝えながら、貴女が真剣に僕の話を聞いていることに希望を感じていたのです。

「個性の限界を広げる。いい言葉ね。でも考えれば難しいことですよね。正直言って私も柴田さんという男性に、興味を持っていることは事実です。でなければ大原の案内をお願いしたり、一緒に御苑に来たりはしないでしょう」

「それは僕の申し入れを受け入れてくれたと、思っても……」

「私どう答えていいのか、よく分からないんです。確かに柴田さんはいい人よ、でも……」

貴女は眉をしかめ、苦しそうに言ったのです。僕は貴女の困惑した顔を見て無理に結論を迫ってはならないと直感していたのですが、何としても貴女を僕の愛すべき女性として獲得したいという思いが、その時は強く働いたのです。甘やかされて育った僕の傲慢から出たことでした。

「小田桐さん、僕は決して結論を急いでいる訳ではないいんだ。でも若い僕たちの人生も決して長くはない。だからこそ青春に意義を感じたい。ときめく日々が欲しい。僕の切羽詰った思いを伝えた以上、小田桐さんの正直な気持ちを聞きたいんだ」

「ごめんなさい、柴田さん。少し時間をいただけないですか。今、柴田さんの話を聞いていて、私が柴田さんの個性の限界を広げるような、そんな人間に成り得るとは思えないし、勿論その自信もありません。その点を、自分なりにゆっくり考えたいのです」

「小田桐さん、僕は、そういう意味で言ったんでは……」

「でも個性とは、それぞれが生まれて来た家庭環境や刺激を受けた地域社会によって作られたものでしょう。その個性の限界を広げるなど、とても私にはできる訳ないわ。柴田さん、貴方の言葉どおり青春は一瞬よ。けど私……。ごめんね」

貴女はそう言うと下を向きました。

「分かった。小田桐さんの気持ちよく分ったよ。でも僕が言った個性の限界の話し、小田桐さんが受け止めたほど、大層な意味のことを言った訳じゃないんだ。その点だけ、理解して欲しいんだ」

「ええ……」

貴女の言葉を聞いた僕は、かっこよさだけを追求したような下らない理屈が、貴女との距離を広げていたのを悟ったのでした。

「ええ、分かったわ。私も柴田さんの言った、青春は一瞬で過ぎて行くということを、真剣に考えるわ」

二人で鳥の雛のお墓を作った時の和やかな雰囲気を、僕が交際を申し入れたことで壊してしまったような、そんな罪悪感にも似たものを感じていました。

思い返せば何度か貴女と会っていたとは言え、唐突に交際を求めなくてもいろいろと出会いを重ね、お互いの人間を知ってから申し入れてもよかったのです。

僕は貴女と気持ちが離れたまま御苑を後にしたのでした。僕が後ろを振り返り、遅れて歩い

ている貴女を待っていても何故かよそよそしく、貴女に笑顔が戻ることはありませんでした。そして、病院の寮の前に着いた時、

「今日は僕の言葉で、気分を悪くさせたね」

僕は静かな気持ちで貴女に話していたのです。

「違うの……」

「本当に申し訳なく思ってるよ。少々せっかちすぎたと思う、それだけは分かって欲しいんだ」

「ええ、気にしないでください。柴田さんに責任があるのではないんです。私が未熟でしたから。柴田さんの話に何故か戸惑ってしまって」

貴女はトレーナーを脱ぐと、丁寧に畳んで僕に差し出しました。僕は受け取りながら、

「小田桐さん、また僕と会って欲しいんだけど駄目かなあ。今日の僕の申し入れとは関係なく、会って欲しいんだよ」

「時間が空いていたらまた声を掛けてください。今日は柴田さんといろいろなお話ができて、嬉しく思っているのよ」

そう言って、貴女は笑顔を見せてくれました。僕はその貴女の笑顔に救われたように感じ、貴女に寮の電話番号を聞き、また連絡することを伝え下宿へと急いだのです。

下宿に帰ると、入り口に石村君が僕の帰りを待っていました。

「先輩、どうでした。うまく行きましたか」

「う、うん」

「駄目だったんですか」

僕の元気のない返事に、石村君は随分心配していました。

「石村、駄目ということじゃないんだ」

「じゃあ、どういうことですか」

「まあ、部屋で話すよ」

僕は下宿に着くと何故か気怠さを感じ、ゆっくりと階段を上って行きました。部屋に入って腰を下ろすと先ほどまでの緊張も解け、やっと

落ち着きを取り戻したのです。

「先輩、俺今日ナオンちゃんに少し金借りて、サントリーレッド、小さい方ですけど買っときましたから、一緒に飲みましょうよ」

「何だかさあ石村、体が熱っぽくって……。少し疲れてるのかな」

「大丈夫ですか、先輩。あんまり無理しない方がいいですよ」

「ああ分かった、そうするよ。でもせっかくだから、少し飲もうか」

僕はウィスキーを飲みながら、今日の御苑での出来事を話しました。疲れていたせいもあったのか二杯の水割りで酔いが回り、体がフワフワと浮くように感じました。

「俺はさあ、石村、小田桐さんにはゆっくり考えて、結論を出してよって言ったんだ」

「えっ、ゆっくりですか。俺、先輩の言ってること、よく分らないですよ」

「焦って聞くべきことじゃないと思ったんだよ」

「じゃあ、どうするんです」

石村君は鼻を突き出して言いました。

「石村、相手があるんだぞ。言い出した俺にではなく、言われた相手がどうするかを決めることだと思ってさあ、小田桐さんの気持ちを尊重したんだ。俺のこの思いは、必ず小田桐さんにも伝わっているはずだ」

「そうですか。俺は先輩のように余裕の発言できないですよ。もう二人で二回も飯食ったんですよ。俺ならすぐ抱き付いちゃいますよ」

石村君は鼻を吸って、コップのなかのウィスキーを飲みほしました。

「馬鹿、何言ってるんだ、お前は。考えても見ろよ、石村。小田桐さんが言っていた子どものころの仔猫の話、お前も聞いて知っているだろう」

「ええ、聞いてましたよ」

「彼女は今年二二歳だよ、今でもその時の悲しさを心に止めているほど、デリケートな女性なんだ。そんな人に交際を一方的に応えさすことはできないだろう。しかも二人きりの場所で強引に交際を申し入れて見ろ、やはり女性にしてみれば不安な気持ちになるだろう。だから俺『小田桐さんとは交際したい気持ちを持っている。けど、小田桐さんの気持ちを尊重したいから、返事はゆっくり考えてから正直な答えを出してよ』と、言ったんだよ。静かにねっ。その方が心に届くんだよ、特に小田桐さんのような一途な人はね」

僕の言葉を聞いた石村君は、下を向き頭を掻きだしました。

「やっぱ、先輩は大した人ですよ。相手の心を見通しているんですね。俺たちみたいに軽く言い合って、付き合っているのとは訳が違いますよ。そうですか、小田桐さんは一途な人ですか」

石村君は感心したように腕を組んで頷いていました。

「石村、お前は感心するとすぐ人に喋るからな。俺のこの話が小田桐さんに伝わってみろ、変な風に受け止められるかも知れないからな。特にお前の彼女の津田さんと沢田さんには、この話しは言わないでくれよ」

「分かっていますよ。俺絶対喋りませんから、心配しないでくださいよ」

「まっ、小田桐さんは必ず、付き合うという返事をするはずだよ」

「先を見通しているんですね。先輩には参りましたよ」

その翌日僕は発熱し、三日間下宿で寝込んでしまいました。その間、石村君が随分私の面倒を見てくれたのでした。お茶を沸かしてくれたり、薬局へ薬を買いに行ってくれたり、またトーストやクッキーも買って来てくれたのです。

そして熱を出して二日目の午後、思いもしなかった貴女の訪問を受けたのでした。僕が驚きと同時に喜びを感じたのは、言うまでもないことでした。

「先輩、熱どうですか」

「ああ、だいぶ良くなったよ。けど、まだ少し頭がフラつくんだ」

「無理しないでくださいよ。先輩、今日は先輩を喜ばそうと思ってるんですよ」

　気分のすぐれない僕は、甘ったるい声で話す石村君に腹が立ちました。

「石村、俺、疲れているんだぞ、くだらん冗談は言うなよ」

「ハイ、ハイ」

「石村、お前……」

　その時でした。

「柴田さん、お体の具合はどうですか」

石村君とは全く違った声に、僕は虚ろな目で入り口を見て驚きました。予想もしていなかった貴女が、水色のスカーフを首に巻き花束を手にして、立っていたではありませんか。

「どうして、小田桐さんが」

「朝、典子から寮に電話が入って、柴田さんが風邪で熱発（ねっぱつ）したって、聞かされたの」

「先輩、俺が典ちゃんに言ったらね、典ちゃんが小田桐さんに言ったらしいんですよ」

「そうか……」

「じゃあ先輩、俺用事がありますから。小田桐さん、後よろしくお願いっすよ」

「ええ、私も明日実習報告のまとめをするので、用が済み次第帰りますから」

「小田桐さん、無理して来てもらって申し訳ない。良く寝たから、随分楽になったよ」

「そうでしたか、でも少しね」

　貴女は汚れた台所を掃除し、花瓶の代わりにジャムが入っていた瓶に花を入れ、テーブルに飾りました。乱雑な部屋を整理され、狭い部屋が見違えるようになったのです。

「柴田さん、ごめんなさいね。先日の御苑で、寒かったのに私が柴田さんのトレーナを借りたから、風邪をひいたのね」

貴女は言うと僕の枕元に座りました。

「そうじゃないんだ。御苑から帰った日、ウィスキーを飲んで布団もかぶらず寝たのが悪かったんだよ」

貴女は僕の額に手を当てて熱を診ました。冷ややかだが柔らかい貴女の手に、今までにない喜びを感じていました。

「まだ少し熱があるわよ。柴田さんこの薬ね、今日知っている医師に処方してもらった薬よ。二日分だけどね、食後に飲んでね。それと赤い方は熱が出た時一包飲んで。そうね、赤いのは今飲んでもいいかな。それと、水分と食事はしっかり取ってくださいね」

「心配させて申し訳ない」

「いいんですよ、そんな気遣いは。じゃあ私はこれで失礼するわ。あまり無理をしないでね。枕元に牛乳を置いておきますから、頑張って飲んでね」

「ありがとう、じゃあまた」

僕は貴女から手渡された水で薬を飲み、部屋を出て行く貴女を見送った後、何故か安堵感に満ちた気分で眠りに就いたのでした。三日後やっと熱も下がり少し体力に弱さは感じたものの、風邪は峠を越したようでした。早速僕は、貴女に電話をしたのです。

「もしもし小田桐さん、柴田です」

「はい、小田桐です。どうです、風邪の方はよくなられました」

「お蔭で楽になったよ。小田桐さんにはいろいろとお世話になって、すみませんでした」

「大原と御苑ではお世話を掛けていますので、

ほんの少しのお返しですよ」

「ありがとう。それと、また時間があれば会ってくれないかなあ。お茶でも飲んで、話せればと思ってるんだよ」

「そうね……」

「別に御苑で僕が言った交際の返事は、深く考えないでいいから」

「はい、分かりました」

僕の言葉に受話器を通してではありましたが、貴女の声が明るくなったように僕は感じていました。この時の僕は、心底貴女と心和む会話をしたいと思っていたのです。

「今週空いている日、ないかなあ。僕は小田桐さんに合わすから」

「ええ、そうですね、金曜日の六時半以降なら空いていますが」

「じゃあ、その時間ぐらいに寮の前で待っているから」

「はい、分りました」

どうしたのでしょう。この日の電話での僕は、御苑でのような緊張もなく貴女と話すことができたのです。勿論電話での会話ということもありますが、やはり貴女が僕を見舞ってくれたことが、素直な気持ちで話せる理由になっていたのかも知れません。

その週の金曜日、僕は心を弾ませて寮の前で貴女を待ちました。貴女を待つ楽しみが、自身も気付かないうちに生まれていたのです。

寮から出て来た貴女は、首に柔らかいグレーのスカーフを巻いていました。それがまた、何とも妖しげに感じたのでした。そしてあの川岸の喫茶『リバーバンク』に入ったのです。

僕たちは夕食のサンドウッチとコーヒーを注文し、夕暮れの柔らかい光のなかに流れる鴨川の水の音を聞きながら、窓のある何時もの席に座りました。

暮れなずむ東山は夕陽の屈折する朱い光を受け、顔を赤らめて沈んで行くようでした。

「わー、山が綺麗」

「本当に綺麗だね。形容し難い美しさだ」

貴女と僕はしばらく言葉もなく、陽が翳るまで目前の風景を眺めていました。

「実習忙しい」

「毎日が勉強なのよ、皆について行くのに必死。臨床の実習は辛くって涙が出る時もあるけど、嬉しい時も感動する時もあるわ」

「臨床実習って、どんなことやっているんだ」

「私たちの場合は臨床実習と言っても、病棟勤務の看護婦さんのお手伝いよ。ほとんど看護婦さんと同じことをしているけどね」

「へえ、同じことしてるんだ。なら立派な看護婦さんだ」

「補助員さんと一緒に患者さんの体を拭いたり、お風呂に入れたり、検温に病室を回ったり、お薬を配ったり配膳をしたりね。時には寝たきりのお年寄りのおしめやシーツを換えたり、患者さんを車椅子に乗せて散歩をしたり、もちろんお手当はないのよ」

「実習って大変なんだね。それで授業料払ってるんだ」

「当然じゃない」

「小田桐さんのことを聞くと、僕なんか結構のんびりやってるよ」

「でもねえ柴田さん、私今までになく本当に充実しているのよ。看護婦の仕事だけじゃなく、社会の矛盾も看護を通して見えて来るの。だからね、毎日が勉強なのよ」

「寝たきりのお年寄りだけど、家族はいないの」

「いるんでしょうけど、家族のことを聞いても答えようとしないの」

「言えば辛くなるから、言わないんだろうな。きっと」

　貴女はその患者さんを思い出したのか、眉を寄せ小刻みに頷いていました。

「子どもたちが生活に追われているのが分っているのね。だからそんなお年寄りにはできるだけ、家族のことは聞かないようにしているの」

「うんー。それも社会の矛盾なのかねえ」

「私には難しいことは分からないわ」

「社会の矛盾が、人間を通して現れるんだよ」

「人間を通すの……」

「と、するなら、僕などは新しい世のなかを目指して生きるべきなんだろうな」

「でもねえ、具体的に聞いたことはないけど、寝たきりの病人を抱えた家族は大変だと思うわ。誰だって自分の親のことですもの、大切にしたいと思うのは当たり前でしょ」

「親のことを、大事にするのは当然だよ」

「人間って、基本的には一人で生きて行けないものだと私は思うの。だから自分以外の人間を尊重しなければならないという気持ちが、人間には潜在的に備わっていると思うの。その家族が訪ねて来れないのには、それなりの理由があるはずだと私は思うわ」

　この時の貴女の瞳の、何と優しく何と穏やかに感じたことか。微笑みながら僕に諭すように話す貴女の瞳に何故か興奮し、どうしても貴女を独占したいとの欲望が、ムラムラと沸き上がって来たのでした。

「小田桐さん、今僕は自分の感情を押さえることが、できない状態になっているんだ」

「どうしたの、柴田さん。気分でも悪いの。熱は」

　貴女は、まだ風邪が治りきらず熱が残っていると思っていたのでしょうか。

10　意思の押し付け

貴女を食い入るように見ていた僕は、悲壮な顔になっていたのでしょう。それまではじっと僕の顔を見て話していた貴女が、僕の高ぶった言葉に一瞬たじろいだように見えたのです。

「小田桐さん、僕は……。今の僕は、佳菜さん以外の女性を、交際相手として考えることはできないんだ。電話ではこの話はしないと言っていたけど、今、佳菜さんの顔を見ていると、どうしょうもなく切なくなってしまって……。佳菜さん、本当なんだ。本当に苦しいいんだ……」

僕は痛む胸を押さえて言いました。

「柴田さん……。お願い、お願いだから、私のことで苦しまないで」

「……」

僕は自分の気持ちを言葉にした後、胸が痛みだしました。こんな気持ちは、生まれて初めてのことだったのです。

貴女は悲しみに満ちた目で、じっと僕を見つめていました。僕はそれ以上、何も話すことができませんでした。

「そんなにまで私のことを……」

貴女は僕が苦しんでいる姿を見て、目を潤ませていました。

「……」

「柴田さん、本当に私でいいのでしょうか」

貴女はそっと僕の手の上に手をかさねました。

「僕の思いを聞き入れてくれるんだ。よかった、本当によかった。小田桐さんに会いたい思いが募る反面、苦しくて……。京都を離れようとも考えていたんだ」

「私のことで思い詰めていたのね。ごめんね」

「佳菜さん、僕は……」

「柴田さん、私ね、なかなか決心がつかなかったの。だから、柴田さんから申し入れられたお付き合いのお話、お断りしようと思って来たの。柴田さんはステキだし、男性としてどうかと聞かれたら、私は好感の持てる人と答えるわ。けど、お付き合いとなると何故か迷ってしまうの」

「佳菜さん……」

「ごめんね。でも今日お話をして、柴田さんの私に対する思いを聞かされたら、断れなくなっちゃって……」

貴女の表情が苦しみから、普段の穏やかな顔に変わって行くのが伝わってきました。

「佳菜さん」

「あのねえ柴田さん、今の私が柴田さんとのことで言えるとすれば、本当のお友だちを目指してお付き合いするとしか言えないんだけど、それでは駄目かしら」

「本当の友だち……」

「お友だちでは駄目……」

「それで十分だよ。ありがとう佳菜さん。嬉しいよ」

僕が貴女の言葉を否定する訳もなく、目を閉じ噛み締めるようにして応えていました。こんな嬉しいことが、今までの人生のなかであったでしょうか。僕は思わず手を差出しました。貴女の白い手が蛍光灯の光を受け、差し出した僕の手を握ったのでした。

——ああ、佳菜さん——

貴女の冷たい柔らかなその手には、消毒液の香りが仄かに漂っていたのです。

「あら、もうこんな時間だわ。もう帰らないと」

貴女の言葉に、店の柱に取り付けてある時計を見ました。あっという間に時間が過ぎ、時計の針は午後八時二〇分を指していました。

「じゃあ、出ようか」

僕は当然のようにレシートを取って、支払いに行こうと立ち上がりました。

「柴田さん、はい。私がいただいた分よ」

「嬉しいんだ。だから今日の勘定は、僕に持たせてくれよ」

「それは駄目よ、私が飲み、食べた物は、私が支払うわ」

僕は貴女の瞳に強い意志を感じて、貴女から食事代を受け取ったのです。貴女は明日の実習の準備のため、八時半に寮へ戻るべく薄暗い歩道のなかへ消えて行きました。

僕は満たされた気持ちで下宿に帰りました。僕は自分の部屋には戻らず、石村君の部屋を訪ねました。ところが石村君には珍しく、九時前なのに寝ていたようでした。

「ああ、先輩でしたか」

「どうした石村、もう寝ているのか。まだ九時前だぞ」

「朝がきついんですよ。五時起きですからね」

「五時、どうしてそんな早い時間に起きるんだ」

僕の言葉に石村君は起き上がりました。

「俺、バイト変えたんですよ」

「飲み屋は辞めたのか。何かと実入りのいいバイトだったんだろう」

「武奈ケ岳の頂上でビールを飲んだとき、チーフに報告する話をナオンちゃんに聞かれて……。で、山から帰ってチーフのことを、ナオンちゃんが『包み隠さず白状しなさい』って。それで俺、前に先輩にも話していた、チーフとのことを全部話したんですよ。そしたらナオンちゃんが怒って『そんなバイト辞めろ』って、言われちゃって……」

石村君は眉を寄せ深刻な表情で話しました。

「俺に話したとおり、そのまま津田さんに言ったのか」

「だって、仕方ないでしょう」

「馬鹿だなあ、あんな話を聞かされたらどんな女性でも腹を立てるよ」

「他に言いようがなかったんですよ。それで新聞配達に変えたんですよ。配達は一時間ぐらいで終わるんですけど、店のご主人から七時までに配達を終わるよう、言われちゃって」

「それで朝五時に起きるのか」

「ええ、まあ上ってくださいよ」

「そうか、起こして悪かったな。入ってもいいか」

「少しぐらいならいいですよ」

　僕はそんな石村君に悪いとは思いながらも、貴女とのことを石村君に聞いてもらいたいという、気持ちを押さえ切れなかったのです。

「でも、先輩が俺の部屋に来るって、俺が山で怪我して以来二度目ですよ」

「そうだったな。けど今日はどうしても、石村に話したいことがあるんだ」

「分ってますよ、先輩。小田桐さんとのことでしょう」

　石村君は笑いながら声のトーンを上げて言いました。

「石村、お前どうして分った」

「分りますよ。先輩が嬉しそうに俺の部屋に来るなんて、小田桐さんとの付き合いができたからに決まってるじゃないですか」

「そうなんだ、石村。今日の夕方佳菜さんと食事したんだ。その時、覚悟して『どうしても返事を聞かせてもらえないか』って、言ったんだよ。『断られたら二度とこの話はしない。しかし今の僕には、小田桐さん以外に付き合う女性は考えられない』そう言うと小田桐さん『本当の友人としてお付き合いする』って、言ってくれたんだよ」

「やりましたね、先輩」

「でさあ、食事をおごろうと思ってレシートを取ったんだ。すると彼女、自分が飲み食いした物は自分で支払うって、きかないんだよ」

「まっ、小田桐さんの主義なんですね。でも、本当の友人として付き合うなら、もうこっちのもんじゃないですか。よかったですねえ先輩」

「その辺りも俺の読み筋の内だが、なっ。俺とすればさあ、派手な女性より佳菜さんのような、普通の女性の方が楽だよ。俺にすれば付き合いやすい相手だよ」

「じゃあ、先輩の読み筋に入ったんだ。小田桐さん、三人のなかでは一番我慢強い感じですよね。俺、先輩たち二人がうまく行くの、嬉しいですよ。俺、応援しますからね」

「ああ、頼むよ、石村」

僕が幸せな思いでいることに、石村君は心から喜んでくれているのが伝わって来ました。

貴女もこの日、看護学校の同僚で親友の北岡さんに、僕との交際について真剣に相談していたのですね。僕は北岡さんから貴女たちが看護学校を卒業する直前に、その時のことを聞かされたのです。


『佳菜はねえ柴田さん、自分のことだけじゃなく、貴方の今後の人生のことまで考えて悩んでいたのよ。貴方には言わなかったと思うけどね。柴田さん、貴方もし佳菜に付き合いを断られていたら、どうするつもりでいたの』

『そうだな、当時の僕なら、断られていたら絶望的だったよ。おそらく大学を辞めて、東京にでも行ったかも知れないな』

『その貴方の切羽詰まった思いを、佳菜は見抜いていたのよ。『私が断れば柴田さん、落ち込むと思うの、それが分かるだけに断るのが辛いの。ただ柴田さんはとても優しさを感じさせるいい人よ。けどね、柴田さんは私と違って何一つ不自由なく育っていると思うの。だからその溝を埋める自信が今の私にはないの』と、佳菜は言ってたのよ。しかしそうは言うものの、柴田さんという男性が佳菜は好きだったの。柴田さんは、佳菜の好みのタイプだったのよ。私は何時も佳菜と一緒だったから、佳菜の好みが分かるのよ。鴨川の土手での柴田さんとの出会いを、佳菜は嬉しそうに私に話していたのよ』

『そうか、鴨川でのことを佳菜さんは、北岡さんに話していたのか』

『ええ、その日佳菜が珍しく私の部屋に来て『今日ね、とっても感じのいい人と出会ったのよ』って、あんなに嬉しそうに話す佳菜を見たの、私初めてだったわ』

『僕のことを、そんな風に思ってくれていたんだ』

『だからハイキングで柴田さんと再会した時、本当に運命的なものを感じたと言っていたわ。そして山で柴田さんが作った詩を、本当に感心していたのよ』

『なら、どうしてそのことを僕に言ってくれなかったんだ。運命的なものなら、僕だって同じように感じていたんだ』

『佳菜は、柴田さんとの考え方の違いがあることに気付いていながら、柴田さんの強い思いに断り切れず、柴田さんの申し入れを承諾したんじゃないかしら……』

『そうか、そんな佳菜さんを一番傷付けていたのは、僕だったんだ』

『貴方たち二人が京都御苑へ遊びに行った日、帰って来た佳菜と廊下でばったり出会ったの。浮かない顔をしていたから、『どうしたの』って尋ねたの。その時の佳菜は、柴田さんから交際を申し入れられて、混乱していたのよ』

『混乱、どうして……』

『佳菜は言ったわ。『何時も独りで生きて来たから、決して独りぼっちは辛くもないし怖くもないわ。けど心を寄せる愛すべき人ができれば、独りで過ごすことが寂しく、恐怖にもなるの』。だから柴田さんの申し入れに対して、佳菜は簡単に受けられなかったんだわ』

『佳菜さんの気持ちも知らずに、僕は……』

『もしこの先、佳菜の行く手にどれほど過酷な人生が待ち受けてたとしても、佳菜は辛い寂しい気持ちを乗り越え、今以上に強くなって生きて行くと思うわ。佳菜はどんなことにも真面目で前向きで、そして誠実に生きて行こうとする女性よ。佳菜が柴田さんの申し入れを簡単に受け入れなかったのは、柴田さんとの関係を本当に大切にしたいと考えていたからだと、私は思うわ。佳菜は私にとって生涯の友よ』

貴女は僕と交際することについても、深く人生を考えていたことを北岡さんの言葉で知り、僕にとって貴女は得難い人であったと悟ったのでした。

次の日曜日の夕方、僕は貴女と『リバーバンク』で待ち合わせました。店に入ると、石村君と津田さんと貴女の三人が、楽しそうに話していたではありませんか。

「おう、どうした、石村」

「あっ、先輩。俺たちもねえ、ここでデートの約束をしてたんですよ。店で典ちゃんを待ってると、小田桐さんが入って来たんですよ。ねえ、小田桐さん」

「ええ、そうよ」

「先輩もデートだったんですね」

「なーんだ、そうだったのか。今日下宿で会った時、お前何も言わなかっただろう」

「悪気はなかったんですよ。ねっ……」

僕は頭を掻いている石村君と津田さんを見ながら、貴女の横の席に腰を下ろしました。

「津田さん、石村はね、外見とは違って実に逞しい男なんだ。生活力と言うのかなあ、僕なんかよりずっと生きるための道を知っていると言うのか。それでいて石村なりに回りへの気遣いや、友人に対する優しさも持っているしね。本当にいい奴なんだ」

「正夫が、本当かなあ」

「本当だよ、典ちゃんが知らないだけなんだよ」

石村くんは鼻を寄せて、津田さんに言いました。

「正夫の感性って幼稚だからね、女性のデリケートな気持ちを包む優しさなんて、私は皆無だと思うわ。その点、柴田さんはどう思う」

「そうか、女性のデリケートな感性への石村の反応か。うーん、それを言われると、確かに津田さんの言うとおりだ」

「先輩、何言ってるんですか。典ちゃんもだよ」

僕と津田さんの会話に全員が笑い、横で石村君は頭を掻いて顔を赤くしていました。

「ねえ佳菜、今月の例会ハイキングの打ち合わせ会、弘子から何か聞いている」

「いいえ、まだ弘子から連絡は受けていないわ。柴田さん、貴方の方はどうなの。溝口さんから何か話しあった」

「いや、ここ一週間ほど溝口には会ってないんだ。でも最後に会った時は、僕のような初心者や女性のハイカーが気に入るコースを選ぶと言っていたよ」

「そう、次の例会が楽しみだね」

「例会には石村も行くんだろう」

「勿論ですよ。俺ねえ先輩、先輩には叱られるかも知れないですけど、次の例会に小田桐さんがどんな色のスカーフをして来るのか、何時も楽しみにしてるんですよ。そうだろう、典ちゃん」

「ええ、何時も正夫と二人で話しているのよ、佳菜の色彩感覚いいよねって。それと佳菜は結構いい服持っているしね」

「典子ね、告白するとねっ、私の持っている服のほとんどはお姉ちゃんからもらい受けたお古よ。それと友だちと病院の主任さんや婦長さんから、少し破けたりしている痛み物をもらって直したり、着なくなったお下がりを頂いて使っているのよ。今の私のバイト暮らしの収入では、とても新しい服など買えないもの。だからこの色の感性は、私の感性ではないのよ」

「へー、そうだったのか。じゃあ僕がさあ、今年の春に鴨川の土手で見た佳菜さんが着ていた服はどうだったの。あの時の着ていたのも……」

「当然、人からもらった物よ」

「石村、僕は騙されちゃったよ」

僕の言葉に石村君も津田さんも体をゆすって笑っていました。

「でも、それが似合うのだったらいいじゃない。ねえ、正夫」

楽しく話し合っていた僕たちは、時間の経つのも忘れていました。

「典ちゃん、俺はね、何時も先輩を頼っているけど、どうしてだか知ってるか」

「正夫の考えていること……。誰も分からないわよ。正夫自身も分かってないじゃない」

「茶化すなよ、典ちゃん。俺、真面目に言ってるんだよ」

「じゃあ、何故なの。その理由を言いなさいよ」

「先輩はねえ、物事に対する指摘が鋭いんだよ。俺、何時も話して感心しちゃうんだよ」

「なんだよう、止めろよ、石村」

僕ははにかみながら、石村君に言っていたのです。ところがこの後まさか石村君が、僕と下宿で話し合ったことを言い出すとは思いも寄らなかったのです。

「小田桐さん、少し前、先輩と二人で御所へ行ったでしょ」

「ええ、大原へ案内していただいた次の週、京都御苑へ二人で遊びに行ったのよ」

「俺その日、先輩が帰って来るのを寮の前で待っていたんですよ。それで帰って来た先輩と一緒に酒を飲みながら、御所でのことを聞かされたんですよ。先輩はその時すでに、小田桐さんの気持ちを見抜いていたんですよ。だから小田桐さんが必ず付き合いに応じるだろうって。小田桐さんは無理を言わない普通の女性で、俺にとっては付き合いやすい相手だって。先輩、余裕でしたよ。それで俺」

　僕は石村君の言葉に体の硬直を覚え、顔から血の気が引くのを意識していました。貴女を見ると、顔を下に向けじっと石村君の話に耳を傾けているように見えたのです。

「石村、いい加減にしろ」

　僕は顔をしかめ、声を荒げて叫びました。

「えっ」

「何を下らんことを言ってるんだ」

「先輩、何をそんなに怒ってるんです。俺、何か変なこと言いましたか」

「あら、もうこんな時間だわ。私帰るから、正夫送ってくれる」

　津田さんの大きな声で時計を見ると、八時をとうに過ぎていました。

「分かった、典ちゃん。俺、下宿まで送るよ」

「じゃあ頼むね」

「先輩、すみませんでした。俺、送りますから、お先に失礼します」

　正直この時の津田さんの言葉に、僕は胸を撫で下ろしていました。

「じゃあ僕も、佳菜さんを寮まで送るよ」

　石村君に続き貴女を送ると言った僕の言葉に、貴女は微笑んでいました。

「今日の勘定、俺が持つよ」

　言って僕はレシートを押さえるようにして取

り、レジに行きました。

誇張して伝えた貴女との会話を石村君に暴露され、狼狽を隠すためにとっさに出た行為だったのでした。

「柴田さん、それは駄目よ」

「そうよ、それぞれで支払おうよ」

レジに向かいながら僕は、貴女と津田さんの言葉を聞いていたのですが、

「今日はいいんだよ、なあ石村」

「先輩、何時も悪いですね。先輩はいいですよ、何時でも好きに使えるお金があって」

「柴田さん、受け取ってください」

「いいんだって、今日は僕に任せてよ。マスターいいから取って」

僕は腕を出し、レジから貴女と津田さんを遮り、眉をしかめ強引とも思えるように言ったのです。勘定を済ませた僕を見る貴女の目は、何故か悲しげでした。貴女を寮まで送ったのですが、貴女は僕の呼び掛けるような話にも、ただ頷いたりするだけでした。そして寮の前まで来た時でした。貴女は静かに話し出したのです。

「柴田さん」

「あっ、あのさあ、喫茶店での石村の話、気にしないで欲しいんだ。石村と僕とは、何時もジョーク混じりで話すことがほとんどなんだ」

「そう、けど私は正直が一番だと思うわ。でも、今は石村さんの話はいいのよ」

「えっ、じゃあ、何」

「柴田さん、これからは今日のようなことは止めて欲しいの」

「えっ、止める。だから石村と僕との話は、ジョークで話すことが多いんだよ」

「柴田さん、そうじゃないの。本当に友人を大切に思うなら今日のようにおごったりおごられたりすることを、繰り返してはいけないということが言いたいの。相手の人格を損う場合があ

ることを、分かって欲しいの。偉そうな言い方をして、ごめんね」

　この時貴女の言葉に理由もなく、恐怖を感じていました。

「僕は佳菜さんが言うほど、大層なことをしたとは思っていないし、まして石村や津田さんの人格を損なうなんて、考えたことないよ」

「柴田さん、私は柴田さんの気持ちを言っているんじゃないのよ」

「じゃあ何なんだ。分かるように言ってくれよ」

「通常よく見掛ける、おごる、おごられると言う、一般的な行為を言っているのよ」

「よく分からないよ。僕はむしろ、皆のことを考えてしたことなんだよ。それがどうして人格を損なうことになるんだ。僕には理解できないよ」

　この時の僕は、何時になく早口になっていたのです。

「私はねえ、柴田さん。柴田さんの一方的な相手への気持ちの押し付けを言っているのよ」

「えっ、一方的な気持ちの押し付け……。そうか、そういうことを言っていたのか」

「気を悪くしないでね」

　僕は貴女の言葉を聞き、弁解じみたことを繰り返し話しているだけでした。そして一方的な気持ちの押し付けという、貴女の言った言葉の意味が理解できなかったのですが、それを素直に認めることができなかったのです。が、僕にすればそんな話より先ほどの『リバーバンク』で石村君が口を滑らせたことで、貴女に問い詰められはしないかと気がかりで、おごる、おごられるどころの話しではなかったのです。

——石村の阿呆が、余計なことを言いやがって。本当に気配りのできない奴だ——

　僕は石村君の言葉を、恨めしく思い出していました。

一方、溝口君からの誘いによって何度か登山を試みていた僕は、その魅力にはまりつつありました。で、僕としては、ザックやシュラフを初め、登山用具一式を何としても揃えたく、父親のボーナスを待って母にお金のむしんをしたのです。

「隆一さん、貴方そんなお金何で必要なの。理由を言いなさい」

「お母さん、僕ね、このところ登山をやってるんだよ」

「えっ、登山ですって。そんな危険なことをして、お父さんが知ったらどうします」

「登山ってさあ、お母さんが考えているほど危険じゃないよ。それに僕にはねえ、ワンゲル部のキャプテンをしている、溝口という友人が何時も一緒だから心配ないんだ」

「貴方は心配ないと言っても、お母さんが聞けば心配になるじゃないですか」

「そんなに心配することないんだって」

「とりあえず、登山なんか止めてください」

「そんなこと言ったって、もう申し込んでいるんだよ。いまさら辞める訳には行かないよ」

「隆一さん、貴方、もし事故に遭遇して怪我でもしたらどうします」

「気を付けて登るよ。それに初心者向けの安全なコースを登るんだよ。今度の登山もさあワンゲル部の部員も一緒に登るから、心配しなくてもいいんだって。事故を防ぐためにも、装具を揃えたいんだよ」

「そうですか、分かりました。でもねえ隆一さん、貴方、誰と何処の山へ行くともお母さんに知らせないで、ただお金だけ送れと言うのですか」

「それじゃあねえ、お母さん。次の計画書はまだできていないから、先月に行った時の登山の計画書とメンバー表を送るよ」

「ええ、ぜひそのようにしてください」

「分かったよ、お母さん。じゃあ、明日にでも送るからお金の方頼むよ」

「何を言っているのですか貴方は、お金は送りませんわよ」

　厳しい母の言葉でした。僕は翌日、石村君に誘われ沢田さんや津田さんたちと初めて登った、北比良登山の計画書とメンバー表を実家の母宛に送りました。電話での母の言葉を聞いた僕は、母からの送金は半ば諦めていました。ところが予想より一週間も早く、母からお金が送られて来たのです。僕は送られて来たお金で溝口君のアドバイスを基に、登山に必要な基本的な道具を買い入れました。

　装具を手にした僕は毎日が楽しく、道具の使い方や手入れに時間を費やすなど、次の登山を待ち遠しく過ごす日々でした。

　グループ登山の日が近付き、打ち合わせの日が来ました。当然貴女と北岡さんも出席していました。

　六月の終わりに南比良山系で一番高い蓬莱山（ほうらいさん）の裏にある、湖に行くことになったのです。打ち合わせでの溝口君の説明によると、蓬莱山から一時間ほど稜線を行くと小女郎峠（こじょろとうげ）というところがあり、そこから北に行くと小女郎池と名付けられた、小さな湖が佇んでいるのです。その途中に大きな岩が立ててあり、小径を進むと突き当たりの小山の麓に美しい湖があるのです。その周囲には湖を取り囲むようにしてクマザサが密生し、この季節になると水芭蕉の花が水辺に沿って清らかに咲くとのことでした。

「へえー、こんな近くに水芭蕉の咲いている場所があるんだね。やっぱワンゲルの行動範囲は広いわ。ねっ、佳菜」

「そうね、私たちだけだったら、永遠に行けなかったかも知れないわね。溝口さんの説明を聞くだけで、ワクワクするわ」

沢田さんや貴女、それに津田さんや北岡さんは、溝口君のコースの説明を驚いた様子で聞いていました。

「そうなんだよ、とても綺麗な場所なんだ。まあ、何かあればゴンドラが山頂まで通っているから、ゴンドラに逃げればいいんだ。でもコースもいいから、天候次第ではゆっくりと歩きで楽しめばと思っているんだ。僕としては初心者もいるので、行きはゴンドラ駅から初心者用の通常コースで登り、山頂からは尾根を歩いて目的地まで行く。帰りは小女郎峠から下山すればと考えているんだ。途中滝もあってそこを休憩場所と考えているんだ」

「水芭蕉か。典ちゃん俺、水芭蕉見るの、初めてだよ」

「私も初めてよ。尾瀬まで行かなくてもいいんだよ、ねっ」

「尾瀬ほど広大でもないし、美しくもありませんよ。でも、なかなかいいところだよ」

「ねえ、佳菜。山頂の湖なんてロマンチックじゃない」

「ええ、ぜひ行って見たいわ」

「何時だったか下山の途中で、百舌の仕業だと思うんだが、野鼠が木の枝に刺してあるのを見たよ。とにかく自然が多く残っているところでね。それに谷間を登って行くんだが、その途中に薬師滝（やくしのたき）という美しい滝もあるんだ。何より山頂の湖が素晴らしく綺麗なんだよ」

溝口君の説明を聞いた僕たちは興奮し、期待を膨らませて行きました。それに神秘的な湖の名前は小女郎池といい、名前の由来には悲しい伝説があったのです。

その伝説とは、

【昔、山の麓の村に若い夫婦が赤子をもうけて、幸せに暮らしていたのでしたが、ある日山頂に佇む湖に棲む大蛇に魅いられたその美しい人妻が、大蛇と暮すことになったのです。我が子を思う美しい妻が家を去る時、残された乳呑み児には自分の片方の眼球を抜いて乳房の代わりに与え、ついに大蛇と共にその湖に棲みついた】

　という悲しい伝説が、女性の悲壮感を掻き立てたのでした。

「伝説のなかに息吹を宿している、神秘的な湖なのね」

「村の若い人妻と大蛇の話を聞くと、何だか怖いね。結局、女性が哀しい目に遭うんだね」

「乳房の代わりに自分の眼を我が子に与えるなんて、女性の我が子を思う執念よね」

　僕は溝口君の説明を聞きながら社会形成の歴史的な必然の経緯かも知れませんが、女性の置かれて来た社会的な立場に納得できないものを感じていました。

「言い伝えの歴史は歴史として受け止め、その上でこれからの若い僕たちは男性と女性が理解し協力し合って行く必要があるんだよ」

「柴田さんのように世の男性皆から、そう言ってもらえるならありがたいわね」

　僕の言葉に沢田さんが、弾けるように応えたのでした。

「柴田、男性と女性の話は次の機会にして、話を前に進めようよ」

「男も女も、ねっ、仲良くやればいいんですよ、仲良く。そうだろう典ちゃん」

「正夫、あんたはそれ以上余計なことは言わないでよ」

　津田さんと石村君との会話に、参加者全員が笑いました。

　次の日曜日、南比良登山の日がやってきました。僕たちは約束された電車の時間に合わせて京都駅のホームに立ちました。

午前七時前という早い時間帯なのに、ホームは大勢の人で混雑していました。ザックを背負ったグループの男女が、列を作って電車の到着を待っていました。

「柴田、こっちだ」

「おう溝口、早いんだな。何時来たんだ」

「五分ほど前だよ」

溝口君は背の高い細身で浅黒い顔をした友人を連れ、すでにホームに立っていました。貴女も少し遅れて草色のスカーフを首に巻き、ホームに到着しました。

その日は天気もよく家族連れも多く、僕たちの前にも二人の女の子を連れた家族が並んで電車の到着を待っていました。二人の子どもは僕たちの回りで無邪気にじゃれ合っていました。

「俺、配達必死で済ませて来たんで気付かなかったけど、先輩、道具揃えたんですか」

「ああ、一度に買う金が無いからさあ、信販でローン組んで買ったんだよ。一〇回払いで組んだんだ」

僕の横にいた貴女は、僕と石村君の話を静かに聞いていました。

「何時もなら、俺に相談しに来るじゃないですか。でも、いいですね。俺も組もうかな」

「何言ってんの、正夫。まともな生活もできないのに、何がローンよ。ふざけないで」

「そんなに怒るなよ、典ちゃん。言ってみただけだよ」

「石村、お前津田さんには頭上がらないな」

僕の言葉に全員が笑いました。石村君は津田さんの横で頭を掻いて照れていました。

しばらくして電車が入って来たのですが乗客は大変な数で、京都駅始発というのに車中はかなり混雑していました。電車は京都駅を出て次の山科駅で停車しました。山科駅からの乗客も大変な数で、車中は鮨詰めに近い状態で次の駅へと走り出しました。列車が揺れる都度人の波ができ、並んで立っていた僕と貴女は勢い入り口の扉に押し付けられたのです。と、その時でした。

「いやあー、止めて。おかあちゃん、痛い」

扉の下から聞こえる子どもの声に驚いて下を見ると、並んで立っていた僕と貴女との扉の間に、京都駅のホームで僕たちの前にいた家族連れの子どもの一人が、押し付けられ泣いていたのです。

「すみません、押さないでください。扉に子どもが押し付けられています。お願いですから押さないでください。子どもが挟まっています」

僕は大声を上げ必死に叫びました。当然貴女も一緒に叫びました。

「皆さんお願いですから、押さないでください。子どもが挟まれています。押さないでください。小さい子どもを助けてください」

僕は扉に力一杯腕をつっぱって、子どもとの間に隙間を作ろうとしました。横にいた貴女も、僕と一緒に腕をつっぱねていました。が、なかなか隙間ができませんでした。

「おとうちゃん、おかあちゃん」

子どもの泣き声に少し離れて立っていた両親も、我が子が危険な状態に置かれていることに気付き、回りの乗客に向かって大声で叫びました。

「皆さん押さないで、子どもが挟まれています。お願いです。押さないでください」

「皆さん、お願いです。子どもを助けてください」

僕たちの声に多くの乗客が、子どもが危険な状態にあることを知り、子どもを守ろうと力を貸してくれたのです。

「お父さん、お母さん、心配なさらないでください。子どもさんは大丈夫ですよ」

「ありがとうございます。すみませんが、よろしくお願いします」

貴女の呼びかけに、子どもの両親は安心した表情で応えていました。

僕は貴女の顔を見ました。貴女も僕の顔を見ていました。貴女の額からは汗が流れ頰は仄(ほの)かに朱色に染まり、本当に美しく輝いていました。僕の額からも汗が流れ、その汗が目に入っているのを意識していました。この時の僕の心は、本当に満たされた気持ちでいたのです。

11　水芭蕉

列車の扉に腕を突き額から汗を流し、腕には強い疲労感を感じていました。石村君も後ろから、懸命に僕の体を引っ張っていました。そしてもう一人強い力で、僕の腰のベルトを引っ張ってくれている人がいました。おそらく、溝口君の友人ではなかったかと思います。ベルトを引かれているのが結構効果的で、子どもの顔と僕の腹部に小さな隙間が確保されたのです。

「先輩、頑張ってくださいよ。もう少しで次の駅に着きますから」

「ああ石村、もう少し強く引っ張ってくれないか」

「了解です」

石村君も懸命でした。

「お嬢ちゃんも頑張ってね。痛くないですか」

「うん、大丈夫。お姉ちゃんありがとう」

「佳菜、もう少しだから頑張って」

「ええ、私は大丈夫よ、里江」

懸命に窓ガラスに腕を突っ張っている貴女を、北岡さんも気遣って励ましていました。

「代わりますから、子どもさんをこちらへ」

次の停車駅の西大津駅に到着した時、子どもに座席をゆずる人がいました。

「皆さんのお蔭で助かりました。お兄ちゃんとお姉ちゃんに、お礼を言ってね」

「お兄ちゃん、お姉ちゃん、ありがとう」

「大丈夫、痛くなかった」

「うん、痛くなかった。お姉ちゃん私ね、窓からお外が見たかったの」

「そう、よかったね。でもね、もうお父さんお母さんから、離れちゃ駄目よ」

「うん」

僕は汗を拭いながら、束縛から解放されたような爽快な感触を得ていました。

列車は西大津駅を出、琵琶湖と比叡山の間を何事もなかったかのように走って行きます。車中では疲れている僕と貴女の状態を見て、溝口君と沢田さんはコース変更の相談をしていました。

列車から降り、僕は溝口君の友人に尋ねたのです。

「君がベルトを引っ張ってくれていたのですか」

「……」

僕の言葉に微笑み、僕から視線を外した彼でした。無口な彼でしたが、静かな雰囲気のなかにも優しい人柄が伝わってきました。

そして溝口君の提案で、蓬莱駅から歩いて登る予定でしたが一駅手前の志賀駅で降り、ゴンドラで行くことになりました。三〇分ほどゴンドラに乗れば山頂に到着です。僕と貴女そして石村君に津田さんの四人が、ゴンドラに乗り合いました。

「柴田さん、お嬢ちゃん、怪我なくてよかったね」

「うん、そうだね。でも、お蔭で僕の腕パンパンだよ。佳菜さんはどうだ」

「ええ、私も少し腕に疲労感があるわ」

「これから山歩きですよ。大丈夫ですか、先輩」

「そんなに大層に言うなよ。歩くだけじゃないか」

「でも、先輩が大声で子どもを守ろうとしたのに、俺まで興奮しましたよ」

「正夫ったら柴田さんの声を聞いて、段々目の色が変わって行くんだもん。横で見ていて怖かったよ」

この時の石村君を見る津田さんの顔は、今までにない驚いた表情でした。

「先輩は優しいんですよ」

「そんな問題じゃないよ。誰だってあのような状況で自分の前に子どもがいたら、僕と同じことをするよ」

「そうですかね」

「けど人間って不思議だよ。あんな場面に遭遇すると自分のことより、子どもを守ることばかり考えてしまうんだ。どういうことなんだろう、佳菜さん」

「やはり弱い者に手を差し伸べたいと思う、人間の本質から出たんだと思うわ。私も電車が揺れた時、お腹のところで声がしたのには驚いたわ。まさかと思ってるものね」

　僕たちは車中での出来事を思い出しては、また興奮していました。話している内にゴンドラは、山頂の山麓駅に到着しました。駅にはいろんな売店や食堂・ゲーム機が置いてあり、子ども連れの家族も登山客に混じって多く来ていました。山麓駅を出ると前は広場になっていて、正面には西斜面にあるスキー場へ行くリフトがあり、右の道を北側へ下りて行くとキャンプ場で、夏のシーズンには登山客で大変混雑するらしく、溝口君の説明に沢田さんはぜひ一度キャンプがしたいと要望していました。

　その時でした。音を立て予想もしていなかった突然の強風に、僕たちは驚きました。

――キャー――、――ワッー――

叫び声と共に全員が頭に手をやり、帽子を押さえたのです。

　空は美しく晴れ渡っていたのですが、山頂は風が強く帽子が飛ばされないように注意しながら歩きました。僕たちは駅前の広場の、左の広い道を登って行きました。しばらく行くと、乗り物や滑り台・ジャングルジムなどが置かれている遊園地に出たのです。遊園地の左にはゲレンデがあり雪のないゲレンデを登って行くのですが、そこから琵琶湖が眼下に広がりその雄大さに全員が感動していました。

僕たちは山頂のスキー場から一時間ぐらい稜線を歩き、小女郎池まで行くことになったのですが稜線を行くといっても結構起伏があり、汗を流しながら激しく息をして歩いていました。そして最後のピークの手前まで来た時でした。

「ピーク（頂点）に出たら、突風に気を付けて」

溝口君が後方から叫びます。そして全員がピークに立ちました。

ピークから見る景色はなだらかな下りの向こうに、緑の絨毯に宝石が埋め込まれているような湖が、紺碧に光って見えていました。空は青く深まり凝縮された白い雲の塊が、僕たちの頭上を緩やかに流れて行きます。ピークから見た小女郎峠一帯は赤い地面がむき出していて、色とりどりのザックを背負った登山客で溢れていました。

「素晴らしい眺めですね」

「わあー、綺麗」

僕たちが感動していた次の瞬間、轟音と共に突風が吹き峠一帯から赤い土が舞い上がったかと思うと、その赤く色をつけた突風が僕たちに向かって吹き上がって来たのです。

僕たちは強風に煽られ、後ろを向き、体を縮め、強風の過ぎるのを待つのでした。

「あと二〇分もすれば着きますよ。もう少しです」

溝口君の励ます言葉に、先頭を行く溝口君の友人がしっかりとした足取りで、ゆっくりと降りて行きます。続いて全員がその後を降りて行きます。足元にはピンクや青、白い小さな花が可憐に咲いています。全員がクマザサの間を楽しく話し合いながら、花を踏まないように降りて行くのです。小女郎峠にはベンチが一つ置いてあり、多くの登山客で賑わっていました。

「こんちわー」

「こんにちわ。もう少しですから頑張ってください。水芭蕉が綺麗でしたよ」

「はーい、ありがとうございます」

僕たちは他の登山客と幾度となく挨拶を交わしながら、峠から湖へと進みました。溝口君の説明にあったとおり、峠の入り口には小女郎池の伝説が書かれている説明板や、湖に向かって進む道筋に大きな記念碑のような岩が置かれていました。そしてクマザサが切れると、目の前に素晴らしいブルーの湖が出現したのでした。湖の後ろには小高い山があり、回りの湿地には純白の水芭蕉が、草色のネッカチーフに守られるようにして気品高く咲いていたのです。

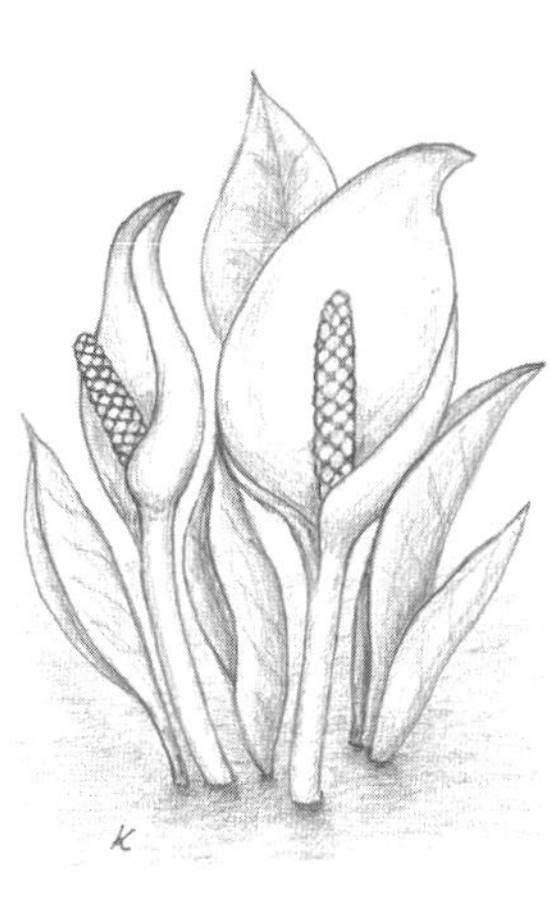

遠く、また近くから、鳥の囀りが聞えてきます。

「先輩、水芭蕉。本物の水芭蕉ですよ」

「正夫、そんな近くに行っちゃ根を踏んじゃうよ。もっと離れて見なさいよ」

石村君は初めて見る水芭蕉に、興奮していました。

「京都の近くで、こんなにたくさん水芭蕉が咲いているなんて初めて知ったわ。里江はどう初めてなんでしょう」

「佳菜ねえ、私は大阪の都会っ子よ。こんなたくさんの水芭蕉、しかも自然の中で咲いているのよ。当然私も初めてよ」

北岡さんと話し合っていた貴女はカメラを取り出し、懸命に水芭蕉の花を写していました。

私は貴女と北岡さんの後を付いて歩いていました。池の奥に座った貴女と北岡さんは、何時ものように水芭蕉をスケッチしていました。僕はその光景を楽しく眺めていました。

　目前に佇む湖面は時折吹く風に波紋を漂わせ、笹音風（さざねち）に周りの笹が騒めくのです。

「佳菜、また書いてるんだね」

　後からの声に僕と貴女と北岡さんは振り返りました。そこには沢田さんが微笑んで立っていました。

「茶化さないでよ、弘子」

「ねえ柴田さん、さっき向こうで聞いたんだけど、佳菜と柴田さん付き合っているって、本当なの」

「そんな話、誰から聞いたんだ」

　僕は沢田さんの言葉に、驚いて聞き返しました。

「さっき、典子から聞いたのよ」

「津田さんも、余計なことを言うんだな」

「どうして、別にいいじゃない。悪いことを言った訳じゃないんだから」

　貴女は僕と沢田さんの話には全く無表情で、スケッチを書いていました。

「お友だちとしてよ、柴田さんもそれで納得してくれているわ。そうよねえ、柴田さん」

「あ、ああ、そうだよ。特別な関係ではなく本当の友だちとして付き合おうと、確認してるんだよ」

「そう、友だちとしてなのね。じゃあ、私と柴田さんが恋人として付き合ってもいい訳ね。どう佳菜」

「弘子と柴田さんのことで、私がとやかく言うことなどできないわ」

　正直、僕と貴女との関係は貴女の言ったとおりですが、僕は貴女の言葉を聞きながら何故か寂しさに気持ちが沈んで行くのを感じていました。思い返せばそんな気持ちが、失態を繰り返す伏線になっていたのかも知れません。

「柴田さん、佳菜も特別気にしていないようだし少し歩かない。書いているところを後ろから見られたりすると、佳菜も北岡さんも気が散るから行きましょうよ」

僕の手を取った沢田さんは、僕を湖の中央の広場へと連れて行きました。その間何度か振返って貴女を見ました。貴女は僕を気にする風もなくスケッチに集中しているようでした。

貴女がスケッチに没頭していると思っていた僕は、てっきり貴女にとって僕という存在が、通りすがり的な存在でしかないのだろうと思い込んでしまったのです。

沢田さんに連れられた僕は、石村君や溝口君たちが話している所へ行きました。僕は貴女の言葉に気が沈んで、周囲が意識するほど無口になっていました。

「先輩、どうしたんですか。元気ないじゃないですか」

「どうした柴田、気分でも悪いのか」

「いや、そうじゃないんだ、溝口。この素晴らしい景色を前にして、何時になくセンチメンタルになってるんだ」

「へぇー、そうなんだ。私がね、佳菜から引き離して無理矢理ここへ連れて来たから、落ち込んでいると思ったんだけど違ったんだ。私、少しは安心したわ。そうだ、柴田さんこれ食べない、昨日私が作ったのよ」

言って沢田さんは、昨日作ったというクッキーを差し出しました。

「やっぱ、先輩は持てますわ。羨ましいですねえ」

「正夫、あんたは余計なこと言ってないで、バーベキューの用意でもしなさいよ」

津田さんが石村君に叱るように言いました。

「はい、はい、分かりましたよ」

「正夫ったら、何時も無神経なことばかり言うんだから……」

「じゃあ、僕は石村君たちと石を運ぶよ。柴田はここで食事の準備をしてくれ」

僕は沢田さんから差し出されたクッキーを食べながら、溝口君の言葉を恨めしく聞いていました。めいった気分で、沢田さんと二人きりでいたくなかったのです。

昼も近付きバーベキューの用意もでき、石村君の合図に全員が湖の中央に集まって来ました。

「それでは食事にしますので、それぞれ食器を出してください」

「早く食べたいよう。この匂い嗅いだら、たまらないですよ」

「じゃあ、焼き肉を前に正夫ちゃんが早く食べたいとのことですので、早速乾杯をします。皆さんビールを注いでください」

「では乾杯ですが、誰が言えばいいでしょうか」

「この素敵な所に私たちを案内してくれた、溝口さんにお願いしたら」

「そうね、溝口さん、やってくださいよ」

「溝口さん、お願いします」

「僕がやるのですか」

「いいじゃないか。やれよ、溝口」

「じゃあ、僕でいいらしいのでやらせていただきます。では三者合同のハイキングの成功と、これからも三者合同の関係がますます強まることを願って、乾杯します。乾杯」

「乾杯」

「おうー、乾杯」

僕はバーベキューを食べビールを飲みながらも、貴女が気になっていました。貴女は北岡さんや溝口君、津田さんたちと明るく話していました。何故か僕だけが取り残されたように感じ、言葉もなく沈んでいたのです。

全員が思い思いに肉を食べビールを飲み、他愛のない話に花が咲き、時間がゆっくりと過ぎているように感じていました。僕はけっこう時間を掛けてビールを飲み、ほろ酔いに心地好く体を横たえたのです。

「どうした柴田、疲れているのか」

「いや、こうしていると気持ちいいんだ」

「そうか、それならいいんだ」

その時でした。石村君が思いもしないことを言い出したのです。

「ねえ溝口さん、溝口さんの後輩の方、朝から何も喋ってないんですけど、喋れないのですかねえ」

石村君は悪意があって言ったのではなかったと思うのですが、あまりにも無神経な発言でした。僕は石村君を叱ったのです。

「石村、そんな言い方をしちゃあ駄目だろう」

「えっ、どうしたんですか先輩。俺、何か変なこと言いましたか」

「お前は、どうして何時もそうなんだ。もう少し相手の気持ちも考えろよ」

僕は気配りのできない石村君に腹立ちを感じながら、溝口君の友人に視線を向けました。溝口君の友人は、穏やかな笑顔で僕たちの話を聞いていました。

「正夫、そんな言い方しなくても、皆で自己紹介をすればいいじゃない」

「そうだね、乾杯も終わったことだし自己紹介をしようよ」

沢田さんの言葉で、全員が自己紹介をすることになったのです。当然溝口君の友人にも、その順番が回って行きました。

「ワンゲル部の大澤英二です。京都山岳クラブにも所属しています」

大澤君の痩身のわりには太い声に、僕の気持ちが和みました。

「大澤さん、俺、変なこと言ってすみませんでした」

「……」

石村君も安心したように、大澤君に謝罪したのでした。すると、石村君の謝罪を待っていたように、溝口君が手を上げたのです。

「今日参加の皆さんに、提案したいことがあるのですが、いいでしょうか」

「提案って、何の提案だ」

溝口君の言葉に、全員が興味深く集中したのです。

「ワンゲル部に『ザックの思い出』という機関紙があるのですが、この機関紙の次号は本日の登山参加者全員の感想文を載せる特集号に決定しましたので、どんなことを書かれても結構ですから、ぜひワンゲル部まで原稿を提出してください。でき上がった特集号は、秋の学園祭に部活の呼び掛けの資料にする予定です」

「へえー、いい企画ね」

「感想文、何か恥ずかしいわね」

「先輩、俺感想文なんて書いたことないですよ。何を書いたらいいんです」

「何言ってんだ。何でも思ったことを書いたらいいんだ」

先ほどの大澤君への気配りのなさもあり、また、何かにつけ僕に問い掛けて来る石村君がうっとうしくなり、僕は眉をしかめ無愛想に答えていたのです。

「皆に言って置きたいのですが、柴田はこう見えて詩や感想文を書かせれば驚くほど本格的なんですよ」

「溝口、大層に言うなよ。恥ずかしいじゃないか」

「そうよね、前回も私たちと登った時に書いていた詩に、その片鱗を見たわ。柴田さんって文学青年ですからね。文集の完成が楽しみだわね」

「粗末な機関紙だけど、貴重な思い出になると思うよ」

「佳菜も得意の絵を出したら」

「止めて弘子、私は趣味で書いているだけよ。人の目に耐えられるものじゃないわ」

「私の書いたもの見せるから、ねえ柴田さん、よかったらアドバイスしてくれない」

　僕の隣に座っていた沢田さんが、わざとらしく体を寄せて言いました。

「沢田さんの書いたのを……」

「私の書いたものでは駄目なの」

「感想ぐらいしか、言えないよ。それでいいなら……」

「わあー、楽しみだわ」

　この時の僕は、沢田さんには気分を害していました。今日のハイキングで、貴女と一緒に過ごせる時間を楽しみにしていた僕ですが、それを沢田さんに一方的に奪われたように感じていたからでした。で僕は、沢田さんの言葉に安易に反応していたのです。

　機関紙の話は結局溝口君の提案どおり、全員が何らかの物を提出することになりました。僕は結構注がれるままにビールを飲み、次第に話す声が大きくなっていたようでした。

　石村君の他愛ない話にも、酒の勢いで反論していたのです。

「正夫、新聞配達はどう、頑張って行ってる。正夫は朝早いのに弱いからね」

「典ちゃん、俺はね何としても大学は卒業すると、先輩と約束してるんだよ。だから後二年、どんなに辛くても新聞配達は続けるつもりだよ。先輩との約束ですから。ねえ先輩」

「石村お前なあ、何かある度に俺の所へ来るけど、もう少し自分の考えで判断し行動しろよ。そうでなければ、何時まで経っても自立できないぞ」

「先輩、そんなにつれない言い方はないですよ。俺と先輩の仲じゃないですか、もう少し暖かい言葉をくださいよ」

「何言ってんだ、石村。この間の下宿の運営会議の役員の時もそうだったろう。バイトで忙しいから免除する話、俺に言ってくれって頼みに来ただろう。下宿で生活する俺たちにとって、二〇人ほどの人間が生活する所だけど、そこも一つの社会なんだ。そんな小さな社会で、自分のことも解決できないとなると、大学を卒業して自分がどう生きるかという時、今度は違う俺が必要になるじゃないか。お前もいい歳なんだぞ。いい加減に自立をしろよ、自立を」

「すみません、先輩……」

僕が語気を強めて言ったその時でした。貴女は僕を見詰め静かに話したのです。

「柴田さん、石村さんは柴田さんが好きなんですよ。だからね、少しは暖かい目で見てあげて。お友だちでしょう」

何故、僕が不愉快な気分になっているのかをこの時、貴女に分かってもらいたかったのです。ところが貴女の静かで、子どもに言い聞かせるような語り口調に気分を害した僕は、ビールを飲み続けたのでした。

「そうなんですよ、小田桐さん。俺、先輩が好きなんですよ」

「石村、お前のその言葉に何時も騙されるんだ」

僕の言葉で険悪な空気になりかけた時でした。

「それよりねえ北岡さん、看護学校の学生って直接患者さんの看護をするんですか」

僕の言葉を溝口君が遮るようにして、北岡さんに話しかけたのです。

「ええ、実習ではね」

「じゃあ、入院の患者さんから相談なんかも受けるのですか」

「直接受ける場合は少ないけど、相談されれば分かる範囲で答えたりしますよ」

「白衣を着ている時の女性って、僕の憧れだよ。実習での小田桐さんや北岡さんを見てみたいですね。特に小田桐さんは厳しそうですから、どんな看護をしているか見たいね」

「溝口さん、佳菜の言葉や行動は見た目には厳しく見えるけど、本当はとっても心の優しい暖かい女性なんですよ。心底患者さんのことを考えるからこそ、厳しくも言えるのよ。この間もね」

「止めてよ、里江」

説明する北岡さんの手を押さえた貴女は、顔を赤くしていました。

「いいじゃないですか小田桐さん、聞かせてくださいよ」

「そうだよ、佳菜。別に言われたからって都合の悪いことじゃないでしょう」

「都合が悪いと言うんじゃないわ。でもねっ弘子、恥ずかしいじゃない」

「小田桐さん、いいじゃないですか。さあ、北岡さん話してくださいよ」

僕も貴女が病院でどのような実習をしているのか、ぜひ北岡さんの話を聞きたいと思って、溝口君と沢田さんの要望を聞いていたのです。

「小児科病棟の実習の時、丁度佳菜と二人でナースステーションの前で拭き掃除をしていたの。すると一人のお婆さんが私たちに話しかけて来たの。お婆さんから見れば、私たち実習生も常勤の看護婦と思う訳ね」

「私たちが見ても区別がつかないのだから、お年寄りなら尚更のことよ」

「立派な看護婦さんだよ、ねえ弘子」

皆が北岡さんの話に興味を感じていました。

「そのお婆さんのお孫さんは、腸重積（ちょうじゅうせき）で入院していたの。両親は仕事があってなかなか看られなくって、お婆さんがお孫さんの付き添いでいたんだけど、私も佳菜も随分その子のことを気にしていたの。その時そのお婆さんが『お腹を空かせた孫が絵本に書かれている食べ物を、指で摑むようにして食べる真似をしますのや。

何か食べたいと泣きますのや。看護婦さん、消化に良いものを食べさせては駄目ですやろか』と、私たちに聞きに来たの。佳菜はお婆さんの手を引き病室に戻って病気の説明をし、主治医の指示に従うことがお孫さんの病気を早く治すことになると諭し、お孫さんには先生の言うことをよく聞き早く治せば、お婆さんが美味しい物を買ってくれると言い聞かせて納得させたの。その時の佳菜の態度は厳しく、今ここにいる佳菜からは想像もできないよ」

貴女は北岡さんの話を、じっと下を向いて聞いていました。

「へえー、そうなんだ。でも、本当の優しさだよね」

沢田さんはそんな貴女を窺うように話しました。

「厳しく指示するのは、結局子どものためなのよ。でもねえ溝口さん、佳菜の人間性を感じさせられたのはねっ、その後で私が聞かされたことなのよ」

「典ちゃん、看護にも人間性が出るんだって」

僕は、石村の場所をわきまえない発言にうんざりしていました。

「ええ、そうよ。そして実習が終わって、寮の廊下まで来ると急に佳菜が泣き出すから、私びっくりして『どうしたの、何が悲しいの』って聞くと『二歳や三歳の子どものあんな姿を見ると、私が幼かったころを思い出しいつも心は乱れるの』と言うから、『佳菜、どういうこと』私が聞くと、『今日のあの子、私の話を聞き、きっと私をひどい大人だと思い込んで、生涯私を忘れないでしょうね。私だって幼かったころのこと覚えているもの』『子どものころに何があったの』私が聞くと、佳菜は『私たち兄と姉妹は父が早く亡くなったから、父の親戚の家に世話になっていたの。その親戚の家も貧しかったことは今になれば理解できるんだけど、当時の幼い私は私たちだけが食事も満足に与えられず、空腹を覚えながらも夕食時に手を取って街のなかを歩いているのに、子ども心に不思議に思っていた。そして街の洋食店の前に飾ってあるカレーライスの模型を指差して、私がお姉ちゃんに『食べたいね』って言うの。お姉ちゃんも『うん、食べたいね』て、それを見ているお母ちゃんが、私とお姉ちゃんを抱いて『我慢してな』言って泣いてるの。その幼かった時のことを私、今も覚えているわ。今日、空腹に泣くあの子を見ていてその時のことを思い出し、悲しくなって泣いたのよ』と、言ったの。私も看護婦を天職として全うするつもりよ。だからどんなことがあろうと、この時の佳菜の話忘れることはできないわ」

北岡さんの声がすこし上ずっているように感じていました。

「子どものころの話って、覚えているものなんだね。でも私だったら、そんな子どものころの苦労を思い出すのって嫌だけどね。でも、苦労しているんだ、佳菜は」

「弘子ね、私は自分の生い立ちや過去の話をされるの、恥ずかしいと思ったことないよ。だって、どのような過酷な生い立ちであれ、どのように裕福に育ったところで、どちらにしても善悪の問題ではないし、子どもに選択できることでもないでしょう。だから私、隠して生きようとは思わないの。すべて自分だもの。いろいろと嫌な体験もして来たけど、だから今を頑張れるんだと思ってるわ」

貴女の子どもに選択できないという言葉に、何故か救われたように感じていました。

「勇気があるんだね、佳菜は」

僕は北岡さんの話を聞きながら自分の生い立ちが、貴女から見れば比較にならないほど何不自由なく育ったことに、何故か恥ずかしさにも似た思いが湧き上がっていました。

僕は貴女の話を聞けば聞くほど、あまりにも甘やかされて生活している自分の境遇に愕然とし、狼狽を隠すためビールを飲み続けました。そしていつの間にか眠っていたのです。

「おい、柴田、柴田、起きろよ」

僕は肩を揺すられて目を覚ましました。

「時間だ、帰る準備をしろよ」

「おっ、おうー」

時計を見ると、一時間近くも寝ていたようでした。目覚めと同時に尿意を感じた僕は、ふらふらと湖の奥へ向かって歩いて行きました。

「おーい柴田、小便だったら木の裏でやれよ」

「ああ」

溝口君の呼びかけに僕は手を上げて返事をしたのですが、体のバランスを失って湖の方に行ってしまったのです。『あっ!』と思ったのですが、その時湿地にはびこっている草の根に足を取られて、倒れそうになったのです。

「あっ、しっ、柴田」

僕はバシャバシャと水の音を発て、水芭蕉の何株かを踏みつけ湖のなかへ膝まで入っていたのです。『しまった』と思いながら、岸まで戻って溝口君から指示があった大きな木の裏へ行きました。

「石村さん、様子を見に行っていただけない」

「正夫、見て来なさいよ」

「はい、はい、分かってますよ」

貴女と津田さんに言われて、石村君は僕を見に行こうと立ち上がったのです。その時、大澤君が静かに立ち上がり石村君を制止して歩き出したのです。

「大澤君は何時もあの調子で、ボックスでもめったに喋らないんだ」

「でも心の優しい人だというのは、伝わって来るわよ」

「そうなんだ、本当に心根の優しい男なんだ」

僕は用を済ませ『しっかりしろ、隆二』と自分に言い聞かせながら歩こうとした時、いつの間にか後ろにいた大澤君がそっと腕を取って支えてくれたのです。そして元の場所へ戻ろうと歩き出しました。

——あの人よ、花を踏んだの——、——自然環境の破壊だぞ——、——マナーが悪いぞ——

周りの登山客から怒りの言葉、視線が向けられているのを意識していました。

——水芭蕉を踏みつけたこと、山麓駅の事務所に報告しておきますよ——

「申し訳ありません。私の不注意でした」

中年女性の言葉に、溝口君が懸命に頭を下げていました。

「おい柴田、大丈夫か」

「ああ、心配するなよ。俺は大丈夫だよ、溝口」

「柴田、お前は心配するなって言うけど、下りのコースは結構ガレ場もあるし直下で降りる岩場や鎖場もあるんだ」

「溝口、俺のことなら心配するなって。本当に大丈夫だ」

「何言ってるのよ。柴田さんが怪我したら、何にもならないじゃない。ここはリーダーの言葉に従うべきだわ」

溝口君の言葉に沢田さんも同意しました。

「確かに沢田さんの言うとおり、柴田が怪我をすればなんにもならないよ。柴田一人の問題じゃないからな。今日の計画ではこのまま歩いて下りる予定だけど、ゴンドラで下りることにするよ」

「そうね、少し予算オーバーだけど、柴田さんが怪我するよりいいからね」

「いや、溝口、沢田さん、僕なら大丈夫だからそんなに心配しなくてもいいって」

「柴田、お前の歩いて下りようと思う気持ちは理解できるが、ここは責任者の僕の言うとおりにしてくれよ」

「そうですよ、先輩。溝口さんの言うとおりですよ。そんなに気を使わないで、ゴンドラで下りましょうよ」

僕は皆に説得され、ゴンドラで下山することにしたのですが、その間貴女は言葉もなくじっと僕と溝口君の会話を聞いていました。

今振り返ると、一気飲みで貴女に迷惑を掛けたことも忘れ、それほど月日も経っていないのに反省することもなく、またぞろ身勝手なことをしてしまったのでした。

この時ほど自分が惨めに思えたことはありませんでした。

12　波乱の訪問

――しっかりしろ、隆一――

自分に言い聞かせながらゲレンデを下りていたのですが、やはり回りから見れば危うく感じたのでしょう。僕の荷物は、すべて大澤君が持ってくれることになりました。

「大澤君、悪いね」

「……」

僕は、大澤君へ感謝を込めて話し掛けたのですが、大澤君は言葉もなく穏やかに笑って頷いているだけでした。

またしても失敗をしてしまいました。しかし僕にしてみれば、貴女の意識のなかに在る僕が、通りすがり的な存在のように感じ苛立っていたのです。

それと貴女との生活意識の違いと、自身の自立心の弱さを実感させせられていたからです。僕はふらつきながら尾根を歩き、大澤君と石村君に守られてゴンドラの山麓駅に着きました。

駅で休息を取り、冷たい缶コーヒーを飲むと少し気分も回復して来ました。

帰りの電車のなか、沢田さんが溝口君にワンゲル部への入会を申し入れていました。

「溝口さん私ね、ワンゲル部に入って色んな登山を経験したいの。駄目かしら」

「沢田さんなら基礎ができているから、僕は大歓迎ですよ」

「歓迎されるの、なら嬉しいじゃない。じゃあ、月曜日のお昼過ぎに行ってもいい」

「勿論ですよ。一人でも多くの部員に声をかけ、沢田さんの来るのを待ってますよ」

「迎えてくれるのね。どう、典子も一緒に入らない」

沢田さんは振り向いて津田さんに言ったのです。

「うーん、考えておくよ」

「典ちゃん、ワンゲル部に入るんなら、事前に俺に言ってくれよな」

「分かってるわよ。一々煩いんだよ、正夫は」

「それだけ典ちゃんのことを、心配してるんだよ」

哀願するように津田さんに話す石村君に、回りから笑いが起こりました。

「新しい部員を迎えるのは一年振りだよ。嬉しいねえ。大澤君、月曜日にはできるだけ多くの部員を集めてくれないか」

「……」

大澤君は溝口君たちの会話を、静かな表情で聞いていました。

一方僕は、石村君と津田さんの二人の会話を聞きながら、自分が惨めに思えて来たのです。それは度重なる自分の失態を考えると、僕と付き合ってから何度となく貴女に恥ずかしい思いをさせ申し訳なく、この時貴女との交際を止めようかと真剣に考えたのです。そしてその思いを貴女に打ち明けました。

「佳菜さん、今日はすまないことをしたね。恥ずかしかっただろう」

「何のこと」

「僕さあ、前のコンパでの一気飲みで失敗し、二度としないと佳菜さんと約束したのに、今日また同じような失態を繰り返して……」

「柴田さん、もう過ぎたことよ」

「僕ね、これ以上佳菜さんに嫌な思いをさせられないと考えているんだ。佳菜さんも僕のような男と付き合っていれば、これからも先も恥ずかしい思いをするだろうし」

「どうしてそんなことを気にするの……」

「これ以上、僕との付き合いを続けるのが嫌だと思うなら、何時でも言ってくれよ。こんな意志の弱い僕で、佳菜さんには申し訳ないと思っているから」

「柴田さん、今はそんなことは言わないで。そんなに自分を蔑まないで、もっと自信を持って」

「こんな僕でもいいの」

「いいとか悪いとかじゃないの。今の私は、もっと柴田さんと知り合いたいのよ。本当の友だちになるためにね。だから交際を止めるなんて言わないで」

貴女は僕の手を取って、目を潤ませ言葉を詰まらせていました。貴女の憂いを感じさせる瞳を見た僕は、急に安堵感を覚えたのです。

「そんなことより柴田さんの詩、楽しみにしてるからね。頑張って書いて」

「佳菜さんに期待されるほどのものじゃないけど、頑張って書くよ。佳菜さんも、今日描いていた絵を出すんだろう」

「ええ、私も頑張るわ。だから柴田さんも、伸び伸びとした気持ちで書いてね」

僕はこの日下宿に帰ってから、自立について真剣に考えたのです。勿論これまで親からの自立など、一度として考えたこともなかったからです。

——佳菜さんは僕とは違って、誰を頼ることもなく生きている。小女郎池で石村には自立しろと偉そうに言いながら、僕は何かあれば必ず母親を頼っている——

この時はまだ、しっかりとした決意はなかったのですが、自立とは何か自分は今学生という立場で、どのような自立ができるというのか。と自問し、答の出せない自分を意識していたのです。そして、せめて溝口君や石村君と同じように、食費ぐらいは自分で稼ごうと考えたのです。

――勇気を持って、踏み出そう――

僕は自分を励ますように呟いたのです。

さしあたっては、石村君が行っている新聞配達の集配所に空きがあるかどうか、僕は石村君をとおして集配所に尋ねてもらったのです。

「先輩、配達員の話、集配所のご主人に聞いてみたんですよ。少し遠いですが上高野集配所に空きがあったんですよ」

「上高野って八瀬の入り口の所だよな。自転車で走って三〇分以上の距離だぞ」

「先輩さえ良かったら明日からでも来てくれって、ご主人が言ってますけど。遠いから断りましょうか。どうします」

石村君は僕の意思を確かめようと、じっと僕の顔を見ていました。

「ありがたい話だよ。けど、それにしてもえらい急な話だな」

「配達員の一人が急に実家へ帰ることになったらしく、店の方でも配達員の募集をしてるんですが、上高野って聞くと断るらしいんですよ」

「そうか、でもこれを逃せば次は何時になるか……」

「朝の三〇分はきついっすから、断っときましょうか」

小女郎池では、石村君に自立を促していた僕が、距離が少し遠いと言うだけで断れば僕が言った自立が、中身の伴わない口先だけのことになってしまいます。

「石村、少し遠いくらいで断れば、聞いてくれた石村の顔をつぶすことになるだろう。じゃあ仕方ない、明日から行くか」

「行きますか、先輩。行くんでしたら、集配所のご主人が上高野まで案内してくれますから。俺、朝起こしに来ますよ。本当にいいですね」

「頼むよ、石村。でも俺が新聞配達してることは、当分は誰にも言わないでくれよ」

「分かってますよ。俺も先輩と一緒に、上高野で配達できるよう頼んでみますよ。それよりねえ、先輩。山の帰りの電車で、小田桐さんと随分深刻な顔をして話し込んでいたでしょう。一体何の話していたんです」

石村君には弱みを見せたくないという気持ちで、上高野への新聞配達を受けたことで僕の気持ちは高ぶっていました。

「俺さあ、石村。これまでも酒では随分佳菜さんに迷惑を掛けて来ただろう」

「ええ、そうですね」

「だからさあ、佳菜さんも恥ずかしいだろう思って、俺勇気を出して『佳菜さんが恥ずかしい思いをしているのなら、付き合いを止めてもいいよ』って言ったんだ」

「えっ、本当ですか先輩。本当に別れようって言ったんですか」

「ああ、すると佳菜さんが『どうしてそんなこと言うの、今はそんなこと言わないで』って言ってさあ」

「そうでしたか、それを聞いて安心しましたよ。俺上手く言えないんですけど小田桐さんのような人、なかなかいないですからね。でも小田桐さん、やっぱ先輩に惚れてるんですよ。先輩はいいですね」

僕は石村君の言葉を聞き、急に周囲を見下す口調になって行きました。

「石村、俺にすればさあ佳菜さんはいい女性だよ、けど、いざとなったら女性は、なっ、石村、別に佳菜さんだけじゃないんだ。他にもたくさんいる。そうだろう」

「先輩は持てますからね。沢田さん、電車のなかで溝口さんにワンゲルのことでいろいろと言ってたけど、沢田さんは先輩のことが好きだって、横で見ていて俺でも分かりますからね。だから小田桐さん、いろんな失敗しても先輩から離れられないんですよ」

「沢田さんとの付き合いは、後がなくなった時だよ。彼女性格きつそうだからね。まあ俺としてはさあ、佳菜さんの俺に対する気持ちを見越して、止めようって言ったんだ」

「格好いいな先輩は、物事の先が見えているんですね。俺、益々憧れますよ」

　僕は思い上がっていたのです。何かあれば沢田さんにすればいいと……。ところが、まさかこの時の話が後日、貴女の知るところになるとは思いも寄らなかったのです。

「そんなことより石村、明日の朝必ず起こしに来てくれよ。なっ」

「分かっていますよ、初日の配達じゃないですか」

　貴女の意見を聞いてみようと思っていたのですが、まずやるだけやってみて続けられそうなら貴女に話しても遅くないと考え、次の日から新聞配達に行くことにしました。当分の間配達の時間だけ、下宿の知り合いから自転車を借りることにしたのです。

　翌日、石村君に紹介されて上高野集配所に行きました。

　僕が受け持った配達区域は結構民家の集中した区域で、一時間もあれば配達できるところでした。

　一方、上高野集配所に替われるよう店のご主人に頼んでいた石村君も、何日かしてそれが認められ僕と石村君は同じ集配所で働くことになったのです。

　毎朝、僕と石村君は集配所までの緩やかな坂道を、息を弾ませ自転車を漕いで行きました。上高野地域は北山の白川通から八瀬・大原へ抜ける高野川の周辺で、まだ多くの田畑が残っている自然豊かな田園地域でした。そんな上高野にも宅地開発が進み、同じ姿の住宅がそここに並んで建っていました。

　僕は祖父が暮らしている高山の田舎の里山を懐かしく思い出しながら、初めて体験する新聞配達に新しい世界を感じていました。

　二週間ほど配達したその週末に、貴女と会い三〇分ほど歩いて河原町三条のバス停の近くの喫茶店に入りコーヒーを注文しました。

「佳菜さん、僕さあ、二週間ほど前から石村に紹介してもらってね、上高野の方で新聞配達を始めたんだよ」

「へー、上高野って大原の入り口だったわね。結構遠い所ね。じゃあ朝早く起きなきゃあ」

「ああ、五時過ぎには集配所にゆかなければ駄目なんだ」

「五時、わたしはまだ寝ているわ」

「別に配達する時間は充分あるんだけど、宣伝物などの折り込みがあるとその準備のため、集配所には早く行く必要があるんだよ」

「チラシのことね。折り込みって言うのね。ねえ柴田さん、朝早いのって眠いけど、とっても気持ちいいでしょ」

「うん、ほんと気持ちいいよ。それと折り込みはね、毎日決まってある訳じゃないんだ。だから集配所に行って見ないと分からない水物で、あれば結構お金になるんだよ」

「へえ、面白いのね」

「実はねえ佳菜さん、お金を稼ぐことも新聞配達の理由の一つなんだけど、本当の理由は別にあるんだ」

「何か訳がありそうね」

「小さいことかもしれないんだけどさあ、少しでも親から自立をしたいんだ。今はその思いの方が強いんだよ」

「そう、頑張るんだ。自立って周りには見えないけど、とても大切なことね」

　貴女は僕から自立という言葉を聞くと、急に体を乗り出し瞳が輝きだしました。

「何時かは踏み出さなければならない道なら、気付いた今から始めようと思ってね」

「でもねえ柴田さん、学生の立場での自立って、とても難しいことだと思うわ」

「うーん、なら佳菜さんの考えを聞かせてくれよ」

「私は自立ということへの、思い違いをしてはいけないと思うの。単純に仕送りを止め、道を狭くすることの追求ばかりに目が行くと、本当の自立の道を見失ってしまうと私は思うの。ただ、柴田さんの自立をしようとする考えには、大賛成なのよ」

「何だか難しい話だな。けど僕の場合は新聞配達から始めるよ」

「ええ、私もそれでいいと思うわ」

「まあ新聞配達なら、毎月定額の収入が見込めるだろう。それをベースにして、学生課紹介のバイトをすれば結構できると思うんだ。まずは食費だけでも自分で稼ぎたいんだよ」

「私もね、寮の先輩に紹介してもらって歯科の助手に行ってるのよ。週二回だけどね。それと土曜と日曜も隔週だけど、喫茶店のバイトに行っているの。喫茶店の方は私の都合で、早めに頼めば休むこともできるのよ」

「えっ、初めて聞く話だよ。そんなに頑張って、体、大丈夫か」

貴女の話を聞いて驚きました。新聞配達一つだけでも大変だと思っているのに、貴女は授業や実習を済ませた上に二つのバイトに行っていたのです。

「疲れるけどね、仕方ないじゃない。私お金貯めたいの。今は奨学資金と、看護学校に入るまで働いていた時に貯めていたので何とかやっているけど、看護婦の免許が取れたら通信でもいいから私、大学の勉強がしたいの。だからね、お互い頑張ろうね」

「そうか、よーし、僕も気合いを入れて配達続けるよ。そして、少しでも自立できるよう頑張るぞ」

この時の僕を見る貴女の瞳が、黒く輝いているように感じたのです。

そして、一時間ほど話して店を出ると、

――アメリカはベトナムから出ていけ。沖縄から出て行け。日本から出て行け――

拡声器をとおして、大きく響く声が聞こえて来ました。

「戦争反対のデモだね」

「そうみたいね。日本でも戦争が始まるのかしら……」

「そんなことは無いと思うよ。日本は戦争はしないとなっているからな」

「戦争のことを考えると、私、怖い。平和に暮らして行けるから、苦しくても辛くても頑張って生きようと思えるのに……」

「当然だよ。もし日本がさあ、戦争に加わって僕たちの命が危険に晒されているとしたら、将来への展望を持って生きるなんて、絶対できないよ」

僕たちはしばらく立ち止まって、デモの隊列が通るのを見ていました。そして隊列の最終尾から、少し離れた集団が機動隊に囲まれて進んで来ました。その隊列は全員がタオルで顔を隠し、ヘルメットを被っていたのです。

――安保粉砕、闘争勝利――

拡声器から流れて来る、少しかすれたスローガンを叫ぶがなり声が、何故か悲壮感を感じさせました。そのうちに隊列の前方で小競り合いが始まり、

――ワッー、キャッー――

と言う驚声とともに、デモ隊が旗竿を振りかざして機動隊と衝突したのです。

――ガーン――

ジュラルミンの盾に当る石の音、

「怖いわ、柴田さん」

言葉を震わせた貴女は、僕の手を強く握ってきました。

「あの人たちは戦争反対を叫んで、平和を訴えているんでしょう。なのに、どうして暴力的な行動を取るのかしら」

「権力と対峙し、戦うなかでこそ革命意識が高められると考え、その自分たちの戦いこそが抑圧された日本国民を解放する、唯一の道だと考えているんだよ」

「だからと言って暴力は許されないわ。そんな解放なんて間違いだわ」

「僕もそうだと思うんだが……。彼等は正しいと思っているよ」

「私は平和に暮らしたい。戦争は怖いわ。罪もない多くの命が犠牲になる。多くの人間を傷付け、絶望へと追い詰めて行く。どうすればいいの」

「戦場に行って死ぬのは、誰だって嫌だよ」

「戦争になれば、柴田さんがどれほど素晴らしい詩を書く人でも、戦場に行く大勢の兵士のなかの一人として死ぬのよ。才能を開花することなく、ただの兵士として命を落とすのよ」

「個人の意思や価値が、国家間の争いのなかに埋没するんだ」

「そんなこと……。私は怖いわ」

僕たちは照明に照らされたアーケードの下を、人の間を潜って下宿へと向かったのです。

数日後、僕は実家の母に連絡をし

――少しでも親の負担を軽くしたい――

と、僕の思いを伝えたのです。しかし母は、送金が足らない結果、新聞配達をしたとの思い違いをし、

――毎月の仕送りで足りない時は、ここから

引き出して使いなさい――

とのメモがはさまれた一〇万円の預金通帳と印鑑を送って来、それを受け取った僕は随分悩みました。この通帳を受け入れれば親からの自立ができないばかりか、自立を伝えたことによって、かえって親への甘えが今までより拡大されてしまう。

僕は貴女と、自立のことで話し合ったことを思い浮かべていました。そして、何かあった時だけこのお金を活用しよう。と、母からの送金を受け入れたのです。

送金を受け入れたその日から、僕の新聞配達に対する意識が重い呪縛から解き放たれたかのように、冒険的なものへと気持ちの変化を感じたのでした。僕はそれまで知り合いから借りていた自転車を、新しく買い求めたのです。

「先輩、自転車新品ですね。買ったんですか」

「ああ、母親がさあ、俺の話を取り違えて金を送って来たんだよ。自転車がなかったら配達に行けないだろう」

「そうですね」

「だからまず自転車を買ったんだよ」

「いいですね先輩は、欲しいと思った物は何でも手に入る。俺もそんな環境に生まれたかったですよ」

「なあ石村、お前電気屋知らないか」

「電気屋ですか。電気屋で何か買うんですか」

「この機会にさあ、カセットラジオも買おうと思ってるんだ」

「そうですか。確か、本部の集配所の向かいにあったんじゃないですかねえ」

次の日の夕方、僕は石村君に連れられて電気屋に行き、FM放送も聴ける少しいいカセットラジオを買ったのです。僕の部屋はカセットラジオを買ったその日から、音楽の流れる優雅な部屋になったのでした。気分の優れない時や落ち込んだりした時など、ベートーベンの【皇帝】を聴いては、勇気づけられたように感じていました。あれほど会いたかった貴女とも電話で話すだけで、部屋に閉じこもって音楽ばかり聴いていたのです。そんな日々のなかで僕の生活には、音楽はなくてはならないものになって行きました。

何日かが過ぎた日でした。早朝の配達をすませ寝てしまった僕は、窓から入って来る強い陽射しで目が覚めました。その日、午前中は近代文学の権威と呼ばれていた國村教授の講義でしたが、寝過ごして出席できませんでした。午後からはゼミがあったのですが、時計を見るとすでに正午が過ぎていました。僕は講義とゼミにも出席せず、空腹を覚えてラーメンライスを食べに出ました。食事を済ませた後、部屋に戻りＦＭ放送を聴いていました。三時ごろだったでしょうか。

戸を叩く音がしたのです。戸を開けると、鞄を肩に掛けた沢田さんが首を傾げ、微笑んで立っていました。

「あっ、沢田さん、どうしたの」

「入ってもいいかしら」

「いいよ、散らかしているけど」

僕は敷いてあった布団を押入れに突っ込み、テーブルを出しました。

「汚れているけど、座ってよ」

「男の人の部屋にしては、意外と整理されているんだね。さすが柴田さんだね。正夫ちゃんの部屋だと見なくても想像がつくもんね」

そして沢田さんは日常の僕の言動や、比良山の八雲ヶ原で作った詩を称賛しました。その日の沢田さんは首から上の髪をカールに巻きあげていて、とても活動的な印象を受けていました。

「沢田さんが訪ねて来るなんて、何かあったの」

「柴田さん、午前中講義だったでしょう。少し話したいことがあって講義室に行ったら欠席だったでしょう。それで私、午後からゼミだって溝口さんから聞いていたから教室で待ってたの。けど教室にも顔を見せないから、ひょっとして下宿にいるのかなあと思って」

「へえ、僕に話ってどんなことだよ」

「柴田さんと佳菜のことなんだけど」

「僕と佳菜さんのこと……」

僕と貴女のことを沢田さんが話すとは、沢田さんの言葉に胸騒ぎを覚えました。

「ええ、そうよ」

「沢田さんが僕と佳菜さんのことで、どんな話があるんだ」

「二人の別れ話が持ち上がっているって聞いたの。で、直接柴田さんに噂の真相を確かめようと思って来たの。柴田さん、佳菜と別れるって本当なの」

思いがけない沢田さんの訪問を受け、沢田さんからいろいろと褒められた僕は、理由もなく嬉しくなっていたのでした。

「そんな噂話、何処で誰に聞いたんだ」

「小女郎池から帰った後、二人が別れるって皆のなかでもっぱらの噂よ」

「当人がいない所で、そんな話がされているのか。困ったもんだよ」

「で、本当のところはどうなの」

「確かに帰りの電車のなかで、僕から交際を止めようと言ったよ。けどそれは佳菜さんに対して、嫌気や失意があってのことではないんだ」

「へえ、柴田さんらしい言い方ね」

「何度となく失態を繰り返す僕だと、佳菜さんに迷惑を掛けることになると思って『佳菜さんが嫌だと思うのなら言ってよ。付き合いを止めてもいいから』って、言ったんだ」

「そう、佳菜のことを考えて言ったのね。優しいんだね、柴田さんは」

「佳菜さんのことを、考えてのことじゃないんだ。コンパの一気飲みの時や、小女郎池での僕の失態を考えてのことだよ」

とは言ったものの、僕は自身がへりくだることで、沢田さんに英雄視されたいとの思いがあったのです。でなければ、僕と佳菜さんとの関係について、沢田さんにあれこれ聞かれる必要などなかったし、いちいち応えて説明する筋合いでもなかったのです。

「それで柴田さんの話に、佳菜はどう答えたの」

僕の説明を聞いた沢田さんの声は急に調子が強くなり、眼鏡の奥から光る眼は鋭く、妥協を許さないような態度に圧倒された僕は、戦慄に似たものを感じたのです。

「僕の言葉に佳菜さんは『どうしてそのようなことを言うの、今は別れるなんてことは言わないで』と言ったんだ。だから……」

「もういいわよ、柴田さん。私、何だか馬鹿みたい。でもね、私には分かるの」

「分かるって、何が分かるんだ」

「柴田さんと佳菜は必ず別れると思うわ。その時が来て私を思い出したら声を掛けて」

「僕と佳菜さんが別れるって、沢田さんはそう思っているんだな」

「ふっ……」

僕の話を聞きながら、沢田さんの緩やかに動く体になまめかしさを感じて体の硬直を意識し、それ以上言葉が続かなかったのです。白けた一瞬が過ぎた後、

「あっ、そうだ。柴田さんコーヒー飲む」

「コーヒー。ああ、コーヒーは好きだよ」

「そう、よかった。私ねえ、二人で飲もうと思って、美味しいコーヒーを買って来たの」

沢田さんは持っていた鞄からコーヒーの瓶を取り出し、テーブルに置きました。瓶のラベルには少し高級な『ブルーマウンテン』の文字が

見えました。ラベルを見た僕は、飲みたいという衝動が込み上がってきました。

「じゃあ、少し待ってよ。今、お湯を沸かすから」

僕は台所に立ち、ヤカンに水を入れコンロの火を付けました。すると後ろから、

「柴田さん、何処に何があるか言ってくれれば、湯を沸かすぐらい私がするわよ」

狭い炊事場で、沢田さんが体を密着させるようにして、僕の横に立ったのです。

「ねえ柴田さん、今度私を食事に誘ってよ」

「えっ、僕が。沢田さんを」

「友だちだったら二人で街を歩いても、食事してコーヒーぐらい飲んだっていいでしょう。初めて行ったハイキングで、食事しようって言ってたでしょう。どう駄目」

「でもねっ……」

「柴田さん、佳菜のこと、気にしているんだね」

「別に、気にしてる訳じゃないよ。じゃあ今度時間が合えば行ってもいいよ」

「嬉しい、じゃあ約束してもいいのね」

その時でした。思いもしない事態が発生したのです。

僕が台所の流しに置いてあるカップを取ろうとして腕を伸ばした時、沢田さんの腕もカップを取ろうと伸びて来たのです。

――あっ！――

僕は驚き、小さく叫びました。沢田さんの冷たい手と僕の手が触れたのでした。僕の体は沢田さんの冷えた肌に吸い寄せられたように、動くことができなかったのでした。そして次の瞬間、じっと僕を見詰めていた沢田さんが、僕の首に腕を回し唇を重ねて来たのです。僕の体は硬直し、鼓動は高鳴りました。

――か、佳菜さん――

沢田さんの顔を見ながら何故か心のなかで、貴女の名前を叫んでいました。その時でした。

激しく戸が開く音に、僕は驚きました。

「先輩、いますか。あっ！」

思いもしない石村君が、突然入って来たのでした。

「おう、石村じゃないか」

石村君の声に驚いた僕は、何故か後ろめたさを感じ動揺を隠せませんでした。

「あら、正夫ちゃんね。今コーヒーを入れているのよ。正夫ちゃん、貴方も飲む」

沢田さんは臆することもなく、石村君に言ったのです。

「いいんですか、先輩」

「ああ、いいんだ。入れよ」

「柴田さん、ここは私がするから貴方は向こうで座ってて」

「何してるんだ、石村。突っ立ってないで上れよ。沢田さん近くに用事があったらしくって、そのついでに寄ったらしいんだ」

僕は気恥ずかしさを隠しながら、じっと立って僕を見ている石村君に言い訳にも似た説明をしていました。

「柴田さん、正直に私が来た理由を言ったらいいじゃない」

言いながら、沢田さんがコーヒーを運んで来ました。石村君はただじっと聞いているだけでした。石村君の沈黙が、今日ほど恐怖として迫ってきたことはありませんでした。

「私が来たのはねえ、正夫ちゃん。柴田さんと佳菜が別れたって聞いたの。で私が、柴田さんとお付き合いしようと思って来たわけ。ところが私にとっては残念な事実だけど、二人はまだ付き合っているらしいの」

僕と石村君は白けた空気のなかで、沢田さんの入れたコーヒーを飲んだのです。

僕は重苦しい空気を、何とか和まそうと思っていました。

「そうだ沢田さん。俺、【皇帝】のテープ買ったんだ。聴く」

「素敵ね、聴かせてよ。ねっ、正夫ちゃん」

「こ、こうてい」

「ベートーヴェンでしょう」

「俺、音楽のこと分からないですよ」

石村君の言葉を聞きながら僕はカセットにテープを入れ、スイッチを押しました。

「へえー、いいカセットラジオね」

「先輩はいいですよ、沢田さん。実家のお母さんから送られて来たお金で、自転車とカセットラジオ買ったんですよ。欲しいと思った物は何でも手に入っちゃうんだから。それとねっ、沢田さん。先輩はねえ、沢田さんのことも嫌いじゃないようですよ」

突然話し出した石村君の言葉に驚きました。

「よせ、止めろ。石村。お前は余計なことを言い過ぎるんだよ」

「そんなに怒らないでくださいよ。それよりねえ、沢田さん。先輩が裕福なお陰で俺も飯をおごってもらったり、飲ませてもらったり、いい目をさせていただいてますからね」

「ありがとう、正夫ちゃん。嬉しいこと聞いちゃった。たまにはいいこと言うのね。正夫ちゃんね、柴田さんは私の理想なのよ。恵まれているんだもの、別に悪いことじゃないわよねえ。柴田さんが気持ちよく暮らせるなら、それでいいじゃない。でしょう」

「……」

「そうですよ。先輩は一人息子の跡取りでしょう。わざわざ苦労することないですよ」

そして貴女が僕の下宿を訪ねて来たのは、沢田さんが来た二日後のことでした。

夕食を外で済ませた僕は、部屋で何時ものように体を横たえベートーヴェンの【皇帝】を聴いていました。戸を叩く音が聞こえたので、僕は体を返して入り口を見ました。てっきり石村君が来たのだと、思っていたのでした。

「おう、石村か、開いてるから入れよ」

「柴田さん、私です、小田桐です」

「えっ、佳菜さん」

「入ってもいいかしら」

「何を言ってるんだよ。遠慮しないで上がったらいいんだよ」

「今、典子と石村さんと別れたとこよ」

「そう、で、石村はどうしたんだ」

「石村さんは、典子を下宿まで送って行ったわ」

「あいつは、ひたむきだからね」

「どう、新聞配達は順調かしら」

「順調だよ。でもやはり眠いね」

そんな会話のなかにも、部屋には優雅なピアノの音が流れていました。

「へえ、【皇帝】ね。柴田さんベートーヴェンも聴くのね」

「この曲を聴いていると、何故か勇気が湧いて来るんだ」

「柴田さんは、音楽を聴く意味を知っているのね」

「意味、そんな大層なことじゃないんだよ。ただ気持ちが沈んでいたり、小さなことで悩んだりしている時にこの【皇帝】を聴くと、何故か気持ちが前向きになって頑張ろうと思えて来るんだよ」

「それが音楽を聴く意味じゃないかしら」

貴女はそう言いながら、テーブルの上に開かれていた僕のノートに気付き、目を走らせていました。朝、新聞配達から帰った後、思いつくままノートに詩を書いていたものが、貴女の眼に留まったのです。

「この詩、柴田さんが書いたの」

「詩、ああ」

「いい詩ね。何時書いたの」

「今日の朝だよ。何だか幼稚な詩で、佳菜さんに見られるのが恥ずかしいよ」

「この詩、私は好きよ」

「新聞配達の時に、感じたことを書いたんだよ。上高野の方は住宅地など開発が進んでいるんだ。けど、まだ田畑や自然が多く残っている処でね」

「どんどんと緑がなくなり、急激に日本の風景が壊されて行くね。寂しいことね」

「農地が荒れて空き地みたいになっていてね、何年か前には稲が豊かに実っていたんだろうけど、今は雑草に混じって小菊やタンポポが咲いていて、それを見て書いたんだよ」

「読ませてもらってもいい」

「うん、いいよ」

　貴女は目を閉じ、息を整え、

『ここは平安の都(みやこ)　北の外れの上高野　北山の麓に開かれた山間の地

キュッ　キュッ　キュッ

朝露に冷やされた体を左右に振りながら　僕は自転車で坂道を登って行く

シャッ　シャッ　シャッ

脚下(あしもと)から田の横を流れる　水の音が聞こえている

山からの豊かな水が育くんだ　土から突き出た稲の葉が

朝の光を待ちわびて　露を丸めて立っている

横にある休耕の田　轍(わだち)の跡を残し　ガラーンとして寂しそう

そんな空き地のなかにも　命を宿そうとするものがある

朝焼けの柔らかな光を止め　色とりどりの小菊が背筋を伸ばし

気持ち良さそうに　花を付けて立っている

小さな花弁をいっぱいに広げ　空に向かって立っている

小菊は　空から振り撒かれたように　咲いて
いた　　　　　　　　　　　　　　　　隆一』

貴女は静かにゆっくりと、噛み締めるように詩を読んでいました。

「僕のお祖父ちゃんが住んでいる、高山の田舎にある田園をイメージして、思いつくままに書いたんだよ」

「目を閉じて聞くと、景色が広がって行く詩ね。私飾らない自然の詩、とっても好きよ」

「佳菜さんにそう言われると、恥ずかしいよ」

貴女は詩を小さく口ずさみ、目を閉じ何か物思いにふけっているようでした。

「そうだ佳菜さん、昨日新しく買って来たテープがあるんだ。バッハの【トッカータとフーガ】バロックの最高峰だと聞いて早速買ったんだ」

僕の言葉に目を閉じていた貴女は、ゆっくりと目を開けました。

「【トッカータとフーガ】、素晴らしい曲ね」

貴女は静かに言ったのでした。

「それで昨日聴いたんだよ。誰かが来て邪魔をされたら嫌だから、部屋を暗くして聴いていたんだ。すると何時の間にか眠ってしまって。目が覚めたら真夜中だったよ」

貴女にはそう言ったものの、テープは買ってケースから取り出しただけでした。僕の言葉に美しく微笑む貴女の笑顔に嬉しくなり、ついつい聴いたと言ってしまったのです。

僕は立ち上がり、入り口に付いている電気のスイッチを切り、思わず戸に鍵を架けたのです。そしてテーブルに置いてあるカセットにテープをセットし、スイッチを入れるとテープの回る音が、乾いた部屋に小さく響いていました。僕は何故か何時になく緊張していました。そして次の瞬間でした。

雷鳴の如く、刺激的なパイプオルガンの音律が、突如僕の胸に響いて来たのです。その瞬間僕の体は震え、胸は詰まり、鼓動は高鳴り、全身へと流れて行く血流の勢いを自覚したのです。僕は目を閉じ、両手を握り締めていました。激しく鳴り響くオルガンの音色が、何時の間にか、静かに語りかける草原の風のようなリズムに、変わって行くのです。

そして突然、激しく高低するオルガンの音色が響き渡って来たのです。テープの所要時間はたった九分少々でしたが、他のすべての音がオルガンの音色にかき消されたように感じていました。

薄暗い部屋に、ガラス窓から入って来る自動車のヘッドライトの光が、部屋の壁に二人の輪郭を映し出しています。貴女は目を閉じ両手をテーブルの上で組み、少し顔を沈めていました。貴女の白く仄かに光るその静顔(せいがん)は、誓いを立てている聖女のように緩やかに微笑み端座していたのでした。僕の魂は問い続けていました。

――一体、この音律は何だ。何処からこのような音色が産み出されたんだ。――

僕の全身は総毛立ち、震えと同時に胸の痛みを覚えたのです。

「かっ、佳菜さん」

次の曲のオルガンの音が鳴ると同時に、僕は思わずテーブルの上に組まれている貴女の白い手を握り締めたのでした。

「嫌、止めて」

「好きなんだ、佳菜さん」

思いもしなかった僕の行動に、貴女は驚かれたのでしょう。貴女は一瞬体を引き僕の手を外そうとしました。僕は構わず貴女をその場に押し倒し、唇を重ねたのでした。

薄暗い部屋にオルガンの音色が響き、僕の興奮は頂点に達していたのです。僕は顔を振る貴女の首に顔を埋め、そして首に巻かれているスカーフに手を掛けたのです。

「止めて柴田さん。お願い、お願いだから、取らないで」

哀願する貴女の言葉も、突風のように僕の頭をとおり過ぎて行く。そして僕は、スカーフの剝された貴女の白い首に唇を当てたのです。と、貴女の全身から力が抜けたのを感じ、同時に僕は唇に違和感を覚え貴女から体を離したのです。

僕は起き上がると入り口に行き、電気のスイッチを入れました。

明るくなった部屋。テーブルの横で放心したように横たわる貴女。その白い首にはケロイドのような傷跡が真一文字に付いているのを僕は見てしまったのです。

――あれほど嫌がっていたのに、俺は、何ということをしたんだ――

僕は首をうなだれ、貴女の横に座って謝りました。

「ごめんね。知らなかったんだ」

「……」

「ずっと気にしていたんだね」

「甲状腺の手術の跡よ。今日は帰るわ」

「うん、佳菜さん、僕、寮まで送るよ」

「いえ、いいの」

貴女は僕を睨むようにして言い、そして、

「以前見舞いに来た時はなかったのに、カセットラジオ買ったのね」

「ああ、初めてのお手当てで」

「そう、いいカセットラジオね。弘子にも聴かせたの。二人きりで部屋にいたんでしょ。何をしていたの」

「えっ、何のこと」

言い残して、貴女は部屋から去って行きました。

僕は貴女のいなくなった部屋で、貴女の首からスカーフを剝がしたことを後悔し、やり場のない自身を意識しながら、『フーガの技法』を聴いていたのです。

13　土木作業

《山の化身》
生態を促す太古の風が　谷の隙間をとおり抜け
音をうねらせ　吹き上がって来る
枝葉を吹き飛ばし　赤土(あかつち)に身を染め
風が吹き上がって来る
ここは　神秘に包まれた　臥龍の聖池
禊れし聖水の湖が　鳥獣に護られ佇んでいる
湖(うみ)に息づく伝承は　一切の侵略を許さぬ
神霊が宿ると聞く
我　その意に背きて　ピークに立つ
突如　強風(ごうふう)が音を発し　我に向い寄せて来る
風よ聞け
汝　神霊の化身となり　我が入山を拒むのか
悲哀の歴史を語るべく　我を招こうと
うねるのか
陽が沈み　生体が去り　静寂な世界にて
碧(みどり)に光る湖も　月の光に抱かれて
今は静かに眠っている
ただ　無限の時空を　さまよう風だけが
不気味な　呻きを　響かせている
さあ　我等一同　山の化身となり、
力の限り叫ぶのだ
神霊を侵すことなかれ　聖池を汚すことなかれ
山の神に憑かれし者は　その永久(とわ)なる息吹を
忘れることが　できないのだ

柴田隆一

ワンゲル部の機関紙に投稿した僕の詩でした。
貴女は表紙のイラストを描きました。
そのイラストは小女郎峠から見た風景を描い

たもので、なだらかな稜線と山並、熊笹の間を歩いて行くハイカーの列、木立に囲まれた湖と水芭蕉の花が美しく描かれ、当日を再現するようなイラストに、貴女の絵に対する才能の豊かさを強く感じさせられたのです。

僕たちは機関紙が完成したその週末『リバーバンク』に集合し、その出来栄えに心から喜び合ったのです。

「柴田の詩は、やはりレベルが違うよ。部でも一番評価が高かったよ。それに小田桐さんの表紙のイラスト、素晴らしいよ。今まで発行したなかで最高の特集号だよ」

溝口君は飾らない口調で総括しました。

「柴田さんの詩、私も読んで感動しちゃった」

沢田さんは溝口君の言葉が終わると僕の横に座り、なれなれしく体を寄せ僕の詩を絶賛しました。沢田さんとは下宿でのこともあったので、意識的に無関心を装いながら、そっと貴女に視線を向けたのです。貴女は目を細め沢田さんを見ていました。

その時でした。

「弘子、席を空けなよ」

そんな沢田さんを津田さんが窘めました。そして、貴女を導くように手を差し出したのです。

「佳菜、こっちに来て」

「いいのよ、典子。気にしないで」

「いいから、私の言うとおりにして。弘子、どいて」

「分かってますよ」

津田さんは貴女の手を取り、沢田さんが立った席へ貴女を座らせました。

「先輩、俺も先輩の詩を読んで、正直酔っちゃいましたよ。それと典ちゃんとも話してたんだけど、小田桐さんのイラスト素晴らしいですね。このイラストと先輩の詩を合わせると、ほんと、すごいですよ。俺、うまく言えないけど。なあ典ちゃん」

石村君が目と鼻を寄せ無邪気に喜んでいます。

「柴田さんの詩を読むと胸がときめくの、そして佳菜のイラストを見ると柴田さんの詩に、味わいが出て来るの。素晴らしいバランスだわ」

「石村、津田さん、ありがとう。山では皆に迷惑かけたけど、佳菜さん、僕は嬉しいよ」

「ええ、よかったわね、柴田さん」

貴方も、機関紙の出来栄えに貢献したとして、高い評価を受けたことに僕は胸を熱くしていました。それは特集号の発行に、僕と佳菜さんの二人が、同じ次元の感性を共有していると感じたからでした。僕は心から喜びを噛み締めたのです。

「私が表紙に書いたイラストは、書き慣れれば誰でも書けるものよ。でも柴田さんの詩は、細やかな感受性と深い洞察力を備えていなければ到底書けないものよ。私、柴田さんに才能を感じるわ。どんな時でも感じたこと、思ったことを書くことを勧めるわ」

貴女は微笑んで、僕の手を取り励ましてくれたのです。

「ありがとう佳菜さん、佳菜さんにそう言ってもらえて僕は嬉しいよ。今までにも結構書いたものがあるから、機会があれば見せるよ」

「ええ、ぜひ読みたいわ」

「ずるいじゃない柴田さん、佳菜だけじゃなく私たちにも読ませてよ」

沢田さんが睨むようにして言いました。

「ああ、当然その時は皆にも読んでもらうから」

僕は貴女をはじめ参加者全員に自身の詩が認められたことに、満たされた気持ちで夏を迎えることができたのです。

その年の夏休み、僕は実家に帰らず京都で過ごすことにしたのです。それはこの夏休みに労働の実践をとおして、自立の目処をつけようと決心したからでした。石村君も僕の話を聞き、一緒に付き合ってくれたのです。僕と石村君は学生課にアルバイトの募集を見に行きました。

「土木工事か。石村、土木工事関係って結構ギャラはいいけど、どんな仕事なんだ」

「ギャラが良いのはねえ、受け取りだからですよ」

「他のギャラの一・五倍以上だな」

僕は仕事の内容より賃金ばかりに目が行きました。

「先輩このバイト、ギャラはいいけど、きっときついっすよ」

「石村、受け取りってどういう意味だ」

「聞いたことないですか」

「初めて聞く言葉だよ」

「受け取りという仕事はねえ先輩、決められた作業が終わったら帰ってもいいってことですよ」

「へー、お前こういうことは良く知ってるんだな」

「俺、京都に来て三年目ですけど、その間大概のバイトやってますしね。けどねえ先輩、受け取りって結構きつい仕事ばっかりですよ。どうします別のやつを探しますか」

「そうだな、けど俺としては受け取りの仕事を体験して見たいな」

「先輩、土木関係の仕事やったことあるんですか」

「いや、経験はないんだ」

「じゃあ止めましょうよ。朝の配達の後だと、やっぱ、きついっすから」

石村君にしては珍しく目を閉じ、首を横に振るのです。

「それは承知の上だよ。どうだ、石村、面白そうだからやって見ないか」

「そうですか、俺は止めた方がいいと思うんですけど」

「何事も経験だよ。やろうよ、石村」

「うーん、本当にいいんですね」

「ああ、ギャラもいいからな」

「じゃあ、申し込みますよ」

　僕たちの申し込みを受けた学生課の職員は、会社側に連絡を取り僕たちが行くことを伝えていました。了承された僕たちは、仕事の説明書を受け取りました。作業の内容は横幅三〇センチ、深さ三〇センチ、長さ三〇メートルの土を掘るものでした。

「石村、もしこの仕事を俺たちがさあ、二日で仕上げたらどうなる」

「それで終りですよ」

「終わりって、三日目は行かなくても、三日分もの金を貰えるってことか」

「そうですよ。それが受け取りなんですよ」

「なるほど、合理的だな」

「ところがね、先輩、これがまた俺たちが考えるほど甘くない仕事ばっかりで。まっ、やれば分かりますよ」

　僕は石村君の言葉を軽く受け止めて聞いていました。結局世間知らずの僕は、自分の考えの甘さを思い知らされたのでした。

　アルバイトが決まったその夜、僕は貴女と会い、先日下宿で貴女を押し倒したことを謝罪し今後は貴女の合意もなく、絶対にあのような行為はしないことを誓ったのでした。

「分かったわ、柴田さんのその言葉を信用するわ。でも、すべてを許した訳ではないのよ」

「えっ、他にも何か、僕が佳菜さんに謝ることがあったか」

「弘子がどうして柴田さんの下宿にいたの。二人きりだったんでしょう。どうして、何をしていたの。私まだ、柴田さんからその答えを聞かされていないわ」

全く予想もしていなかった貴女の言葉に、僕は狼狽したのです。

「ああ、あのこと。別に大したことじゃないんだ。沢田さん、近くに用事があったらしくて、そのついでに寄ったらしいんだ。どうも彼女、僕と佳菜さんとの別れ話の噂を聞き付け、それで僕にその真意を確かめに来たらしいんだ」

どうして下宿での沢田さんとのことが、貴女の耳に入ったのか猜疑心を滾らせました。そしてその時同席していた、石村君の口から出たのが原因だと思い込んだのです。

「そう、で、柴田さんはどう答えたの」

「当然電車のなかで、佳菜さんと話した内容を正直に伝えたよ」

「それで終わったの……」

「それで、世間話をしてコーヒーを飲んで。あっ、そうだ、その時、石村もいたんだ」

「そう、石村さんも一緒にいたのね」

「そうなんだ。沢田さんに佳菜さんとの話を説明していた時、石村が部屋に入って来たんだよ。それで三人でコーヒーを飲みながら、【皇帝】を聴いて、世間話をしていたんだよ」

「柴田さん、私には隠し事をしないで、何でも正直に話して欲しいの」

「本当だって、嘘じゃないって。これからはさあ、佳菜さん以外の女性を部屋に入れるようなことは絶対にしないから。約束するよ」

「じゃあ石村さんが言っていた、弘子のことも嫌いじゃないとは、どういうことなの。柴田さん、貴方、弘子にも好意を寄せているんでしょ」

「えっ、佳菜さん以外の女性に好意を寄せる。何のことだ。僕には覚えがないよ」

この時の、佳菜さん以外の女性に好意を寄せていないという、僕の言葉に偽りはありませんでした。

「電車のなかでの話を、石村さんにもしたんでしょう。その時、私以外の女性のことを言っていたの、弘子のことでしょう。覚えてない」

「何の話だか、よく分からないよ。沢田さんとのことならさっきも言ったじゃないか、コーヒーを飲んでいたんだよ。石村と三人で。それだけのことだよ」

「コーヒーを飲んでたの……、本当にそれだけ」

「本当だよ。本当にコーヒーを飲んでいただけだよ」

「そう……」

小さく言って貴女は淋しそうな顔をしていました。そんな貴女を見て、貴女が僕に寄せている好意が絶対的なもののように感じて、内心得意になっていたのです。

しかし、沢田さんとのことが貴女に曲解されたとしても、僕は弁解するつもりはありませんでした。何故なら、沢田さんとのことがあろうとなかろうと、貴女を愛する思いは益々強く、深くなっていたからです。

その週末、僕は貴女との気まずいものを修復すべく、貴女とリバーバンクで会ったのでした。

「どう、実習忙しい」

「慌ただしい日々の繰り返しよ。変わりのない毎日に、恐怖を感じているわ」

「そうか、変化がないということは恐怖なんだ」

「実際には日々新しいことがあるんだろうけど、視野が狭くて気付かないのでしょうね」

「それよりねえ佳菜さん。僕さあ、この夏休み実家に帰らないんだ。京都に残ってね、石村とバイトに精を出そうと考えているんだ。佳菜さんもこっちで頑張るんだろう」

「ええ、もっとも私には帰る実家もないけどね」

「毎年休みは、お姉さんのところへ帰るんだろう」

「そうよ、私の実家はお姉ちゃんのところよ。でもお姉ちゃん、この秋に出産を控えているの。

今私が行くと、お姉ちゃんに負担が掛かるでしょう。それに私が行けばお姉ちゃん、いろんな物を持たせるのね。出産で物入りな時だからお姉ちゃんの家へ行くのは、出産の後二三日しか帰れないけど秋にしようと思うの」

「出産って大変だな。でも、新しい命の誕生って喜びだし、何ものにも代え難く尊いものだね」

「本当にそうねっ……。それより柴田さん、夏休みなのに京都に残ってアルバイトなんてどうしたの」

「借金をなくそうと思ってね。石村に言わすときついバイトらしいんだけど、ギャラが他のバイトの一・五倍以上なんだよ。初めての体験だけど、やってみようと考えてね」

「柴田さん、お金を借りているの」

「前にも言ったけどさあ、ローン組んで登山の装備を揃えたからね。できればこの夏に稼いだお金で、借金をなくそうと思っているんだ」


振り返ればその場しのぎの作り話は、言葉通りその場だけのことでしかありませんでした。母から送られてきたお金で登山道具に自転車、カセットラジオを買ったことが言えず信販ローンだと嘘を言ったのですが、後日その場しのぎの作り話だということが明らかになるのです。

「無理しちゃ駄目よ。続かなければ何にもならないからね」

「分かっているよ。でも挑戦してみたいんだ」

「そう、私もね、将来の目標の実現のため、一生懸命働いて貯金するんだ」

「佳菜さんの将来の目標って、この前言っていた大学に行く話」

「私ね、看護婦の資格を取って就職が決まれば、二部で大学の勉強がしたいの。でも条件が厳しかったら通信でもいいから、大学へ行きたく思ってるの」

「僕が言うのも変だけど、別に大学を卒業したからって特別なことはないと思うけどね。大学を出なくても成功した人や、著名人も数多くいるじゃないか」

「そんな世間でいう、英雄の話みたいなことじゃないの。私は大学の勉強がしたいのよ」

「そうか、大学の勉強がしたいのか。僕には佳菜さんの真似はできないな」

「柴田さんも、初めてのことに挑戦しているじゃない。お互い頑張ろうね」

「佳菜さんの場合は、学歴とか就職のために大学に行きたいんじゃないんだ」

　何時も前向きに生きて行くことが、貴女の人生だったのです。この日僕たち二人はどんな時でもくじけず、頑張って生きて行くことを誓い合ったのです。

　アルバイトの当日は晴天でした。僕と石村君は新聞配達の後、朝食を済ませ作業現場へと向かいました。僕は初めての体験に、喜びと期待に似たものを感じていたのです。

　指定された場所には大きな工場が建っていました。コンクリート塀の入り口近くにある建物のなかへ入ると管理棟があり、そこで僕たちは大学名と名前を言い作業に来たことを伝えました。しばらくすると、部屋の奥から出て来た老人に案内され、作業現場に連れてゆかれました。そこは建物の間の道端で道には細い杭が打ってあり、その杭の間を掘るよう指示をされ僕と石村君は作業を始めました。

　石村君がツルハシで土を掘り、僕がその土をスコップで一輪車に積んで、工場の入り口近くの指定された場所まで運ぶのです。

　初めの内は物珍しさに力任せで進めたのですが、僕は一輪車の動かし方のコツが摑(つか)めず、よく積んだ土をひっくり返しました。二〇分もすれば汗が噴き出し、腰から下がふらついて来たのです。僕の姿を見て石村君が笑い出しました。

「先輩、もう腰に来てるじゃないですか」

「おう、石村、思っていたより、きついのうー」

「でしょう、だから俺言ったんですよ。どーっす、先輩、持ち場替わりますか」

「よし、替わろうか」

僕と石村君は持ち場を替わって作業を続けました。しかし一〇分もすればツルハシを握る腕が痺れ、息遣いも荒く体中から汗が吹き出し拭うタオルも汗で重く、喉の渇きに買って来たペットボトルのお茶も直ぐになくなったのです。僕は管理棟に行き、ヤカンを借り水を入れて運びました。

「先輩、少し休みますか。無理すると続かないですからね」

「そうだな、少し休むか」

「先輩。運びもきついけど、堀方もきついでしょ」

「あ、ああ……」

太陽は容赦なく照り付けます。ランニング姿の石村君の汗で光った上半身は、見事な筋肉でその逞しさは別人を見ているようでした。

僕は石村君の言葉に激しく息をし、水を飲みながら頷くことしかできなかったのです。

その日は五時を過ぎたころになって、やっと一〇メートルほどの作業を終えることができたのです。作業を終え疲れきった僕は、石村君と銭湯に行きピリピリと体に痛みを感じながら、湯舟に浸かっていました。そして食事を済ませた後、ただひたすら眠り続けたのです。

目覚ましの音に気が付き起き上がると、背筋、腕、肩などに痛みが走り、手のひらにできた豆は破れ赤い肉が見えていました。正直、残された二日間の作業に耐えられるかどうか自信もなく、昨日の作業の辛さを思い出して嫌気がさしていました。気持ちが萎(な)えかけた時、石村君が迎えに来たのです。

「先輩、起きてますか」

「ああ、入れよ」

「どうですか」

「あっちこっちが痛くて……。後二日やれるか自信がないよ」

「へえー、先輩が弱気になってるの、俺、初めて見たっすよ」

「石村、気持ちじゃないんだ。体が持つかどうかを言ってるんだよ。見ろよ、この手」

　僕は皮のめくれた手を広げて石村君に見せました。

「きついですね。俺の手も水膨れができているんですよ。先輩、登山で使ってる手袋をしてやれば、少しはましでしょう。今日は持って行こうと思っているんですよ」

「そうだな、昨日に気が付けばよかったな」

「先輩、気合入れて新聞の配達、行きますか」

「よし、行こうか」

　僕は返す言葉も弱々しく、立ち上がって支度をしました。外はまだ薄暗く日中の賑やかさとは打って変わって人影もなく、静かな街の眠りを感じさせるものでした。配達を終えた僕はカップ麺とお握りの朝食を済ませ、バイト先の工場へと石村君と自転車を漕いだのでした。

　工場に着くと道具を受け取り、作業現場がある工場の奥へと入って行きました。現場に着くと、昨日僕たちを案内してくれた日焼けした顔の老人が待っていました。

「初めてにしては、まずまずのできじゃなあ。七・八ぐらいが精々と思っとったら、一〇も行っておるのう。兄ちゃんたち、今日は体中に身が入って痛いじゃろう」

「おじさん、よく分かるんですね」

「何をぬかすか。わしゃあ、これで何十年と飯喰っとるんじゃ。よし、わしがコツを教えてやる」

　言っておじさんは掘った溝のなかへ入ってき

ました。

「へえー、コツってあるんですか」

「当り前じゃ、昨日は力任せにやったんじゃろ」

「ええ」

「ええかお前ら、よおう見とれよ。ツルハシはのう、降ろす時はこう力を抜いて重さで打ち込むんじゃ。それで土を起こす時はのう、ツルを引くんじゃないぞ、柄を立てるようにして前の方へ押すんじゃ。そうすると土が起きて来るんじゃ。起きた土の下をスコ（スコップの意）で突き刺すと、固まりが取れるんじゃ。スコはのう、腕の力より腰と足の力ですくうんじゃ。そうすりゃのう、兄ちゃんらはまだ若いけ、一・二・三ほどは行けるぞ。それと、休み方にもコツがあるんじゃ」

「休み方ですか。休み方のコツって、聞いたことないですよ」

「それがあるんじゃ。いいかお前ら、疲れ切ってから休んでは駄目じゃぞ。疲れる前に休むんじゃ。この世界ではのう、四〇分打って一〇分休むんじゃ。そうすりゃ疲れ切らずに、体を休めることができるんじゃ。それで力が回復して、長ごう仕事ができるんじゃ」

僕は老人の話を聞いていて腹が立ってきました。前もって聞いていれば体の痛みや疲れは、少しはましだった筈だと思ったからです。

「おじさん、何故それを昨日に教えてくれなかったんです」

「偉そうなことぬかすんじゃねえ。よおく、聞くんじゃ若造。昨日の体を痛めた経験があったからこそ、今日のわしの話が分かるんじゃ。やったこともないのに理屈だけを言うて、分かったようなことを言うてる奴は、結局何も分かってねえんだ」

「はい、分りました」

僕は老人の話を訝しく聞いていました。まるで昨日の作業を見ていたかのように、僕たちの状況を言い当てたからです。それにしても、老人の教えは今まで僕の生きて来た世界では、到底知り得ないことだと感じたのです。

僕と石村君は、老人が指示したように作業を進めました。

確かに老人が言ったように、昨日は二〇分もすれば息が上がりましたが、三〇分以上続けて作業ができたのです。しかも土を掘るスピードも昨日よりも進んでいるように感じ、この仕事に対する自信のようなものが出て来たのです。

「先輩、あのお爺さん、歳は幾つぐらいですかねえ」

「この仕事をやっている人は、実際の歳より若く見えるって言うからな。六〇ぐらいかな」

「へえー、そんな歳でよく現役でやれますねえ。俺たち六〇の時、何をやってますかねえ」

「考えたこともないよ。というより、今の俺たちの歳では考えられないだろう」

「そうですね」

僕たちはまた作業を続けました。照り付ける太陽に喘ぎながら腕を震わせて一輪車を押し続けたのです。

「先輩、初めてだときついですからね。そこの日陰で少し休んでくださいよ」

「石村、すまんが少し休ませてくれ」

僕は石村君の言葉に、素直に従っていました。

僕たちはこの三日間汗と埃にまみれ、体中に痛みを覚えながら受け取りの仕事を終えたのでした。時間に余裕が生まれるという、初めに思っていたような甘い考えなどはなく、金儲けの厳しさを思い知らされました。

仕事を終えた翌日の朝、鏡を見た僕は顔の浮腫（むく）みに激しかった労働を実感したのです。おかげで、新聞配達を二日間休んでしまいました。

アルバイトから三日後、貴女に連絡を取りました。貴女の明るく話す言葉に、何故か心が重たくなる自分を感じていたのです。そしてその夕方、貴女と『リバーバンク』で会いました。僕たちは決まったように鴨川の見える、窓際の席に座りました。

僕たちが席に着くと同時に何組かのカップルが入って来て、静かだった店内が急に甲高い話し声で充満しました。

貴女は、僕のアルバイトの話はさっさと切り上げ、ドイツの抒情の旅人『ヘルマン・ヘッセ』のことばかり話したのでした。

「アルバイト、どうだった」

「うん、初めての力仕事で参ったよ。内容も分からず、時給だけ見て判断すると駄目だね。考えが甘かったよ」

「でも、いい体験したんじゃない」

「そうかも知れないけど、できれば二度としたくない仕事だったよ」

「よほど激しい作業だったのね。少し顔が浮腫んでいるわね。でもねえ柴田さん、いろいろと体験したことで今までの柴田さんとは、随分価値観が変ったんじゃないかしら」

貴女は、私の言葉に静かに労わるように話したのです。

「そうだねえ、少し前までこんなバイトしょうって、考えたこともなかったからね」

「頑張って、柴田さんが言っていた自立の達成に向け、個性の限界を広げてね」

「個性の限界か。何だかさあ、佳菜さんに言われると照れるよ」

初めて体験した力仕事で精神的に消耗していた僕の心は、貴女の言葉で一転して光を取り戻したのでした。

「最近の私ね、ヘッセにぞっこんなの」

「えっ、ヘッセ。確か小説家だね。僕も『知と愛』という小説を呼んだことがあるよ」

「そう、ヘルマン・ヘッセ。ドイツ人で小説家でもあり、詩人でもあるのよ」

「詩人、詩人、かあ……。僕が最も憧れる言葉だよ」

「なかでもねえ『目標に向かって』という詩に、私感動したの。文章のなかに命も魂も託すことができるのね。私、ヘッセと出会ってそれを感じたわ」

「へえ、佳菜さんがそんなに感動しているの、初めて見たよ」

言うと貴女は、バッグのなかから一冊の本を取り出し、

「いつも私は目標を持たずに歩いた。決して」

周囲の客に気を留めることもなく、貴女は目を閉じ、顔を挙げて突然語り出しました。

「何だよ、どうしたんだよ、急に」

僕は驚いて、声を掛けたのです。

「だから、ヘッセの『目標に向かって』の文面よ。『いつも私は目標を持たずに歩いた。決して休息に達しようと思わなかった。私の道ははてしないように思われた。ついに私は、ただぐるぐるめぐり歩いているに過ぎないのを知り、旅にあきた。その日が私の生活の転機だった。ためらいながら私はいま目標に向かって歩く』これは今の私だわ」

「どういう訳で佳菜さんなんだ」

「他人から見れば、決意に漲って進んでいるように見えるらしいんだけど、私自身はためらい、迷い、恐る恐る手探りで生きているのよ。私の持っている目標なんて、今持っているものしか持てない限界があるから、目標にしているだけで本当は他愛のないものよ。やはり意識していないようで、他人の目を意識しているんだね。馬鹿みたいねっ」

「そんなことないよ。佳菜さんの懸命な生き方は、僕を含め周りの皆が認めているよ」

「他人が私を見ていろいろと評価をしたって、そんなことさほど重要じゃないのよね。自分自身に偽っていないか、社会に背を向け生きていないか、友だちや周りに嘯いて生きていないかという、日常の自分への問いかけの方が一番大切なのにね」

僕たちの会話を聞いていたのか、近くのテーブルの席からクスクスと笑う声が聞こえて来ました。

「うーん、なるほど、言われてみればもっともな話だな」

僕は力なく答えていました。確かに僕の場合は貴女の言うとおり『持っているものしか持てない限界があるから、他愛のないものを目標にしている』と、思っていました。しかし僕から見た貴女は、揺るぎない意思で目標に向かって歩んでいると感じていました。

「私ね、仕事や実習の後、何時も寮の小さな部屋で自分を顧みるの。協調したり妥協したり。そうかと思えば、強情なまでに自分の言い分を通そうとしたり」

「そうかなあー、僕にはそんなふうには見えないけど」

「それだけならまだいいの。時には周囲にへつらって自分を売り込んだり、そのくせ心のなかでは、優越に浸って相手をけなしたりして。そんな自分がつい先ほどまでの過去にいて、一人になった現在の自分が先ほどまでの自分に失望し、罵っているの。柴田さん私って嫌な性格なのよ」

僕はただ黙って、貴女の言葉を聞いていました。先ほどまでの自分を振り返るなど到底僕にはできる訳もなく、そうまでして自分を極限に置く必要があるのだろうかと思っていたからでした。

数日後、下宿に溝口君から電話が架って来たのです。用向きを聞くと話があると言うので、翌日の夕方の配達が終わってから『リバーバンク』で合うことにしたのです。僕が店に入ると、すでに溝口君が僕の到着を待っていました。

「おう溝口、待ったか」

「いや、僕も今来たところだよ」

「俺に話って何だ」

言いながら、僕は溝口君の正面に座りました。

「いらっしゃい、柴田さんは何を」

「すみませんマスター、僕もコーヒーお願いします」

マスターの人懐っこい顔が、今日も変わらず店にありました。

「柴田、お前最近バイトばかりやってさあ、どうしたんだ。授業をおろそかにした上、体を壊したら何にもならないだろう」

僕はこの時の、溝口君の諭すような言葉遣いに、少々腹立たしく感じていたのです。

「ああ、それは分かってるよ、自分の体だからな。でも溝口、どうして俺がバイトしてること、お前知っているんだ」

「小田桐さんが心配していたぞ」

「佳菜さんが……。佳菜さんが俺のことで溝口に何を言ったんだ」

「柴田さあ、顔が浮腫むほどきついバイトして体を痛めたんじゃ、勉強にも影響するじゃないか」

「自分のことだ。溝口に言われなくても分かってるよ」

「ほどほどだぞ、柴田。何をしてもいいけどさあ、体を潰しちゃ何にもならないぞ」

真剣に、僕のことを心配してくれている溝口君に心から友情を感じていました。しかし貴女が、たとえ僕のことを心配し溝口君に相談したにせよ、僕以外の男性と身近なことで話し合ったことに何故か腹立ちを覚えたのです。

今にして思えば、母の乳房を求める幼子のようでした。どのような場合であっても自分だけが求めることができる、そんな占有物のように貴女の存在を位置付けていたのかも知れません。僕は幼稚なアナーキストだったのです。

溝口君との話を終えた後、僕は自身の感情を抑えきれずに貴女に電話をしてしまったのです。

「佳菜さん、最近溝口と会って僕のことを話しただろう」

「ええ、話したわ」

「一体どういうつもりなんだ。僕のことを理由にして、実は溝口と会いたかったんだろう」

「柴田さん、誤解しないで。溝口さんとは会ったんじゃないわ。電話で話したのよ。私、柴田さんが言うような、そんな不純な考え持ったことないわ」

「電話で話したことなど、問題じゃないんだ。たとえどのような理由があったって、僕のことを僕の知らない所で話すとは、どういうことなんだ」

「柴田さんに、無理をしてもらいたくなかったの。決して悪気があった訳じゃないわ」

「僕より溝口に心を寄せるなら、何時でもそう言ってくれ」

「どうしてそのようなことを言うの。柴田さん、貴方にとって溝口さんは親友じゃない、その溝口さんに、貴方のことを相談したことがそんなに悪いことなの。どうして柴田さんを裏切ったことになるの。私は決して、柴田さんを裏切ったりはしていないわ」

「僕は今、自分がこれからどう生きればいいのか、懸命に探しているんだ。それを他人の安易なレベルで冒涜されたくないんだ」

「柴田さん、気分を害したのなら謝るわ。でもこれだけは分かって欲しいの。女性にも大切にしていたい、男性の友だちがいるということを。助け合う仲間や遊び友だちも当然いるのよ。私たち女性も、男性と共に社会で生きているのよ。柴田さんに対する私の気持ちに偽りはないわ。決して貴方を裏切っていないことを、信じて欲しいの」

　僕は強い言葉で貴女を追及したのでした。そして貴女の、決して裏切らないという言葉に安堵の気持ちを覚えたのです。

「分ったよ、佳菜さんの言葉を信じるよ」

　貴女の言葉に心を落ち着けた僕は、貴女と共有する物を持ちたく思いヘッセ詩集を買い求めたのでした。そして僕もいつの間にかヘッセの魅力に、その幻影なる世界に身を投じることになったのです。

『私はおまえを愛するから』

『私はおまえを愛するからこそ、夜、こんなに狂おしくおまえのところに来て、ささやくのだ。おまえが私を決して忘れることのできないように、私はおまえの魂を持って来てしまった。今はもうおまえの魂は私のもとにあり、すっかり、私のものになっている、よきにつけ、悪しきにつけ。

　私の狂おしい燃える愛から、どんな天使もおまえを救うことはできない』

――ヘルマン・ヘッセ。僕の生涯の友だ。ああ、

　小田桐佳菜――

　僕は何の粉飾もされていない生態の本性を、かくも見事に美しく気付かせるようなヘッセの言葉に、すべてを忘却し涙していました。そして貴女の目を閉じ顔を上げヘッセを吟（ぎん）じていた、美しく輝く顔を思い浮かべていたのでした。

14　寒風に向かう

受け取りの仕事を終えた後僕は京都にとどまり、アルバイト捜しをする予定でした。しかし、『お父さんから大切なお話があるので、お盆には必ず帰るよう』にと、母から再三連絡が入ったのです。夏休みは実家には帰らず、京都でアルバイトをするつもりだと伝えたのですが、僕の言い分は受け入れてもらえませんでした。仕方なく帰省したのですが、両親より僕に対する詰問が始まったのは、実家に帰ったその日の夕食時からでした。

「アルバイトをしなければならないほど、お金が必要なのはどうしてです。何か間違いでもあったのですか」

僕の顔を覗くように母が問いかけてきました。

「お母さん、どうしてそんなこと聞くの」

「夏休みに帰って来ないなんて、今までなかったでしょう。家にも帰らずアルバイトをするなんて、親にも言えない都合の悪いことでもあるのですか」

「おかあさんの言ってることがよく分からないよ。別に都合の悪いことなんて何一つないよ」

「隆一さん、貴方お金がいるのならいると、何故お母さんに言わないのです」

「お母さん、僕はもう今年の誕生日を迎えたら二三歳だよ。もうじき社会に出ようとしているのに、何時までもお父さんやお母さんを頼っていては周りの仲間に笑われるよ。自分のできることは自分でしようと思っただけだよ」

そして僕は、石村君や溝口君をはじめ大澤君など友人も家からの仕送りで足りない分、アルバイトで補っていることを伝えました。

「隆一さん、お母さんは貴方の年齢や周りの方のことを言っているのではないのですよ。親にも言えないお金が、何故必要なのかと聞いているのですよ」

「自分のことを少しでも自分でしようという、前向きな気持ちからやっていることだよ」

思いを伝えながらも母の言葉に、遠い記憶を蘇らせていました。塾、習い事、躾、幼いころから、常に親に決められた道を歩まされて来ました。

――貴方は柴田家の長男として、立派な人間になるのですよ。遊んでいる暇があれば、勉強しなさい。宿題は済みましたか、復習は。隆一さんのために言うのですよ。お母さんの言うとおりにしていれば、間違いがないのです。――

母の言葉に疑う術もなく、従って来た僕でした。思い返せば重圧と強制の日々でした。僕が自立を目指す本当の理由は、子ども扱いは止めてもらいたいという思いからでした。僕は自身の思いを懸命に訴えました。が、両親の理解を受けるには至りませんでした。理解をされないだけでなくあろうことか、父から嘲笑めいた言葉を聞かされたのです。

「隆一、お前、女ができたのか」

父の言葉でした。何という暴言でしょう。『女ができたのか』と言う父の女性蔑視の言葉のなかには、さも僕が親の目を盗んで不道徳を犯しているかのような含みがあり、父の言葉遣いに身震いし恥じらいと共に貴女の顔を思い浮かべ、戦慄すら覚えたのです。

「お父さん、そんな言い方ないですよ。仮に僕に女性の友人がいたって、お父さんに咎められることじゃないですよ」

いろいろと問い質す両親の言葉を聞きながら、

何時になく腹立たしくなり挑戦的になっている自分を感じていました。これまではどんな時でも、両親の言葉を従順に受け入れて来た自分を顧みて、嫌悪すら感じ清算的になって行ったのです。

幼少のころより、厳格に躾や勉強を口喧しく言って来た父。その父の前では父の言い分に従い僕を叱っておきながら、二人きりになると僕の要望を無条件で認め、父の気付かないところで僕の要望をかなえて来た母でした。二人の僕への対応は違えども、本質的には僕の成長への理解に欠け、何時までも自分たちの所有物でもあるかのように思い込み、僕の羽ばたきを世間知らずの無謀と決め付ける父と母でした。

次の日も前日の延長でした。話を重ねれば重ねるほど両親との疎外感を一層思い知らされたのです。

「隆一さん、もう少しお父さんの立場も、お母さんの思いも考えてくださいね」

「お母さんもお父さんも、僕が自分の力で少しでも自立しようとしているのに、どうしてその努力を認めようとしてくれないんだ。お母さんだってそうだ、何時までも僕を子ども扱いしているじゃないか。もういい加減にして欲しいんだ」

「隆一さん、お父さんもお母さんも、決して貴方を子ども扱いしている訳じゃないのですよ。貴方はまだ、世間というものをよく知っていないのです」

「子ども扱いでないんなら、何だって言うんだよ」

「我が子が学校を卒業して独り立ちするまで、子どもに対する責任が親にはあるということを言っているのですよ」

「僕を大人として認めてくれないんだ」

「貴方に間違いでもあってみなさい。どうするのです。親として知らない顔はできませんでしょう」

「僕はそういうことを言っているんじゃないんだ。社会的な責任論じゃないんだ。大学を卒業した後のことを考え、自身の社会生活を築くために自立を目指して努力をしている僕の気持ちを、理解して欲しいと言っているんだよ」

「だからといって親の目の届かないところで、勝手なことをしてもいいということにはならないでしょう」

「誰もそんなこと言ってないじゃないか。じゃあお母さんは京都で僕が、親の目を盗んで自分の勝手なことをしていると言いたいんだね」

「隆一さん、貴方、今だからそんなこと言って、お父さんやお母さんに反発していますけど、貴方も社会に出て家庭を持って子どもを育てるのに苦労するようになれば、結局今のお母さんたちと同じ思いを持つことになるのですよ」

「僕が生きている今の時代は、お母さんたちが生きて来た社会背景とは全く違うじゃないか。とすれば、生き方や考え方が違って来るのは当然じゃないか。僕は古い檻のなかで安穏だけを与えられて、生きて行くことは絶対にできないよ」

「隆一さん、貴方、お父さんやお母さんがどんな思いで貴方を育てて来たと思っているのです。貴方は私たちの願いと期待を裏切るのですか」

「僕はそのお母さんたちの押し付けが嫌なんだ。僕にとっては負担でしかないんだ。もう僕はお父さんやお母さんが考えているほど子どもじゃないんだ。それでも僕を蹂躙するなら僕はお父さんから独立し、自分の力で大学を卒業するしかないじゃないか」

　言いながら僕は、以前母から送金されて来た金額の残りを思い浮かべ、生活できる月日を計算していました。

「貴方は何ということを言うのです。隆一さん、京都で何があったの、今までの貴方ならそんなこと言わなかったでしょう。どうしたというのです」

「都合の悪いことなんか何も無いって、何回言えば分ってもらえるんだよ」

「そうなのですね、やはり女性なのですね」

「何でそうなるんだよ。そんな決め付けで話されたんじゃ、これ以上話したってかえって溝は深まるだけだよ。お母さん、僕は自分の考えどおりするつもりだよ」

「隆一さん、貴方はれっきとした柴田家の長男ですよ。跡取りとして本家の土地と屋敷、それにお墓を守って行かなければならない立場にあることを、忘れないでくださいよ」

「何を言ってるんだよ、お母さんは。そのことと僕の友人関係と、どんな関わりがあるというんだよ。話をそらさないでよ」

「だから柴田家の跡継ぎには、跡継ぎにふさわしい相手を選ぶ必要があることを言っているのです。貴方の妻になる人は、誰でもいいという訳には行かないのですよ」

「お母さん、僕はお母さんたちが言うように、家柄を背負って生きて行くことなんて絶対できないよ」

柴田家・長男・跡取り。子どものころから言われ続けて来た母の言葉でした。僕に向けられて来た母の言葉はすべての理屈を封じ込める、強権的なもの以外何も感じることができないと、僕は考えていました。その時でした。

「じゃあこれからは、自分の力で生きて行くと言うのか」

僕と母の話を横でじっと聞いていた父が、その日初めて口を開きました。僕は父の顔を睨み付け、今引き下がっては駄目だと自分に言い聞かせたのです。

「お父さんがそうしろと言うのでしたら、僕は構いません。だからもう、僕のことは放っておいて欲しいんです」

「隆一、お前本心で言っているのか」

「お父さん、僕ももうじき二三歳です。それだけの覚悟はできています」

「学生の身で、覚悟だけで生きて行けると思っているのか」

「現に新聞配達とそれ以外のバイトで、生活の目途は立っていますから……」

「よし、分かった隆一。もう一度聞く、本当にそれでいいんだな」

「ええ、言うまでもありません」

「隆一さん、貴方は何ということを言うのです。お父さんに謝りなさい」

「母さん、もういいじゃないか。これ以上話し合っても平行線を辿（たど）るだけだ。独り立ちすると隆一が決めたんだ。私たちがとやかく言っても仕方のないことだ」

「何ということをおっしゃるのです。貴方がそのようなことおっしゃって、隆一がどうなるのです」

「隆一、お父さんはもうこれ以上は言わん。しかし学生が一人で生きて行くとなると、辛く厳しいと覚悟をしておいた方がいいぞ」

「これからは自分を信じて頑張りますから……」

　父の言葉に母は涙していました。僕は自信ありげに独立することを両親に宣言したのですが、翌日にはもう後悔していました。しかし、もう引き返すことはできないと思いました。そう思いながらも心のどこかで、困った時には必ず母が力になってくれる。と、今までのことを思い返しては、状況を甘く考えていたのです。

　その後も母と何度か話し合ったのですが、すればするほど埋めがたいものを母より感じたのでした。その結果、最後にはいつもの言い争いになってしまうのです。そして帰省して三日目、お盆が過ぎたころでした。

――もうどうでもいいや、京都で頑張れば何とかなる。できなければ大学を辞め、どこかの会社にでも勤めればいいんだ――

と、安易な結論を出したのでした。

数日実家で過ごした僕は、父母にも告げず旅立ちにも似た思いで実家を後にしたのです。そして、高山の田舎で暮らす祖父母を訪ねることにしたのです。

祖父母は駅からバスで三〇分ほどの、丘に囲まれた農地を耕して暮らしていました。県道から伸びる農道は山間から流れる小川に沿って続き、川の向こう岸の土手の下には銀杏や栗、柿の並木が懐かしく続き農道を突き当たると、広大な田畑の広がりが見えて来たのです。成長を思わせる稲が若い穂を付け、香ばしい香りを振り撒き、勢い良く立ち並んでいました。青々とした田畑が広がるなかほどに、茅葺きの屋敷が建っていました。それが祖父母の家でした。家の裏手には、竹藪が山肌にそってせり上って広がり、竹笹は陽の光を受けた鏡のように輝いていました。

静かに流れる小川から引かれた水が田を潤し、人間の営みを支え、祖父母の穏やかな暮らしを感じさせるのです。

田畑の奥は一段上がった畑になっていて、日当たりの良い畑のなかで腰を曲げ麦藁帽子を被り、鍬を振り下ろしている祖父が見えて来たのです。

「お爺ちゃん。お爺ちゃん」

「……。ん、誰じゃ」

「お爺ちゃん、僕だよ。隆一だよ。お爺ちゃん」

僕は大声で祖父を呼びました。

「おう、隆一か、よう来たのう。マメでいたか」

僕は、しわがれた祖父の言葉に何故か感動し、手を振りながら懸命に祖父を目指して地道を走ったのでした。腰の曲がった祖父が、畑の上で麦藁帽を片手に振ってくれたのです。

「お爺ちゃん、僕は元気だよ、お爺ちゃんはどう、元気だった。お婆ちゃんは」

「婆さんもわしもマメにしておるぞ。今年はのう隆一、しっかり雨も降ったで、日も照ったで、米のできが楽しみじゃ。刈入れの後はのう隆一、婆さんと酒を飲むんじゃ」

「そう、よかったね」

祖父は深いシワの日焼けした顔をほころばせて、僕に話し掛けて来ました。腰を折り帽子を脱ぎ畑から下りて来た祖父は、家のなかに向かって大声で叫びました。

「婆さん、婆さんや、隆一じゃ、隆一が来たけえ、西瓜でも切ってやれ」

額の汗を拭きながら、祖父は家のなかへ入って行きました。僕が祖父の後に続いて家に入ると、座敷の奥から手拭を頭に被った小さな祖母が顔を見せたのです。

「よう来たのう、隆一。暑かったろう」

祖母は満面の笑みで、僕を迎えてくれたのでした。

「お婆ちゃん」

「おう、おう、立派な大人になったのう。挨拶はええ、はよう上がって休め」

「急にきたんだよ、お祖母ちゃん」

「なんでもいいんじゃ。よう来た、よう来た」

小学生のころ、夏休みになると両親に連れられ祖父母のところで過ごすのが、慣わしになっていました。忘れもしません、僕が小学校五年生の夏休みのことでした。祖父の屋敷に来て何日かが過ぎた日でした。僕は朝食の後、夏休みのドリルを済ませ川へ遊びに出かけたのです。

網を手に川で魚を追って遊んでいる時でした。山の頂上から真っ黒な雲が湧き上がったか思うと、あっという間に空一面に広がり気が付いた時、周囲は真っ暗になっていました。そして強風とともに激しく雨が降り耳をつんざく雷鳴に、僕は恐ろしく立ち尽くして泣いていました。そこへ僕を捜しに、祖父が合羽を着腰を曲げながら、強風と雨のなかを来てくれたのでした。家

に帰ると、湯を沸かせて待っていてくれた祖母に泣き付いた日が、つい昨日のように懐かしく思い出されたのでした。

『来て良かった』

心から実感したのです。

僕は祖父母の心からの出迎えに故郷に帰って来て初めて心の安らぎを覚え、畳の上で心と共に体を伸ばして休息をしたのでした。

夕方になると裏の竹薮に入り払われてある竹の枝を集め、それを燃やして湯を沸かすのです。静かな星空の下、陽が沈むのを待ちわびていたかのように、水田のなかを波紋のように広がり近付いて来る蛙と虫の鳴き声の饗宴を聴きながら、何時になく深い眠りに就いたのでした。

翌朝、鳥の囀りで気持ちよく目覚めた僕は、井戸水で顔を洗い、その冷たさに体が蘇って行くのを感じました。

年老いてなお自然の営みに溶け込み、土と共

に悠々と過ごしている祖父母の暮らしを羨ましく思い、僕も佳菜さんと共に祖父母のように穏やかに歳をとり人生を全うできればと、心より願って詩を書き残したのです。

《寒風に向かう》
私は　山に囲まれた　小さな丘を開墾し
残された歳月を　土に根ざし暮らしたいと願
うのです
厳しい冬の寒風に　顔を伏せ　身を縮めて向
かうのです
吹雪が続く寒い夜は　炬燵に身を寄せ　吹雪
が去るのを待てばいい
吹雪が止む日は　何時も静かに夜は明ける
さあ　屋根の雪を下ろし　道の雪を掻こう
水が凍る　凍てた日は　息を弾ませ霜を踏み
慈しむべき苗を守ろう
風雨の折には　雨に打たれて畦に立ち
日照りが続けば　穀雨を願ってそれに謝す
身を焦がして腰を曲げ　汗を流し草を刈る
手を膨らませて土を練り　爪の隙間の土を嘗め
大地の意義を　関知するのだ
夜が明けたなら　鳥歌を聴きて身を伸ばし
寝床にて　蛙と虫の詩を聴き　夜空に抱かれ
眠るのです
春の柔らかい芽吹きと　秋の大地の実り授け
妻と手を取り　歓喜の声を挙げるのだ
山々よ　穢れなき聖水を流したまえ
至宝なる清水を涌かせたまえ
溢れ出たる流水に　虫が集い　苔が生え　水
辺に魚が群れ遊ぶ
緑深き草木は　鳥に獣に　命の実りをくれる
もの
秋が来て　朱い夕日に照らされた　黄金の稲
を収穫し
妻と向かいて　細やかなる祝杯を交わすのだ

獲り入れた穀を蒸し　満身香を包み見よ
その芳香こそ　大地に挑みし意義なのだ
時に妻と二人して　枯れ木拾いに山に入る
拾い集めた枯れ木にて　庵の裏で火を熾し
妻は黙して湯を沸かす
心地よき哉浴湯は　野良で疲れた身を癒し
世の安らぎを享受する
我が妻よ　裏で熾した　残り火で
魚を焼き　芋を煮て　夕餉の膳に並べよう
質素倹約　祖の伝授　慎ましやかに日を送り
土から授けし恩恵と　水より出る命得て
自らを治める　識者と成るのだ
老い涸れて　命果てれば二人して　身骨横たえ
風雨に晒せば　よいではないか
鳥よ聞け　我が身を啄ばみ糧とせよ
草木よ　我より出でたる液を寄せ　たわわな
実りの　恵みと化せ
山よ聞け　我在りし瞬時の舞台は　何ら悲哀
と無縁であった
と　無言のうちにも　記さねばならぬ
子らに　告ぐ
悲しむことも　哀れむことも　一切無用なの
である
我らは手を携え　命ある限り
命ある限り　寒風に向かうのだ

《柴田隆一》

僕は祖父母の許より、清々しい旅立ちにも似た気持ちで高山の駅に向かったのです。

「隆一よー、また、来るんじゃぞー」

「お爺ちゃんー、お婆ちゃんー、また来るからねー」

「おう、待っているけえのうー」

「また来るまで、元気でいてねー」

どんより曇ったなか、僕は祖父母に見送られ田舎の道を駅へ向かって歩いて行きました。

――お爺ちゃん、お婆ちゃん、さようなら――

愛すべき祖父母と別れ実家には立ち寄らず、逃げるようにして京都に戻って来たのでした。汽車に揺られ、雨空に薄く陰った美しい山並みが続く故郷の景色を眺めながら、何故か孤独で寂しい思いが胸に込み上げ、自然に涙が滲んで来たのです。

――もう二度とこの地には帰って来ない。僕は帰らない。二度と……。何が長男だ、何が跡取りだ――

僕は恨みの決意にも似た思いを、心のなかで繰り返し叫んでいたのです。

京都に着くと激しく雨が降っていました。灰色のなかに、しっとりと濡れてたたずむ京都の街は、僕のような独りぼっちには似合う街でした。

下宿に帰った僕は暗い部屋に明かりも点けず、テーブルの前に座り窓から外を眺めていました。

――独りぼっちになったんだ――

絶望にも似た気持ちから来る、静けさを感じていました。テーブルの上に無造作に置かれたヘッセの詩集。開かれたノート。それらは僕の意思の範疇に在りながらも、自分の生命とは全く無関係に存在しているように感じ、いつの間にか眠っていたのです。

「先輩、いますか。俺です。石村です」

明るい石村君の声が、廊下から聞こえて来ました。石村君の声が、この時ほど懐かしく嬉しく感じたことはありませんでした。僕は眠りから覚め目を擦りながら、電気のスイッチを入れ入り口の戸を開けました。

「おう、石村。入れよ」

「先輩、何時帰ってたんです」

「夕方だよ」

「音がしていたんで帰っているとは思ってたんですけど、部屋が暗いんでいないのかなあと、思いながら来たんですよ」

「少し疲れて寝ていたんだ。二時間ほど寝たら楽になったよ。上がれよ」

「なんだ、寝てたんですか」

テーブルの前に座った僕は、本とノートを片付けました。

「突っ立ってないで座れよ」

僕は努めて明るく石村君に声を掛けたのです。

「先輩、飯、食いましか」

「飯、そう言えばまだ食っていなかったなあ。腹が減るはずだよ」

「じゃあ、ラーメンと餃子、食いに行きますか。今日はねえ先輩、俺がおごりますから」

「どうしたんだ、いいのか石村」

「たまにはいいですよ。先輩が実家へ帰ってる間に、いいバイトの話がありましてね、それで少し実入りがいいんですよ」

「石村、お前は本当に逞しいなあ、羨ましいよ。どんなバイトなんだ」

「飯、食いながら話しますよ。さあ、行きましょうよ」

石村君は僕の腕を取って引き起こしたのです。

僕は石村君に誘われるまま、雨で光った夜の街に出たのです。石村君から聞かされたアルバイトの話は驚きでした。そのアルバイトとは映画のエキストラだったんです。

僕たちはテーブルを挟んでビールを飲み、アルバイトのことを話し合いました。

僕が実家に帰った翌日、溝口君が僕の下宿を訪ねて来たのです。溝口君は僕が実家に帰ったことも知らず、京都に残ってアルバイトを探していると思っていたようでした。

石村君の話では、廊下で僕を呼ぶ声がしたので出てみると、溝口君が立っていたのです。

『柴田がバイトを探していると聞いていたんで、いい話を持って来たんだけど……』

『先輩は実家へ帰ってますよ。溝口さん、そのバイト、俺ではだめですか』

『石村君、君、今からでも行ける。急の話なんだ』

『俺は別に何時でも空いていますから、いいですよ』

『じゃあね石村君、大澤君を知っているだろう』

『ええ、俺は知っていますけど、大澤さんは俺を知っているかどうか』

『彼も君のことは知っているよ。彼が四時にワンゲルのボックスに来ているから、彼と二人で太秦（うづまさ）のT撮影所へ行ってくれよ。あまり大したことはないけど、弁当も出るから』

『へー、弁当ですか。おいしいバイトですよ。溝口さん、恩に着ますよ』

『じゃあ、頼んだよ』

溝口君からの話で石村君はその日の夕方、大澤君と二人でT撮影所へ出かけたのです。大澤君はよくこのアルバイトに行っているらしく、大部屋の方と顔見知りだったのです。

多数のエキストラが必要な時は、大部屋から大澤君にエキストラの募集が依頼されるらしく、そんな時は溝口君に連絡が入るとのことでした。

大部屋の建物のなかに入った石村君は大澤君の無口なのを知っていましたので、いろいろと尋ねることは止め彼のするとおり真似たとのことでした。

「テレビ映画のエキストラ、凄いじゃないか。でどうだった。有名な俳優に会えたか」

僕はテレビ映画の撮影現場と聞き胸を踊らせていました。

「それがね、よく分からなかったんですよ。横にいた人が、前の方で撮影している人を指差して、ＮＨＫのドラマに出ている人だって名前を言うんですが、俺にはさっぱり分からなくって」

「石村は、ＮＨＫの番組見ないからな」

「どっちかって言うと俺はお笑いの方ですから、

お笑いだと顔も名前も直ぐ分かるんですけどね」

言いながら息を吹きかけ、ラーメンをすする石村君を見て僕の重苦しい心が軽くなっていきました。

「どうした石村、今日はニンニク入れないのか」

「ええ、仕方ないんですよ。明日、デートなんで」

「この間はニンニク入れて食べてたじゃないか」

「キスができませんから」

「キスができないって、なんだ」

「一昨日のデートの時キスしようと思ったら顔を背けられて、キスしたかったらニンニクの匂いをさせるなって、典ちゃんに言われたんですよ」

目を寄せ鼻をすすり、深刻な顔をして説明する石村君に、僕は思わず声を上げて笑っていました。

「ところで石村、エキストラってどんなことするんだ」

「それが時代物でして、俺と大澤さんで角材を積んだ大八車を、駆け足で押して行くんです。堀を挟んだ向こうでは主役たちの撮影がされていましてね、撮影の間は絶対に顔をカメラの方に向けないようにして、車を押して行くんですよ」

「へえー、面白そうじゃないか」

「何を言ってるんですか、とんでもないですよ。監督からOKが出ないんで、四時間以上車を押し続けたんですよ。おかげで足も腕もパンパンで参りましたよ」

「そうか、それは大変だったたな」

「でしょう、それで『こんなきついんで千五百円なら、土方の方がましだ』って、大澤さんにぼやいていたんですよ」

「そうか、いいバイトってなかなかないんだな」

「俺のぼやきに大澤さん、何にも答えてくれないでしょう。ところが先輩、金をもらってビックリですよ。三千円も貰えたんですよ」

「えっ、三千円、どういうことなんだ」

あの土方の三日間の手当てが四千五百円なのに、三千円と聞き驚いて問い返しました。

「そうなんですよ。で、大澤さんにどうしてかって聞くと、三時間が一単位になっていてそれを越すと、二単位になるっつうんですよ。もう俺、大喜びですよ。弁当も出て言うことないですよ」

餃子を口一杯にしながら興奮し無邪気に喜ぶ石村君を見て、僕は何故か空しいものを感じていました。石村君は、石村君なりに一生懸命生きている。しかるに僕は、子どもじみた意固地な思いから実家の両親と決別し、今後の生活の方向すら見出せないでいる。僕はこの時石村君の生活力の逞しさに、嫉妬すら感じていたのでした。

その二日後でした。溝口君がエキストラのアルバイトを持って、僕の下宿を訪ねて来たのです。

「柴田、お前に合うかどうか分からなかったけど、取り敢えず僕たち三人分は押さえて来たんだ。大澤君は今日、歩荷のバイトで涸沢に行ったから当分京都にいないんだ」

「何を言ってるんだ溝口。ありがたい話だよ」

この時僕は、必死だったのです。だから溝口君の気遣いに、心から感謝していたのです。

「何だか深刻な様子だな。何かあったのか」

「親父とさあ、自立のことでいろいろと話し合ったんだが意見が合わなくて、結局決別して京都へ帰って来たんだ。まあ俺にしても、何時までも親を頼っていられないからな」

「気持ちは分かるけど、あまり無理するなよ」

「ああ、分かってるよ」

「じゃあ、石村君と三人で行くか」

「出発しますよ、先輩」

「ああ、行こうか」

僕と石村君と溝口君の三人は、その日の夕方にT撮影所に入りました。

撮影の内容は石村君が言っていた、テレビ放映の時代物の続きでした。その日は祭りを取り巻いて見ている群衆の役で、僕たちはよれよれで継ぎ当てだらけの着物にモンペのような物を履き、撮影現場に出かけました。

撮影の現場に行くとすでに関係者がメガホンを片手に、多くのエキストラを前に役どころを説明していました。それによると、セットがされている神社の前の広場で神輿を遠巻きにし、大声を出して騒ぎながら神輿と一緒に走って行くのが僕たちの役割です。そこへ祭りを仕切る侠客と常々反目している侠客が神輿に突入し、神輿をめぐって大騒ぎになるという設定でした。この日の撮影も監督からなかなかOKが出ず、走り続けて大変でした。そして一時間が過ぎたころでした。『一〇分休憩』という合図で僕たちは救われた思いがしたのでした。

「先輩、この仕事もきついでしょ」

「結構きついな。でもこの間の受け取りのバイトよりは、はるかにいいよ。あの仕事は二度としたくないよ。こっちだとさあ、運が良かったらテレビに写るだろう」

「柴田、少し向こうで休まないか」

溝口君の言葉で見ると、撮影現場から少し離れた所に、煌々とサーチライトが撮影現場を照らしていて、その後ろにはお城で見るような石垣の囲いがあり、囲いの手前には堀が作られていました。僕たちはその堀の前で休むことにしました。堀のなかは水が張ってあり、横には筏（いかだ）が繋（つな）いであったのです。

「先輩、こんなところに筏がありますよ」

「おっ本当だ。何でこんなところに筏が」

「撮影に使うためだろう」

「どうだ、石村乗ってみろよ」

僕は思い付きで言ったのですが、事態は予測もしない方向に展開してしまったのです。

「乗ってみますか」

「止めろ、石村君。危ないぞ」

「少しぐらい、いいじゃないか。石村いいから乗れよ」

溝口君の忠告も聞かずに、僕は石村君に筏に乗るよう焚き付けたのでした。

「大丈夫ですよ。簡単ですよ」

そう言うと石村君は、いとも簡単に堀のなかに筏を浮かべ操っていたのです。僕は時代劇の撮影という現実離れしたアルバイトに、妙に気持ちが浮かれていたのです。

「先輩この筏、結構頑丈ですよ。先輩も溝口さんも乗ってくださいよ」

「面白そうだな。おっ、本当だ、この筏しっかりしているぞ。溝口も乗れよ」

僕と溝口君は石村君に誘われて筏に乗って見ました。そして筏を堀のなかほどまで漕ぎ進めた時でした。筏の木を止めている縄の一か所が外れ、筏が傾いたのです。僕たちは堀のなかに落ちてしまいました。

深い緑色をした水をかき分け、僕は必死になって泳ぎました。堀の深さがどれほどなのか、緑の濃い水の色だけでは見当もつかなかったのです。

「先輩、先輩」

笑いながら僕を呼ぶ石村君の声で振り向くと、石村君と溝口君が腰の下ぐらいまで水につかり、立っているではありませんか。石村君を見た僕は、そっとその場に立ち愕然としました。僕だけが筏が壊れる時、咄嗟に飛び込み泳いだのです。

僕の泳ぐ姿を見て、笑う二人に恥じらいを感じながらも、同時に腹立たしさも湧き上がって来たのです。

「溝口、浅いのなら、浅いって言ってくれよ」

「分からなかったんだよ」

憮然とした表情で、僕は二人に言いました。

僕は仕方なくずぶぬれになった上下の着物を脱ぎ、石村君と溝口君はモンペを脱いで、サーチライトの光で乾かすことにしました。サーチライトの光があれほど強烈とは、僕は思いもしなかったのです。

　着物を干し、しばらく三人で話していました。そして五分ほどが経過したでしょうか、周辺に焦げ臭い匂いが漂って来たのです。見ると、着物から黒い煙が上がっているではありませんか。

「あっ、先輩、やばいっすよ。着物、燃えてますよ」

「おっ、うおー」

　僕は急いで、干してある着物を取り上げました。見ると着物とモンペから煙が上がり、何ケ所かが黒く焦げていたのです。と同時に、撮影現場が騒然となったのです。

「おーい臭いぞ、何か燃えてないか」

「火事じゃないのか。何処だ、火事は何処だ」

「あっ、すみません。火事ではありません。火事じゃないんです」

「何ですか貴方たちは、こんなところで何をされているのですか。何処の大部屋です」

　あちこちから上る声に現場は大騒ぎになり、撮影が一時中断されたのです。

「すみません。騒がないでください。火事ではありませんから」

「何を言っているのですか、こんなところで何をしていたんですか。説明しなさい」

「堀の前で遊んでいて、堀に落ちてしまったんです。衣装を乾かそうと思って干していたんです。まさか燃えるとは思わなかったんです。申し訳ありませんでした」

　僕たちは手を振りながら、駆け寄って来る撮影関係者に事情を説明し、火事ではないことを必死になって伝えましました。撮影が終わり、現場の関係者に付き添われ部屋に帰った僕たちは、着物が焦げた経緯を大部屋の親方に話し許しを請いました。

「てめえたち、撮影の最中に何処へ行ってやがった。その上衣装まで台なしにしやがって、どうするつもりだ。弁償してもらうぞ」

「はい、申し訳ありませんでした」

目を吊り上げ髭を撫でながら、芝居染みた言葉遣いで叱る親方に、僕たちは懸命に謝りました。そしてアルバイト代をチャラにして、許してもらうことになったのです。

「先輩、溝口さん、俺が馬鹿なことをしたからこんなことになって。すみません」

気持ちが沈み言葉もなく歩いているところへ、神妙な顔をして謝る石村君の言葉を聞いていると、どうした訳か急に腹立たしくなって来たのです。

「石村、お前が頑丈な筏だと言ったから、俺も溝口も乗ったんだ。そうだろう」

「すみません」

「柴田そんな言い方止めろよ、石村君だけが悪いんじゃないだろう。それに今更言ったたって仕方ないじゃないか」

「それは分かってるよ。けど……」

僕は溝口君に言われ、うなだれてしまいました。

「でも柴田、あの親方の怒ってる顔見たか。『てめえたち、撮影の最中に何処へ行ってやがった』まるで映画のセリフを言っているようで、結構面白かったよ」

「そうだったな」

その場の重い空気が、溝口君の言葉で解消されたように感じたのです。僕と石村君は言葉もなく重い足を引きずって、下宿に帰って来たのです。

そんな日々が過ぎ、気が付けば八月も終わり九月を迎えていたのです。僕が生きて来た二二年のなかで、こんなにいろいろなことを体験した夏休みはありませんでした。目まぐるしく展開して行く日々のなかにも、自身が自立を目指して生きていることに、またいろいろと行違いがありながらも小田桐佳菜という女性を、僕の特定の女性として位置付けられたことに、大人としての道を歩んでいる日常を意識していました。そんな日々溝口君から聞かされた話に、僕は『血』というものに対する醜さを痛感したのです。

溝口君から連絡を受けた僕は、『シアンクレール』で待ち合わせ話し合ったのです。

「柴田のお母さん、京都に来てたの、柴田は知っていたか」

「えっ、俺の母親が京都に来てたって。何時のことだ」

「柴田は、知らなかったのか」

念を押すように聞く溝口君の言葉に、何か嫌なものを感じました。

「母親とは、この夏休み実家に帰った時会ったきりで、京都に来ていたなんて今初めて溝口から聞かされたよ」

溝口君は何故か話すのをためらっているようでした。

「京都に来た柴田のお母さん、沢田さんを介して小田桐さんと会ったらしいぞ」

「えっ、佳菜さんと母親が会った。溝口、お前どうしてそんな話を知っているんだ」

「昨日、ワンゲルのボックスで沢田さんから聞いたんだ。小田桐さん柴田のお母さんから随分きついこと言われて、消耗していたようだぞ」

「俺の母親が、どうして沢田さんを知ってるんだ。知ってる訳がないだろう」

僕は驚きと同時に母と貴女が会って話したことへの不安から、苛立っていました。

「電話が鳴って出ると『ハイキングのリーダーの沢田さんですか』って聞いたらしく、沢田さんが会った時、柴田のお母さん登山の計画書とメンバー表を持っていて、沢田さんに見せたらしいぞ」

「そうか、登山道具を買う時に母親に送ったものだ。それで連絡先を知ったんだな」

「沢田さんの話では、柴田のお母さんに電話でぜひ会いたいって言われ、それでＫホテルで会ったらしいんだ」

「俺の母親が沢田さんにどんな話をしたんだ」

「柴田のお母さんから、この夏休みの実家でのいざこざを聞かされ、その理由が柴田に女友だちができたのが原因だと憶測し、その辺りを沢田さんに聞いたらしいんだ」

「それで沢田さんが佳菜さんのことを教えて、俺の母親と会わせたという訳か」

「そうなんだ。しかしお母さんに教えた沢田さんも、小田桐さんに悪いと思ったらしくホテルの前で『佳菜、ごめんね』と謝ったらしいんだ。けど小田桐さんは『弘子心配しないで、貴女が悪い訳じゃないわよ』と、逆に慰められたと沢田さんは言っていたよ」

「それで、母親と佳菜さんの話はどうなった」

「柴田のお母さんは小田桐さんとの話に、沢田さんも立ち合わせたそうだよ。話が終わってホテルを出た時、小田桐さん涙を浮かべていたそうだ」

「そうか、俺の母親が佳菜さんに何を話したのか、おおよその見当はつくよ」

「それで俺さあ、柴田たちのことが心配で昨日柴田に連絡したんだ。けど留守のようだし仕方なく、小田桐さんに電話をしたんだ。柴田、お前昨日の夜、何処へ行ってたんだ」

「風呂へ行ってたのかなあ。それより溝口、母親との話、沢田さんどう言っていた」

僕は溝口君から、母と貴女の話の内容を聞かされ、言葉もなく呆然としていました。

『小田桐さんでしたか、初めまして隆一の母です』

『こちらこそ初めてお目にかかります。私柴田さんの友人で、小田桐佳菜と申します』

『早速ですが小田桐さん、息子の隆一とお付き合いしていただいていると、ここにおられる沢田さんよりお伺いしましたけど、本当のお話でしょうか』

『はい、お友だちとしてお付き合いをしています』

『そうですか、お友だちとしてなのね』

『はい、そうです』

『小田桐さん、隆一と貴女がお付き合いしていることと、小田桐さんのご両親はご承知なされておられるのでしょうか』

『いえ、私の父は……』

『同じなんですね。隆一も私どもには何一つ話しませんのよ。ところがね、我が子のこととなると親には分かるのね。特に息子の女性問題となるとね。ねえ、小田桐さん』

『はい』

『隆一は一人息子ですからね、私たち夫婦も随分期待をして来ましたのよ。ですから大学を卒業すれば家に帰して、岐阜の県庁で就職をさせるとあの子の父親も言ってますの。やはりそのためには、まず学校を卒業することが大切でしょう。それなのにあの子ったらアルバイトばかりしているらしいの、アルバイトをしては学業に身が入らないじゃないですか。学校へ問い合わせると、特に最近になってあまり授業にも出席していないようですのよ。別に小田桐さんが原因だと、私は言うつもりはありませんよ。ですからねっ、お付き合いいただくのも結構ですよ。それもこれも、大学を卒業してからなら私はいいと思っていますのよ。小田桐さんにもその点だけ、ご承知していただけませんでしょうか。ですから今は、隆一とのお付き合いは辞めていただこうと存じていますのよ』

『ご心配なのですね。でもご心配なさらないでください。柴田さんを信じてくださいい』

『当然隆一は私の息子ですから、貴女に言われなくても信じていますよ』

『お母さん、私も看護学校の学生としての学業があります。当然私自身も学業をおろそかにできませんので。ただ柴田さんと私との関係はお母さんのお話のような関係ではなく、お友だちとしていろいろと励まし合って頑張ろうと、話している間柄なんです。お互いの関係が理由で学業に支障を来たしているとは、私は思っていませんが』

『小田桐さんはご承知ないかも知れませんが、隆一は小さいころからとても静かな子どもでした。けど一方、私や教師の言葉をよく理解し、物事への取り組む姿勢が深く、小学校へ入ると先生方もその才能を感じられ、繊細で感受性の鋭い子どもとして高く評価してくださったの。だから私たち夫婦は、あの子には随分期待をして来ましたのよ』

『お母さん、柴田さんの才能を知っているのは私だけでなく、周囲の皆がその才能を認めていますわ』

『そうですか。それはいいとしまして私まだ、貴女のご家族のお話は聞かされていませんが、いずれ小田桐さんも隆一とのお付き合いをご両親にお話しされるのでしょう』

『お母さん、私の両親のことですが、今はいないのです』

『どういうことでございます』

『はい、父は私が二歳の時に病死しました。今は母しかいないのですが、その母も行方が分からないのです』

『ふーん、そうでしたの、ご両親いらっしゃらないのね。幼少のころから辛酸を舐められているのでしょうね』

『いえ、周囲の優しい思いやりに支えられ、育って来ましたから……』

『まあ家庭環境の差は、埋めることはできませんからね。それとね、気を悪くなさらないでくださいね。私、小田桐さんからお母さんと呼ばれるの、ご辞退させていただけませんでしょうか』

『はい。すみません……』

『そうでしたか、それで私も納得いたしましたわ。あの子がこの夏の前ごろからアルバイトをしだしたと聞きまして、不思議に思っていたのですよ。あの子には回りも驚くほどの金額を毎月送金していますのに、どうしてそれ以上のお金が必要なのかと。すると夫が言い当てましたのよ。『隆一には女性ができたんだ、それでお金が要るんだ』って。まあ私としましてはね、他人にお金を出してもらって食事などしているよりは、我が子がお金を出している方が安心ですけどね。小田桐さん貴女の場合もそうなんでしょう』

『ご両親に私のことが、そのように受け止められているとすれば私は残念です。私、柴田さんと、そのような関係のお付き合いはしていないつもりです』

『まあそれはいいといたしまして、私たち夫婦はですね、隆一は柴田家の跡取りですから、隆一の相手には柴田家にふさわしい人をと考えていますのよ。それなのに隆一ったら浮かれちゃって。ですから小田桐さんも、私たちの願いを壊さないでくださいね。まあ私はいいんですよ、少々のお金で済むことならね。隆一にとって大事な時ですから、お金はいくらでも必要なだけ送りますから、貴女も楽しく隆一と遊んでいただければねっ』

『そんなこと、私は、そんなことは……』

『気を悪くされたらごめんなさいね。やはり家庭環境がしっかりしていないとね。私京都に来てよかったわ。貴女にも私たちの願いも分かっていただいたようですので、私も安心して岐阜に帰れますわ。小田桐さん、もう一度言っておきますからね。隆一とは、お友だち以上の関係になっていただくのは、困りますわよ。お願いしておきますよ。それと、沢田さんでしたね』

『はい』

『貴女にはいろいろとお世話になりましたね。ありがとうございました。それとお二人にお願いしたいのですが、今日私が貴女たちとお会いしたことは、隆一には内緒にしていてくださいね。あの子は母親の私が言うのも変ですが、本当に繊細な子どもですから、変な風に受け取っても困りますからね』

沢田さんから聞かされたという、溝口君の話を聞いていた僕は母と沢田さんに、言葉にならないほどの腹立ちを覚えていました。母の信じがたい言動、それに応えた沢田さん。僕は溝口君の存在を忘れるほど混乱していました。貴女が最も嫌っていた、他人から施しを受けることを、僕から受けているとする母の一方的な予断での決め付けで、貴女の自尊心が深く傷つけられたことに言いようのない腹立ちを覚えていました。

母の言葉を聞いた貴女は、どれほど無念であったろうかと思うと、僕の胸は張り裂けんばかりに痛んだのでした。たとえどのような境遇に生きようと自己の尊厳を持って、誇り高く懸命に生きて来た貴女を思うと、母に対する恨みにも似た思いが、込み上がって来たのです。貴女の悔しさ無念さを思った時、僕は何故か涙を流していたのです。

店を出、溝口君と別れた後、僕は貴女に会いたいという思いが強く沸き立ち、貴女の寮へ電話をしたのです。

「小田桐さん」

「はい、小田桐です」

「佳菜さん、僕だ、隆一だよ」

「柴田さん」

「Kホテルで僕の母親と佳菜さんが会ったこと、溝口から聞かされたよ」

「ええ、お会いしたわ。弘子から話を聞いた溝口さんも心配して、貴方に電話をしたらしいのよ。柴田さんが留守だったから、仕方なく私のところに電話を架けて来たわ」

「ああ、話は溝口から聞いたよ。佳菜さん、母親が気を悪くするようなことを言って、僕どう言って佳菜さんに謝ればいいのか。佳菜さん、僕は恥ずかしいよ」

「母親なら誰でも、我が子のことを心配するのは当然よ。ある意味で柴田さんがとても羨ましかったわ。それと柴田さんが考えているほど、私落ち込んでいないから心配しないで。ただ寂しいの、虚しいの、そして、残念なの」

貴女が『寂しい、虚しい、残念』と言った時、僕の胸に苦しみを伴う痛みが突きあがってきました。

「すまない、佳菜さん。それにしても僕は、沢田さんの取った今回の行動に腹を立てているんだ。母親が何をどのように要求しようと、沢田さんが応えることじゃないだろう」

「弘子のことをそんな風に言わないで」

「だって、そうじゃないか。沢田さんが立ち入ることじゃないだろう」

「弘子がお母さんに言ったことと、私たちのことは関係のないことよ。第三者がどう言おうと、私と柴田さんが付き合っていることは事実よ。それと、私たちが世間に隠さなければならない恥ずかしいことなど、何一つないでしょう」

「佳菜さんの言っていることは分かるんだ。けど……」

「だからね、柴田さん。弘子のことは何も気にすることないのよ」

「分かった、ありがとう佳菜さん。また会った時、実家でのことを詳しく話すから」

「柴田さん、本当にお母さんとのことは気にしないで、むしろ私は貴方のお母さんと話す機会があってよかったと思っているのよ。ただ私、何時になく動揺しちゃって、お母さんに自分の思いを伝えられなかったの」

「佳菜さん、ありがとう。佳菜さんの温かい気持ちに僕は救われたよ」

「時間長くなるから、もう切るね」

「ああ、また連絡するから」

「ええ、待ってるわ」

僕はこの時本当に両親と決別し、今後は小田桐佳菜という女性一人を信じて生きようと決心したのです。

そして実家の母に電話をし、僕の怒りを一方的にぶちまけたのでした。

「お母さん僕だ、隆一だよ」

「どうしたのです隆一さん」

「お母さん、京都に来ていたんだろう」

「ええ、少しご用がありましたから……」

「京都で佳菜さんと会ったんだろう」

「誰に聞いたのです」

「誰からだっていいだろう。どうなんだ、佳菜さんと会ったんだろう」

「小田桐さんから聞いたのですね。約束の守れない人なのね」

「佳菜さんの人柄も知らないで勝手な判断をし

て、よく言うよ。どういうつもりなんだ。お母さんの一方的な思い込みで、佳菜さんの人格を傷つけ心が痛まないのか。失礼だとは思わないのか」

「隆一さん、貴方は何を言っているのです。それと、その言葉遣いは何ですか」

「僕は、お母さんに腹を立てているんだ。佳菜さんと云う人はね、人に頼って生きる惨めさを一番知っている人なんだ。だからこそ、辛くとも苦しくとも独りで生きて来た人なんだ。そんな人にお母さんは、何ということを言ったんだ」

「目を覚ましなさい、隆一さん。貴方はあの女性に惑わされているのですよ」

「なら聞くけどお母さん、佳菜さんが一体何をしたというんだ。佳菜さんにどんな罪があると言うんだ。僕はお母さんの佳菜さんに対する言動を絶対に許さないよ」

「貴方は、何を馬鹿なことを言っているのです」

「佳菜さんのことをとやかく言う前に、お母さん自身のことを振り返ってみろよ」

「お母さんが何をしたというのです。すべて隆一さんのためを思ってしていることじゃないのですか」

「今の僕にとって、お母さんとのことなんか何の意味もないんだ。僕は許さないよ。断じてお母さんを許さないからね」

「それはどういう意味なの」

「お母さんを一切信じない」

「そう、じゃあ貴方は、お母さんよりあの女性の方が大切だと言うのですね」

「お母さんが佳菜さんに謝罪しない限り、僕は二度と家には帰らないから」

　僕は二三歳にして、母に決別の意志を伝えたのでした。

15　古典的なエゴ

九月も半ばを過ぎると、学生たちの明るい声がキャンパスに戻って来ました。

別に感傷に浸っていた訳ではありませんが、何故か今までにない孤独と焦燥が、僕を支配しているようでした。それは家族と決別しそして今また、母の言葉に深く傷付いた貴女が悩み苦しみの末、母の言葉を受け入れ僕から去っていくかも知れないとの不安が、募っていたからでした。

貴女に会いたい、会って貴女の傷付いた心を労り癒すことができればという気持ちが、焦燥感と同時に僕のなかで強くなって行ったのです。

僕は貴女を『シアンクレール』に誘いました。

開放的な雰囲気の『リバーバンク』よりかなり狭いところでしたが、薄暗い店の奥には一段上がったところに仄かな赤い照明の下のボックスがあり、そのボックスに僕たちは座ったのです。

その時でした。僕たちが席に着くのを待っていたかのように、ピアノの名曲であるショパンの『幻想即興曲』が刺激的に流れて来たのです。貴女はしばらくの間静かに目を閉じ、ピアノの音律を確かめ胸に閉じ込めるように、耳を傾けていました。そして曲は静かに終わりを告げたのです。

「いい曲ね」

「激しい心の動きを押し込めて、それでいて官能的に流れてくる。ショパンの音階は、心の奥にある深い感性に問いかけて来るんだ」

「いい表現ね。私もそう思うわ」

仄赤い照明に照らされた貴女は、何時になく魅惑的でした。

「エキゾチックな雰囲気ね」

「そうだろう、たまにはこういう雰囲気で話すのもいいだろうと思ってさあ」

「そうね、私結構好きよ、こういった雰囲気。私、退廃的かしら」

「別に退廃的じゃないだろう。それより、佳菜さんには申し訳なくて」

「何のこと」

「母親のことだよ。佳菜さんにどのように謝ればいいのか」

「電話でも言ったでしょ。私は柴田さんが言うほど気にしていないのよ。むしろお母さんと話せてよかったと思っているわ」

「本当、本当にそう思っているの」

「ただね、自分の思ってることが伝えられなくって、何故か残念で仕方がなかったの。でもねっ、悔やんだ後、私は何時もそう思ってしまうんだけど、必ず分かってもらえる時が来る。それを信じて頑張ることしか、私にはできないの」

「ありがとう佳菜さん。でも僕はねえ、あの日以来両親との決別を覚悟したんだ」

「そんなこと言っちゃ駄目よ、柴田さん。親の愛情って深いものよ。幼かったころから親の愛情を知らずに育った私は壁にぶつかって悩んだり、どう進めばいいのか分からなかったりした時『こんな時に親がいてくれたらなあ』って、思ったことが何度もあるのよ」

貴女の言葉をどう受け止めるべきか、この時の僕には分かりませんでした。罪に対する寛容な貴女の広い心が、母の非礼をも受け入れてくれたのでした。今思えば、両親を知らずに育った貴女のこの思いは当然だったのです。しかし、その思いの分からない僕は、

「いや、佳菜さんが何と言おうと僕は絶対母親を許さない。佳菜さんという女性を知りもしない母親の一方的な予断で、佳菜さんの尊厳を傷

付けたことを、僕の良心は断じて許さない」

「待って、柴田さん。この度、お母さんが京都にお見えになったのは、母の深い愛から出たものよ」

「母の愛だって。笑わせるよ。僕から言わせれば古典的なエゴでしかあり得ないよ」

「エゴだなんて言わないで。そんなひどい言い方はないわ。お母さんが可哀相よ」

「どのような過酷な生い立ちであろうと、自立の意思を持って生きようとしている人間こそ尊いんだ。そしてその存在は、どのような理由があろうと侵すことはできないんだ」

「柴田さんのその思いは私も共鳴できるのよ。でも、大切な我が子が岐路に立たされている時は別よ」

「何故そんなに僕の母親をかばうんだ。佳菜さんだって、僕の母親から随分ひどいこと言われたじゃないか。佳菜さんの腹立ちを、もっと僕にぶつけてくれればいいんだよ」

僕は母をかばう貴女に、気弱からくるお人よしの典型だと少々腹立たしくなりました。

「決してかばって言っているのではないわ。お母さんの気持ちを言っているのよ」

「生きている人間にとって、尊厳ほど大切なものはないんだ。であるにも関わらず僕の母親は、盲目的なエゴで知りもしない佳菜さんの生き様に踏み込み、佳菜さんを傷つけたこと、僕は断じて許さない。ただ母親の罪は僕から出たことで、僕自身にも罪の一端があるんだ。佳菜さんには本当にすまなかったと思っているよ」

「柴田さん、もう済んだことよ。だからね、お母さんのことはもういいのよ」

「佳菜さん、僕は本当に今までの自分を反省し親への甘えを克服し、佳菜さんと短い青春だけど一緒に歩きたいんだ。それが本当の意味で母親にも、佳菜さんの尊厳を認めさすことになるんだ」

「もういいの、柴田さんのその気持ちが聞けただけで、私はいいの……」

「佳菜さんはそれでいいかもしれないが、母親が佳菜さんを冒涜したことを僕は絶対許せないんだ。母親にもこの僕の決意は伝えたよ。そして『お母さんが佳菜さんに謝罪するまで、家には帰らない』って言ったんだ」

「止めて、止めて、謝罪なんて言わないで」

僕の謝罪と言う言葉を聞いた貴女は、突然声を震わせ僕の手を取りました。僕の手を取った貴女の腕が震えていました。

「えっ、何。どうしたんだよ、急に」

「お願い止めて……。止めて、柴田さん、私……」

そして僕の手を離すと両手で顔を押さえ、首を振り哀願するように叫んだのでした。

「どうしたんだ。どうしたんだよ、佳菜さん」

「ごめんなさい、私のことでお母さんと諍うことになって。許して、ウウッ」

貴女は口を押さえ、肩を震わせて涙を流しました。

「泣かないでくれよ、佳菜さん」

「初めてよ、今まで生きて来たなかで初めて……」

「何が初めてなのかわからないけど、泣かないでよ」

体を震わせ涙を流す貴女の姿を初めて見た僕は、ただ、狼狽えるばかりでした。

「初めて、初めて姉妹以外の人に、人間としての温かい心を与えてもらったのは。柴田さん、私……」

小さく言って顔を上げた貴女の瞳から、止めどなく涙が溢れて来たのです。その涙を見た僕は心の底から感動したのです。

「頑張ろう、佳菜さん。一緒に頑張ろう」

「柴田さん……」

「僕も跡取りという使命からの束縛や、親たちからの強要に負けないで頑張るから……」

僕は周囲の状況も分からないほど興奮し、貴女の手を取りました。

「そんなに興奮しないで柴田さん、お願いだからもう少し私の思いを聞いて」

貴女は涙を流しながら、訴えるように言いました。

「分かってる。佳菜さんの気持ち、分かってる」

「お願い聞いて、聞いて。たとえどんなことがあったとしても、ご両親と決別することは、決してあってはならないことよ。私はそのことを柴田さんに考えて欲しいの」

「佳菜さんの言っていることは分かるんだ。けど親子であったとしても、人格は別じゃないか。両親と僕との考え方には埋めようのない溝があって、どうにもならないんだ」

そんな意固地な僕に、貴女は涙を流し諭すように言ったのです。

「だからね、柴田さんの言い分を直接ぶつけるのではなく社会人として自立した時に、自分の考え方に基づいた生活を築けばいいの。今はねえ柴田さん、もっとご両親の気持ちも認めてあげて、そうすれば必ず理解し合えるわ」

「佳菜さん君という人は……。今の佳菜さんの気持ちを、柴田さんに、母親にも知ってもらいたいよ」

「柴田さんに、そう言ってもらえるだけで、私は十分だわ」

「分かった佳菜さん、君のその言葉、僕は重く受け止めるよ。でもいい機会だから、僕なりに自立に向かって頑張ってみるよ」

「ありがとう柴田さん。頑張ってね」

「ああ、頑張るよ。僕は自由が欲しいんだ。束縛や強要から解放されたいんだ。佳菜さん、だから一緒に頑張ろう」

「ええ、私も頑張るわ。私自身のために」

僕が貴女の言葉に納得したのを見て、涙を拭いた貴女の顔に明るさと何時もの爽やかさが戻って来たように感じたのです。

「柴田さん、私、涙を流したらすっきりしたわ。これで悲しむのは止めようね」

「うん、僕もそうするよ。何だか理解し合ったらさあ、悲しんだり悔しがったりした先ほどまでの自分が、馬鹿馬鹿しくなって来たよ。そう思わないか」

「そうね、馬鹿馬鹿しいね」

僕たちは声を殺して笑い合ったのでした。頬杖をつき、えくぼを浮かべ、黒い瞳を細め、爽やかに話しかけてくる貴女の笑顔に、先ほどまでの暗い表情が消えたのです。

「ところでどうだったの、実家に帰って。久し振りだから美味しい物を、たくさん用意してもらったでしょうね」

「それだけならいいんだけどいろいろと注文を付けて、ああだ、こうだと、一々言われるのが耐えられなかったよ」

「久しく顔を見なかった、我が子が帰って来たのよ。ご両親だって嬉しいのよ」

「そうじゃないんだ、僕の母親は。話の結論を考えると、結局僕を子ども扱いにしているんだよ」

「お父さんとは話したの」

「二人揃ってそうなんだ。だから、何時までも子ども扱いするのは止めてくれ。と言ったんだよ。そしたら母親がさあ『どうして夏休みなのに家に帰って来れないのか。家に帰れないのには何か理由があるのか。それはどんな理由か。親に知られて都合の悪いことでもあるのか』と言うんだ。それで僕が『自分で独り立ちするために、京都に残って頑張ろうと思っているんだ』

と言ったらさあ『仕送りしている金額で不足はないのに、どうしてそれ以上にお金が必要なのか理由を言え』としつこく言うんだ」

「苦労して、やり繰りしているお母さんにしてみれば当然なのよ」

「それでさあ、何度となく話し合ったんだが平行線だよ。それどころか溝が深まるばかりでね。そこへ僕と母親の話を聞いていた親父が突然『隆一、お前、女ができたのか』と言うんだよ。最悪だよ。暴言だよ。僕も頭に血が上ってね『これからは僕の力で生活し、大学も自分の力で卒業して見せる』って言って、家を飛び出して来たんだ。それで母親が心配して、京都に来たんだと思うんだ」

「お母さんが京都に来られたことは、当然のことよ。それよりねえ、自分の力でやるって言って大丈夫なの。学生という立場には限界があるわよ」

「確かに佳菜さんの言うとおり、限界はあると思うよ。けど今までの親との関係を続けている自分と決別しない限り、何時までも親という重石に舵を握られたまま、自分という船を進めなければならないことになる。そんな人生をこれ以上続けるなんて、僕には耐えられないよ。後一年半、僕はどうしてもこの思いをとおしたいんだ」

「うーん、大変ね。えっ、一年半。どうして、後半年じゃないの」

「普通ならそうなんだけど、どうしても単位が足らないんだ」

「単位が不足しているのね。じゃあ、卒業一年伸びるのね」

「だからさあ、佳菜さんの意見を聞きたいんだよ。君はずっと独りでやって来ただろう。佳菜さんならどうする。君の思っていることを言って欲しいんだ」

「私も卒業まで後半年と思っていたからね。一年半じゃ状況が違って来るわね」

「そうなんだ。だからさあ、遠慮なく意見を言って欲しいんだ」

「じゃあ、私の考えを言うわね」

「ああ、頼むよ」

「自立しようとする柴田さんの考え方には、私も賛成なのよ。でも今までの実家からの援助が見込めないとしたら、仮に私が今の柴田さんと同じ立場に立たされたとしたら、まず二部に変わって昼は何か仕事を見つけて働くと思うわ」

「佳菜さんの言ってることはよく分かるんだ。けど僕としては後一年半、何とか頑張って自分の思いを成し遂げたいんだ。それに今まで送られて来た家の仕送りから少しずつだけど貯めたのと、バイトで稼いで貯めていたお金も少しあるから、できるところまでやってみたいんだ」

とは言ったものの僕が持っていたお金は、すべて実家の母から送られて来たものでした。

「へえ、見直しちゃったわ。私、コツコツと積み上げるの、理屈抜きに好きよ。今は理想としてしか持てなかったとしても、その理想を目標にしてコツコツと向かって行くことがとても好きなの。何時の日か分からないけど、もしその理想が達成できたとすれば、本当に嬉しいでしょう。でも、すべてが夢のままで終わるかも知れないけど、ねっ」

「夢じゃないよ、佳菜さんならどんな理想も、きっと実現できるよ」

「私ね、偉そうなことを言うようだけど、人生を振り返った時、後悔だけはしたくないの。一生懸命目標に向かって頑張っていれば、たとえ途中で倒れても精一杯頑張ったって、自分で納得できるじゃない。たとえ後悔することになってもいいじゃない」

貴女は片頰を突き、上目使いに微笑んで僕を見詰め静かに話しました。爽やかな風を伴う秋空のような、水色のスカーフがよく似合っていました。

「佳菜さん、僕はもう姿格好なんてどうでもいいんだ。そんなの今の僕には何の価値もないように感じているんだ」

「どういうことなの」

「この夏休み両親と決別して来たけど、決して両親との意見の相違が原因で、この度の結果になったのではないように思うんだ。独りになってよく考えてみると、両親との決別の道を選択したのは自立という目標を立て、自分自身と闘うことだったんだ。自己の尊厳を自覚する上での、もっとも初歩的な自己闘争なんだ。どんなに寂しくても、どんなに辛く苦しいことであっても、誰もがとおらなければならない道だと気付いたんだ」

僕は話しながら、何故か涙が滲んで来たのです。僕の揺るぎない決意の言葉に、貴女の瞳が一段と輝き恍惚とした表情に変わるのを、僕は感じていたのでした。

「柴田さん、辛く苦しいと思う道程も、歩き出せば案外思いもしなかった、楽しみや喜びもあるものよ。初めのうちは足元しか見ることができなくても、慣れてくれば道端を見る余裕もでき、気持ちを和ませてくれる花や鳥がいるのにも気付くはずよ。だからね、決して辛く苦しいことばかりじゃないわよ。私は何時もそう思って頑張って来たの。だから、柴田さんも頑張ってね」

「そうだな。歩く前から悲観的なことばかり言っていたら、結局正しい方向を見出せずに挫折するだろうな」

「そういう私だって、柴田さんに勇気付けられているのよ。柴田さん、貴方一人だけが大変じゃないのよ。私だってそうだし典子だって、弘子だって、石村さんだって溝口さんだって、里江も大澤さんもそう、若者は皆大変なのよ。だからね、大変な者同志集まって楽しくやればいいのよ」

「何だか佳菜さんと話していたら、勇気が湧いて来たぞ。よーし、佳菜さん、明日からも僕は頑張るぞ」

「そうよ、今私たち若者は何にも持たずに生きているのよ。だから信じた道で頑張るしかないのよ」

「そうだよ、何もないはずだよな。僕たち、これから築いて行くんだからな」

「ねえ、柴田さん、また柴田さんの下宿で『トッカータとフーガ』聴きたいわ」

「嬉しいな僕は大歓迎だよ。何時でも言ってよ。ご馳走はないけどさあ」

「何言ってるのよ、バッハがご馳走じゃない」

「そうか、バッハがご馳走か」


僕たちはシアンクレールの狭さも、人目も忘れて二人で笑っていたのでした。

店を出ると、やっと蒸し暑さが道から感じなくなっていました。そして僕たちは月の光の下、鴨川の河川敷を歩いたのです。ベンチや川辺には、そこここに男女のカップルが腰を下ろして話し合っていました。川の音に混じって、聞こえて来る軽やかな笑い声。肩を寄せ合って、ひそひそと話す声。微笑ましくもあり羨ましくもあり、僕は静かに貴女の前を歩きました。

「柴田さん、本当にありがとう。ご免ね、泣いたりして。勇気を出して歩こうね」

貴女は前を歩く僕に明るく声をかけ、軽やかに駆け寄って僕の手を握って来ました。これほど清々しく、異性と手を握り合ったのは初めての体験でした。

——佳菜さんは、心から僕を励ましているんだ。理解し合おうと訴えているんだ——

僕はそっと肩に手を回し、貴女を抱きしめ、

「佳菜さん、僕たち……。僕の大切な恋人。困るだろうか……」

「柴田さん、ありがとう」

――今、佳菜さんと僕は友人という関係を超えて、本当の恋人同士になったんだ――

僕は貴女の肉感を意識し、鼓動の高鳴りを覚えながら歩いていました。そして、月の光を遮る桜の木を背にし唇をかさねたのです。

翌朝、僕は石村君と新聞配達に向かいました。自転車に乗り少し涼しくなった風に向かい、何故か腹立ちの決意を滾らせていました。

「おう、石村」

「なんすか」

「これからは贅沢言わないで行くからさあ、どんなバイトでも誘ってくれよ」

「どうしたんです先輩、何かあったんですか」

「今までの甘い考えを改めてさあ、自分の力で生活を作りたいんだ」

「何を言ってるんです先輩。俺から見た先輩はすべてに恵まれて、羨ましい限りですよ。ですからねっ、先輩は俺の自慢なんですよ」

「お前が言うほど、俺は恵まれていないぞ。俺にしてみればお前の方が自由でいいよ」

「どうしたんです。親父(おやじ)さんと、喧嘩でもしたんですか」

石村君に今の僕の思いを理解してもらおうとは考えてはいませんでしたが、窮状だけでも知ってもらおうと努めました。

「喧嘩とかじゃないんだ。誰しも何時かは踏み出す道なんだ。自身が責任を持って自由な自立をしたい。ただそれだけだよ。そんなことよりバイトあったら言ってくれよ」

「分かってますよ。先輩のことじゃないですか。でもね、難しく考えないでくださいよ」

それからの僕は懸命でした。自分でも感心す

るくらい新しい生活意識の確立のため、新聞配達に紹介されたアルバイトに精を出しました。当然秋に受けるべき教育実習にも参加しませんでした。

その週末でした。午前中の授業を終えた僕は、テキストを鞄に入れ教室を出たのです。

「柴田さん」

呼ぶ声に顔を上げると、何時も化粧などしていなかった沢田さんが、薄化粧に紅を引き花柄のワンピースを着て、にこやかに微笑んで立っていたのです。

「あっ、沢田さん」

僕は何故か沢田さんの出現に胸騒ぎを感じ、体が冷えるのを覚えていたのです。母親のことでは貴女から『弘子とは関係のないこと』と言われていましたが、僕にすれば沢田さんが実家の母親に貴女の存在を知らせ結果として貴女が傷付いたことに、沢田さんにもある程度の責任があると感じていたからです。

「この前、私が柴田さんの下宿へ行った時、柴田さん食事に誘ってくれるって言っていたでしょ。覚えてる」

「覚えてるよ。そんなことよりなぜ僕の母親に、佳菜さんのことを言ったりしたんだ」

「そのことも説明したくて来たのよ。ごめんね、私も教えるつもりはなかったのよ。でもお母さんから、実家で柴田さんと言い争ったことを聞かされ、『今大切なこの時期、どうしても隆一を救いたいの。お願いですから、お力をお貸ししていただけないでしょうか。今の私が頼れる人は、沢田さんだけしかいないの』って、お母さん涙ながら訴えられたの。私、悪いとは思ったけど断れなくて、仕方なく佳菜のことを言ってしまったの。だって柴田さんのお母さんが可哀相だったんだもの」

僕は沢田さんの言葉に、母の涙する姿を思い浮かべ口喧しく言いながらも、僕のことを心配し、ハイキングのメンバー表を頼りに京都まで来た母の心情を思った時、たとえ行き違いはあったとしても、そんな母をいとおしく思いながら沢田さんの話を聞いていました。

そして僕は、沢田さんを許す気持ちになったのでした。いや、むしろ沢田さんの言葉に納得したものを感じていたのです。

それにしても廊下の窓際に立ち、風にそよぐ黒髪をそっと指で束ね、窓に注ぐ木漏れ日を浴びた沢田さんは、何時になく艶めかしく見えたのでした。

「分かった。分かったから、もう母親の話はいいよ」

「良かった。分かってもらえたわ。柴田さんのお母さん、着物姿がとっても素適だったわ。綺麗なお母さんね。少し憧れちゃった」

「沢田さんは僕の母親のことを知らないだけなんだ。僕に言わせればエゴの塊だよ」

「そうかなあ。でどう、食事のこと……」

「約束したことは覚えているよ」

「柴田さん覚えていると思ってたわ。だから今日は駄目かなあと思って来たの。駄目」

「いや、駄目ということではないんだ」

「佳菜のこと、気にしてるのか、なっ」

「何も、佳菜さんのことを持ち出さなくてもいいだろう。昼食ぐらいのことで」

貴女のことを持ち出された時、なぜか腹立ちにも似た思いが込みあがってきました。

「ならいいんだ。柴田さんは私たちと違って、いろいろと高級な店知っているでしょう。何処か美味しいお店に案内してくれない」

「相手は石村とは違って沢田さんだ。大東飯店で餃子という訳にはいかないからな」

「柴田さんが連れて行ってくれるところなら、私は何処でもいいわよ」

「高級というほどではないんだけど。沢田さんステーキはいけるか」

「いけるも、いけないもないわよ。ステーキだなんて感激だわ」

僕は何という馬鹿だったのでしょう。貴女と沢田さんとのことで話し合ったことも忘れ、沢田さんに持ち上げられて有頂天になっていたのです。

「じゃあ、誰も紹介したことのない店に行こうか。その店、Kホテルのなかに在るんだ」

「そう、なら佳菜も行ったことがないんだ」

「佳菜さんのことは言うなよ。言うんだったら行かないぞ」

「ごめんなさい。もう言わないわ」

僕の言葉に沢田さんは舌を出し謝りました。

「Kホテルって、この間柴田さんのお母さんに呼ばれて行ったところね」

「ああ、そうだよ」

「嬉しい」

叫ぶように言って、沢田さんは僕と並ぶようにして歩き出したのです。

僕は調子良く言った手前もあり、沢田さんをKホテルのなかにある本格的なステーキの店に案内したのです。この店は父が出張で京都に来たり、母が僕を訪ねて京都に来る時など必ず僕を連れて食事に来る店でした。

僕たちはホテルに入りエレベーターに乗り最上階で降りると、エレベーターの前に立っているボーイが深々と頭を下げ、店内の席まで案内してくれるのです。

「何だか、ドキドキするわね」

「……」

腕にすがり体を押し付けて、沢田さんが耳元で囁きます。

物音一つしない廊下に敷き詰められた厚い絨毯を踏みしめ、ボーイに案内されて歩いて行きます。

　店内に入ると大きなテーブルに案内され、椅子を引かれて席に着くのです。僕たちが席に着くのを見計らったように、肉や野菜を乗せたトレイを片手にシェフが現れ、テーブルの前で一礼し調理を始めます。僕たちは緊張しながらも、シェフの手際の良さと料理の美味しさに、言葉もなく昼食を終えたのです。支払いを済ませホテルを出ました。

「ご馳走様でした。ねえ柴田さん、私、本当に感激したわ。生まれて初めてよ、こんな美味しいステーキ食べたの。店の雰囲気も高級感が漂っていたし、確かに正夫ちゃんじゃ合わないわね。さすがは柴田さんね。私たちとは生活のレベルが違うのね。よく来るの」

「親父が京都に出張で来た時か、母親が僕の様子を見にこちらに来た時ぐらいだよ」

「羨ましい話だわ。ねえ、柴田さん。ご馳走でお腹も膨れたことだし、散歩でもしない」

「ああ、いいよ」

　沢田さんの言葉に何の疑念もなく、ホテルの横の御池通を東へ向かって歩きました。

　少し歩くと鴨川に出ました。僕たちは鴨川の河川敷を歩いたのです。軽やかな音を発てて水が流れ、川面は鏡のように輝いていました。僕はゆるやかな風を顔に受けながら、穏やかな気持ちで河川敷を北に向かって歩いて行きました。

「柴田さん、久し振りだから少しだけいい想いさせてよ」

　沢田さんは僕の腕を取り、体を寄せて来たのです。シャンプーの仄かな香りに胸の高鳴りを覚えながらも、両手をズボンのポケットに入れ平静を装って歩いていました。

　丸太町橋を潜って行くと、前方の土手に何人かの若い女性が腰を下ろし、楽しそうに話していました。まさかそのなかに貴女の友人の北岡さんがいたとは、思いもしなかったのです。僕たちが、その女性たちの横を通り過ぎようとした時でした。

「あら、柴田さんじゃないの」

川の方から僕を呼ぶ声に顔を向けると、そこには北岡さんがいたのです。

「あっ、北岡さん」

僕は驚いて声を上げたのです。と、その時でした。僕の左側で腕を取って歩いていた沢田さんが、腰を曲げて顔を出し覗くような姿勢で、

「あら、佳菜じゃない、久し振りねっ」

と、土手に向かって言ったのです。

「えっ！」

沢田さんは良く通る声で、貴女の名前を呼びました。

僕は絶句し、沢田さんとステーキを食べたことも散歩をしていることも忘れるほど、血液の逆流を感じていたのでした。貴女が北岡さんたちと一緒にいたのかどうかの確認もできずに、逃げるようにして下宿へと向かったのでした。

その後の僕はもがくように新聞配達と授業、そして学生課紹介や石村君が探して来たアルバイトに、懸命に挑んでいる自身を自覚していたのです。

忙しくも充実した生活は一瞬にして秋を駆け抜け、気が付けば師走を迎えていたのです。冬の早朝の新聞配達は、初めて体験するものでした。本当に身を切るほどに冷たい毎日が続き、朝起きるのが辛く苦しく感じたのです。

比叡山の麓に広がるここ上高野は、師走を迎えると比叡颪が特に冷たく手足は凍え、感覚もなくなるほどでした。顔に当たる風は皮膚を切り込み、鼻汁が自然に出ているのです。配達を終えるころになれば体の芯まで冷え、言葉も失うのです。そして配達の後、僕たちは決まった

ように店の前での薪に、引き寄せられるように暖を取っているのです。誰一人として話す者もありません。足を火に近づけ両手を出し火を抱き寄せるように囲んでいるのでした。

このころになると、母から送られて来た預金も少しずつ減って行きました。

――柴田さん、自炊をすれば。自炊って、結構楽しいよ――

貴女から自炊をすることを勧められたのですが、僕に自炊などできる訳もなく少なくなって行く預金通帳を見るたび、不安と苛立ちが募って行ったのです。

――こんなに辛く苦しい体験を、敢えてしなければならない意味があるのだろうか――

と、疑念を抱くようになったのもこの時期になったころでした。僕は溝口君に、率直な自分の気持ちを話したくなったのです。それは自分の辛く苦しい気持ちへの同情を、溝口君に求めていたのかも知れませんでした。

僕は久々に溝口君に会うべく、ワンゲル部のボックスを訪ねたのです。ドアを開けると、ニコチンと汗の匂いが漂って来ました。なかを覗くと机に腰をかけて話し合っている者、ギターを弾き歌っている者、思うに任せて一時を過ごしているようでした。

「溝口、いるかな。溝口は、来ていないか」

「おう柴田、久し振りだな」

ボックスの奥から覚えのある、溝口君の声が聞こえて来ました。

「溝口がいるかと思って、ちょっと寄ったんだ」

「僕に用事でもあったのか」

「しばらく会っていなかっただろう。だからさあ、溝口の顔を見に来たんだよ」

「柴田、お前少し痩せたか。無理をしているんじゃないのか。駄目だぞ」

「気のせいだろう。忙しいならいいんだ」

「今南アルプスの、冬の登山の打ち合わせが終ったところなんだ」

「へえ――、南の冬山か、いいなあ、俺も行きたいな」

溝口君の言葉を聞いた時、僕は理由もなく空しさが込み上げ『どうして自分だけが辛いバイトばかりしなければならないのか』といった悔しさと同時に、恨みにも似た思いを抱いてしまったのです。

「柴田、冬山だからね、夏から訓練を積んで置かないと危険だよ」

「俺この夏、バイトばかりだったからな。冬山なんて無理だって分かってるよ」

「また一緒に登る機会もあるよ。で、どうした急用か」

「いや、急用というほどではないんだ。久し振りだからさあ溝口を誘って、昼飯でも一緒に食べようと思って覗いたんだよ」

「僕もちょうど出ようと思っていたんだ。どうだ、学食（学生食堂）でも行くか」

「俺は何処でもいいぞ」

「よし、なら学食で決まりだ」

僕たちは清心館の地下にある、大学生協の食堂で昼食を食べました。

昼食時の食堂は、タバコの煙と議論めいた会話で、騒然としていました。

「柴田、僕に話があるなら早く言えよ」

「どうして話があるって分かるんだ」

「柴田が僕を訪ねて来るなんて、決まって何か話がある時じゃないか。何年付き合っていると思っているんだ」

「そうか、溝口には適わないよ。実は溝口に聞いてもらいたいことがあるんだ」

二人で話そうとしていた時でした。

――おう溝口、拡大事務局会議以来だな――

前からの甲高い声で顔を上げると、髪はばさばさで体臭が漂ってくるような服を着、異様に目だけが大きい男が、首から紐のようなものを下げて近づいてきました。

――なんだよ、鈴木、大きい声を出すなよ。耳が痛いよ――

――久しぶりだな――

――そうだな――

――二人で飯か――

――いいんか、お前。こんなところで彼女と楽しくやっていて。今日は事務局の会議じゃなかったのか――

――そう固いこと言うなよ――

――会議の時間、過ぎてるぞ――

――まあなっ――

テーブルの横に来た鈴木という学友会の友人と、溝口君は話していました。鈴木と呼ばれた友人はうどん鉢を両手に持ちながら、

――また、今度な――

――ああ――

愛想よく言い、振り返って席に戻って行ったのですが、ベルトの後ろに薄汚れたタオルを下げていました。

「すまんな。それで、聞くだけでいいのか、柴田」

「ああ、取りあえず聞いて欲しいんだ」

「分かった。じゃあ話せよ」

「俺さあ、今必死でバイトしてんの、知ってるだろう」

「ああ、知ってるよ」

「実は今年の夏休みに帰った時、実家の両親と意見が合わなくてさあ、決別して来たんだ。家を出る時これから先は自分で生きて行くって、親父に宣言して来たんだ」

「実家での話は、以前柴田から聞かされたよ。それでバイトに精を出しているんだろう」

「そうなんだ。石村に頼んでバイトの口を紹介してもらったり、学生課に来ているバイトに行

ったり、とにかく何とか卒業しようと必死なんだよ」

「両親とのこと、小田桐さんは知っているのか」

「ああ、佳菜さんにも話したんだ。ただ彼女は『無理をしない方がいい。どうしても自立を考えるなら、二部に編入し昼は働く方が現実的だ』と言う意見だったよ」

「小田桐さんらしい、現実的な意見だね」

「けど俺としては、どうしても一部で卒業したいという気持ちが強いんだよ。別に二部が駄目だと言ってるんじゃないんだ。何とか一部で頑張るだけ頑張って、どうにもならない時には二部への編入を考えると言ったんだ」

「柴田がそのように決めたのなら、僕もそれでいいと思うよ。しかし大変だなあ、あまり無理をするなよ」

「それでこの四ケ月ほど頑張って来たんだ。けど、肝心の勉強の方がなおざりになり単位が足らなくて、三月の卒業の見込みが立たないんだ。それで最近迷ってるんだよ」

「迷っているって、何を」

「このようなことになるんなら、二部に編入して昼働いても、結局同じことじゃないかって思うんだ」

「で、どうするんだ」

「どの道、同じことで悩むのなら一層のこと、大学を辞めて働こうかと思ってるんだよ」

「おい、柴田。将来にとって大事なことをたった三ケ月や四ケ月の体験をしたからって、そう簡単に結論を出すなよ」

「溝口、お前は実家からの仕送りがあるからそう言えるけど、俺のように独りでやってみろよ、見たり聞いたりするのとは訳が違うぞ」

「何言ってるんだ。僕だって夏から秋の登山のシーズンには、歩荷（ぼっか）の辛いバイトをしたりしているんだ。汗だくになり、背中や肩は重い荷物で破けそうに感じ、あまりの苦しさに途中で荷物を投げ出して山を下りようと思うことも何度もあるんだ。それをシーズン中に何度も行き、稼いだ金を生活費に当てたり登山の費用に使ったりしているんだ」

溝口君が言う過酷な歩荷のバイトは、僕も良く知っていました。あの頑丈な石村君も、溝口君から歩荷のバイトに誘われて行ったのですが、途中で体が動かなくなり結局溝口君と大澤君が後を受けて荷物を山小屋迄運んだことを、石村君から聞かされていました。

「むきになるなよ。溝口を責めて言ったんじゃないんだ」

「むきになって言ってるんじゃないぞ。それに、実家からの仕送りといっても学費と下宿代だけで、食費やその他に必要な費用はいろいろとバイトを探し自分で稼いでるの、柴田も知っているじゃないか。当然実家と決別した柴田よりは状況はいいけど……。まあ、柴田。今は僕のことより、柴田がどう現状を乗り切るかだろう」

「それは言われなくても分かってるよ。ただ、今の状況では展望が見出せないんだ」

溝口君と話している内に苦労をしてアルバイトをすることが、馬鹿らしくなって来たのです。今、懸命に歩こうとしている道の横にはいろいろな道が僕には見えていて、なかでも実家との道は僕にはかけ替えのないものとして、何時も頭のなかに横たわっていたのです。

「溝口、俺母親に連絡を取ろうかと思ってるんだ」

僕は呟くように言いました。と、その時、僕の言葉を予測していたかのように溝口君は薄笑いを浮かべたのです。

「溝口、どうして笑うんだ。お前らしくないぞ」

「柴田、小田桐さんの言ったとおりだよ」

「佳菜さんが言った。何の話だ」

「小田桐さんは僕に言って来たんだ。『柴田さんが挫けそうになって、溝口さんに相談に行った時は、頑張るように励ましてもらいたいの』小田桐さんの言葉だ。僕は小田桐さんの柴田に対する期待の大きさを感じて、一緒に柴田を励まそうと約束したんだ」

「溝口、お前、俺のことで佳菜さんと話したのか」

「ああ、話したよ。小田桐さんは柴田が壁にぶつかった時、必ず僕に相談するだろうと思って連絡して来たんだ」

「佳菜さんが、どうして溝口のところへ」

「柴田、小田桐さんの期待を裏切るようなことは止めろよ」

「心配をされている訳だ。意志の弱い男だと思われて」

「柴田、そんなふうに取るなよ」

「別にひねくれて言っているんじゃないんだ。気にするなよ」

「じゃあ、何なんだ。素直に聞けよ、柴田」

僕は貴女と溝口君が僕のことで話し合ったことを聞かされた時、むらむらと怒りが込み上って来て貴女に対し恨みにも似た気持ちを抱いたのでした。

「柴田、小田桐さんは僕たち学生にはおのずと限界があることを、僕たち以上に承知してるよ。だから柴田には『無理をして欲しくない。けど、今までのような生活を送るのではなく、精神的な自立を意識して頑張ってもらいたい。そうした状況を正しく見て、残された学生生活を頑張って過ごして欲しい。そうすれば、苦しくても頑張ったことが、困難に立ち向かう勇気として蓄積され、必ず柴田の人生にとって有意義な時期だったと振り返れるはずだ』って言うんだ。当然小田桐さんの意見に僕も納得し賛同したよ。柴田、小田桐さんは、僕たちとは違って大人だよ」

「そうか……。俺と言う男は、結局駄目な男なんだ。よく分かったよ」

「おい柴田、どうしてそう投げやりに物事を結論付けるんだ。どうしてもっと自分を大切にしないんだ」

「別に投げやりで言っているんじゃないぞ」

「投げやりじゃないなら、何なんだ」

　僕はこの時どうした訳か貴女と溝口君に、子ども扱いにされた上、置き去りにされたような屈辱にも似た感情が湧き上がり、貴女に対する憎しみさえ覚えたのでした。

「溝口、佳菜さんの相手には俺よりお前の方が、似合っているかも知れないな」

「馬鹿なこと言うなよ、柴田。それ本気で言っているのか」

「変な気持ちで言ったんじゃないんだ、気にするなよ」

「じゃあ撤回しろよ。小田桐さんに失敬じゃないか」

「もういいんだ。佳菜さんのことも学校のことも何もかも、もういいんだ。溝口、当分会えないかも知れないが、今日はすまなかったな。じゃあな」

「会えないってどういうことだ。何処かへ行くのか」

「別に何処という訳じゃないんだ」

「柴田、余り思い詰めるなよ」

「もういいんだ」

「柴田、何処かへ行く時は必ず僕に連絡しろよ」

「……」

「必ずしろよ。聞いているのか、柴田」

　溝口君の視線を背中に感じながら、タバコの煙と学生たちの話す騒めきのなかを通り抜け、外へ向かって歩いていたのです。

16　合意の有無

溝口君をボックスに訪ねたころ、空は曇ったなかにも明るく感じる空間もあったのですが、食事をしながら二時間ほどの話を終え外に出ると、霧のような雨が降っていました。

学生食堂のある清心館の地下から出てくると、研心館の前に建っている戦没学生の嘆き・怒り・苦悩を象徴した『わだつみ〔海神〕の像』が、雨に打たれて鈍く光っていました。

——僕を子ども扱いするなんて、誰だって許さない。僕に自立を促したのは佳菜さん、君じゃなかったのか。だからこそ母と決別し父からの独立を覚悟してまで、君と自立を目指して歩もうとしたんだ。それなのにその君が、僕を子ども扱いするのは僕に対する裏切りだ。しかも許せないのは、その裏切りを溝口と意図したことだ——

僕はベールに包まれたような雨のなかを、ただがむしゃらに歩いていました。心は千々に乱れ、貴女の裏切りに激しい憎悪の炎を燃やし歩き続けました。そして僕の一方的な思い込みから生みだされた裏切りとする憎悪は、気付かぬ内に自身そのものを汚してしまっていたのです。

下宿に着いた時、周囲が見えないほど興奮していた僕は、部屋に入り明りも点けずに仰向けに寝転んでいました。しばらくすると急に孤独感に苛まれ、これから自分がどうすればいいのか分からなくなり、混乱と寂しさに涙が溢れて来ました。

——これから先、僕はどうすればいいんだ。

お母さん、溝口ですら僕を見放した。もう僕は駄目だ。将来への展望が持てない。死にたい……僕が死ねば僕への裏切りを、佳菜さんは後悔するだろうか。僕は君を恨んで、自ら命を絶つだろう――

誰とも、話したくも会いたくもなかった僕は、起き上がり入り口の扉のガラスを新聞紙でふさぎ、テーブルの上にあるスタンドの明かりを点け貴女への手紙を書いたのです。

『小田桐佳菜様へ

佳菜さん、もう疲れたよ。どうすればいいのか分からないんだ。

僕は佳菜さんと出会いこれまでの人生で初めて、青春をぶつけて君と友情を深め合ってきました。そして僕は僕なりに、佳菜さんの人生に対する考え方に共鳴し、自身のこれまでの人生を見つめ直すことができたのです。だからこそ、親からの自立と真の自己確立を目指し、決意を新たに頑張って来たのです。何故決意を新たにしたのか。他人はどうあれ僕の場合は佳菜さんとの信頼に基づくなかで、僕の自己確立という目標が作り出されたからです。そしてその道がたとえ苦しく長い道のりであったとしても、佳菜さんと二人でなら歩いて行けると僕は信じていたのです。だからこそ、辛く苦しい日々を頑張ることができたのです。しかし今、佳菜さんへの信頼が、僕のなかでもろくも崩れ去ったのです。

佳菜さん、僕はもう何も信じられなくなっています。そんななかで、僕独りが頑張ったところで一体何が変わるというのでしょう。どんな自己確立ができるのでしょう。

もうすべてが無意味なのです。佳菜さんと鴨川の土手で出会ってから、八ヵ月が過ぎました。佳菜さんと出会い過ごした月日は今まで生きて来た僕の人生のなかで、経験したことのない夢のような日々と言っても決して言い過ぎではありませんでした。しかし、僕のなかに生きていた君が遠い存在となった今、これ以上意味のない人生を歩むことは僕にとって屈辱でしかあり得ないのです。

佳菜さん、どうか僕のことは忘れて君は君自身が目指した道を歩んでください。僕の君に対する思いは真実でした。この寂しさも空しさも、君との楽しかった日々を思い浮かべてなら解消されるでしょう。

ではこれにて、さようなら

柴田隆一』

本当に疲れていたのです。手紙を書き終えた僕は明りを消し、すべてのエネルギーを使い果たしたネジ巻き人形のように、その場に体を横たえ眠ってしまったのでした。

どれほど眠ったのでしょう。

「柴田さん、起きて。柴田さん」

誰かが呼んでいるような錯覚にまどろみ、目を開けました。水中で目を開け水の上を見ているような情景に、確かに人の存在を自覚していたのです。

「柴田さん、目が覚めた」

焦点が合うと、そこには佳菜さん、貴女の顔があったのでした。

「佳菜さんじゃないか。どうしてここに」

「佳菜さんじゃないわよ。溝口さんから連絡があったの。だから心配で、実習が終わってすぐ駆け付けたのよ」

「溝口、溝口がどうかしたのか」

僕は虚ろな頭で、貴女の話に受け応えしていました。

「柴田さん、貴方今日、溝口さんと会って話したでしょう」

「ああ、会ったよ」

「その時の柴田さんの態度がおかしいと、溝口さんから聞かされたので私心配して来たのよ。部屋に鍵も掛けないで、真っ暗にしてどうしたの」

「そうだったのか」

「そうだったじゃないわよ。それに何なのこの手紙」

「手紙……。ああ、佳菜さんに出そうと思って書いたんだ」

「こんな手紙を書かれた私の身にもなってよ、困るじゃない」

「……」

僕は必死になって話しかけて来る貴女の言葉に、少しずつ意識を取り戻しました。

「柴田さん、大学を辞めるって本気なの。辞めてこの先どうする気なの」

「もう僕には、大学を卒業する意味がなくなったんだ」

「どういうことなの、分かるように説明して」

「その前に佳菜さん、じゃあ君はどうして僕のことを溝口に話したんだ」

「柴田さん、それを私にどうしてって聞くのね」

「当然じゃないか、他人のことじゃないんだ。僕自身のことなんだ」

「じゃあ柴田さんにとって、溝口さんはどういう存在なの」

「言うまでもないだろう。僕にとって溝口は掛け替えのない友人だよ。僕のこの気持ちに嘘はないよ」

「そうでしょう。柴田さんにとって溝口さんは、二人といない友だちじゃない。私はそれを知っているからこそ柴田さんの大切なこの時期、私たち身近にいる者が柴田さんの力になれたらと、思って話し合ったのよ。それがそんなにいけないことなのかしら」

「そんなふうに扱われて来たからこそ、僕は母親たちと決別して来たんじゃないか。それなのに君たちが僕の知らないところで、母親と同じことをすれば僕の自己確立はどうなる。結局支える相手が違うだけで僕にとっては何のための、誰のための自立なのか分からなくなるじゃないか」

「そんなつもりで話し合ったんじゃないわ。それに、私がお母さんの代わりをするなんて、できる訳ないじゃないの」

「なら、僕がどうして母親と決別したのか。確かに、佳菜さんの尊厳を踏みにじった母親に対する怒りはあった。だが決別したのはそれだけじゃない。その真の理由が僕の自己確立にあることを、佳菜さんは知っているはずじゃなかったのか」

「待って柴田さん、それは誤解だわ」

「じゃあ何だというんだ。佳菜さんの思いに合わせた、僕という人形になるために頑張って来たんじゃないんだ。それにもう僕はいいんだ、今の僕は誰も信じられないんだ。もう僕のことは構わないでくれ」

「聞いて、聞いて、柴田さん。そんなふうに言うのは止めて。私は私の都合のために、柴田さんに私の意見を言ったことなど、これまで一度もなかったわ。それは私だけじゃないと思うわ。きっと溝口さんだって同じ思いよ。柴田さん、どうして私の思いを素直に受け止めてくれないの。どうして私や溝口さんを信じることができないの」

　貴女の言葉から溝口君の名前を聞けば聞くほど、僕の腹立ちは増して行きました。

「信じるだと。佳菜さん、君は僕にいったい何を信じろと言うんだ。僕にはもう何も残されていないんだ。だからもう僕のことには口出ししないでくれ」

「何故、そのような子どもじみたことを言うの」

「佳菜さん、君まで僕が子どもだと言うのか」

「だってそうじゃない。相手の意見も聞かず、自分の思いだけを主張するのは子どもよ」

　貴女から発せられた子どもという言葉に体中が熱くなり、急に怒りが込み上がって来ました。

「子どもだろうと何だろうと、僕はもういいんだ。誰が何と言おうと、僕の決心は変わらない。僕は大学を辞めて京都を出る。そして何処かの会社で働いて、静かに一生を過ごすよ」

「馬鹿なことを言わないで、大学を辞めたところで問題は解決しないわ」

「だってそうじゃないか。これ以上何のために学問を積む必要があるというんだ。辛く苦しい思いをしてまで大学を卒業する理由など、今の僕には何一つないじゃないか」

「柴田さんよく聞いて、自分の力でやって行くのが辛く苦しいといって大学を辞めるのと、実家からの仕送りが止まったから大学を辞めるのと、一体何処がどう違うと言うの。私に言わせればどちらも同じことよ。貴方はそんな理屈が分からない人じゃないわ。もし私の言っている理屈が分からないというのなら、貴方は親離れしていない子どもだわ。自立することが辛く苦しいものだと勘違いしている人、自立もできない可哀相な人よ」

　貴女の諫める言葉に愕然としました。僕のくだらない自尊心は、無残に打ちのめされたのです。そして深い沈黙の後、自身の素直な思いを告白したのです。

「そのとおりだ。そのとおりだよ、佳菜さん。君の言うとおりだ。正直言って、僕は疲れたんだ。本当に、僕は意志の弱い人間なんだ」

「柴田さん何を言ってるの。辛くとも苦しくとも、これまで頑張って来たじゃない。もう少し頑張れば、乗り越えられるところまで歩いて来たのよ。どんな場合も同じよ。あともう少しというところが、一番辛くて苦しいのよ」

「佳菜さん、それは分かってるんだ。僕は溝口じゃ駄目なんだ。佳菜さんに励ましてもらいたいんだ」

僕の言葉を聞いた貴女は、しばらく考え込むようにしていました。

そして貴女は何かを決意したように、僕を直視し話したのです。

「年が明けて春を迎えれば、二部に変わっても後一年じゃない。今辞めれば、今年の一年が無駄になるじゃない。大学に入ってからの三年半が無駄になるじゃない。それに来年の春になれば私も働くのよ。働けば少しぐらいは力になれるじゃない。そうでしょう。それに私、人間としての思いやりを掛けてもらったの、柴田さんが初めてよ。本当に嬉しかったのよ。だから柴田さんにはどうしても、頑張って欲しいの。何としてもやり遂げて欲しいの。お願い……」

貴女の黒い瞳が潤んでいました。貴女のその言葉を聞いた僕は、目の前が明るくなったように感じたのです。

「佳菜さん、すまん。僕は自分勝手で本当に情けない人間だ。佳菜さんの言葉で目が覚めたよ。だから子どもだって言われるんだ。佳菜さん、僕もう一度頑張るよ。来年の春まで辛抱して頑張ってみるよ。ありがとう佳菜さん」

「私の方こそ、偉そうなことを言ってごめんね」

「佳菜さん、見ていてくれ。僕は必ず大学を卒業してみせるから」

「私、柴田さんに学校を卒業するまで、頑張ってもらいたいの。本当よ。だって私、柴田さんのこと好きだから……」

貴女はそう言って僕の手を握ったのです。僕は涙が込み上がって来ました。美しく潤む黒曜石の瞳、柔らかく流れるように引かれた黒い眉、首に巻かれた白い布。

「佳菜さん。佳菜さん」

僕は感動の余り貴女を抱き寄せ唇を奪い、その場に体を重ねたのです。

「や、止めて」

貴女は僕を押し離そうとしました。僕は構わず貴女を押さえ、首に巻かれていた布を引きはがしました。そして予想していたかのように、貴女の体から力が抜けたのです。

貴女の激しい息遣い、僕は狂おしく貴女の唇を求めました。

「しばた、さん」

激しい波が打ち寄せたような、高鳴る心臓の鼓動。僕は野獣と化し、貴女への憎しみにも似た感情を滾（たぎ）らせていました。

どれほど時間が過ぎたのでしょうか。何事もなかったかのような静かな部屋。白い体を横たえた貴女……。僕は言葉もなくうなだれていたのです。額縁のなかの絵画のように時が止まった部屋で、僕は微かに息を吐いたのです。

白いドレスをまとったような貴女が、前髪を乱してゆっくりと起き上がり、服を手にして体を包みました。

「ごめんね、佳菜さん。初めてだったんだね」

「謝らないで。謝るのならどうして……」

小さく嗚咽し震えた言葉で話す貴女は、服を着ると音も発てずに部屋を出て行きました。きっとその時の貴女は、孤独と僕に対する敗北感に呆然として歩いている自身を、意識していたのでしょうね。

佳菜さん正直に告白します。実は、僕も初めてだったのです。だから、あの時どうしていいのか分からず、ただ混乱した自分を意識するだけだったのです。

その夜、僕は明け方まで眠れませんでした。何故か恐怖心に襲われ、眠ることができなかったのです。

一二月に入り一週間が過ぎたころでした。貴女はショートケーキを持って、下宿に現れました。強引に貴女を求めた後、静かに下宿を去った貴女を思い、もう僕の前には現れないのではと不安を抱いていたのですが、貴女の姿を見た僕は心から安堵したのでした。

「わざわざ持って来てくれたんだね。ありがとう。今コーヒーを入れるよ」

「元気そうでよかった……」

僕たちは何時になく静かにコーヒーを飲み、ケーキを食べました。部屋にはショパンのピアノ名曲集が小さく流れています。

「ショパンね」

「うん、『シアンクレール』で聴いた後、買ったんだよ」

「そう……」

ケーキを食べ終えた僕は、静かにピアノの音色に耳を傾けている貴女に、またも熱い思いを滾らせたのです。

「佳菜さん、僕を忘れないで欲しいんだ」

決められていたことであったかのように、僕は貴女の腕を取り抱き寄せたのです。ところがその時の貴女は、僕の思いに反し強く拒んだのでした。

「止めて。そんなつもりで来たんじゃないわ。柴田さんが、独りで淋しくしていると思って来たのよ」

「それは分かっているよ」

腹を空かせた獣のように興奮し、貴女に襲いかかったのです。

「柴田さん、止めて。受胎すればどうするの。危険な日なのよ。お願いだから止めて」

貴女は、前回とは考えられないような強い力で拒み、そして眉をしかめ訴えるように僕に言ったのです。

「その時は、僕に言ってくれればいいいじゃないか」

「言ったからってどうなるの。貴方に責任が取れると言うの」

「佳菜さんまでそう言うのか。母親と同じように僕を子ども扱いするのか」

「だってそうじゃない。今の柴田さんに責任など取れないいじゃない。お願い、止めて」

僕は貴女の言葉に腹立たしく、感情を高ぶらせたのでした。結局貴女との話も両親と話した時と同じように、溝の深まりを感じて行くだけでした。責任を取る、取れないではなく、その時の僕には欲望を満たすことだけが全身を支配していたのです。

前後の見境もない僕は、貴女の言葉を本当に軽く考えていたのです。拒む貴女の唇を奪い、強引に体を重ねたのでした。

どれほどの時間が過ぎたのでしょう。貴女は肩を落とし、静かに僕の下宿を後にしました。

これでもう貴女とは、すべてを理解し合う関係になったのだと疑う術もなかったのでした。

クリスマスが過ぎると、石村君は帰省することを集配所のご主人に承諾を得、また同じころ溝口君も奈良の実家へと帰ったのでした。そして貴女も、お姉さんのところで正月を過ごすとのこと。僕は一人、京都で寂しい年末を過ごしたのでした。

年の瀬を迎えた僕は、何をすることもなく河原町の小さな喫茶店でコーヒーを飲み、映画を見て夕方に下宿に帰り部屋でテレビを見ていました。戸口からの声で出て見ると、実家の母から小包が届いていました。開けると、なかには便箋と新聞紙に包まれた餅と蜜柑が入っていたのです。

――家で搗いたお餅です。蜜柑も送ります。

少しですがお金も入れて置きます。お小遣いの足しにしなさい。元気に頑張っている隆一を思っています。どんな時であれ、隆一には何時もお父さんとお母さんがいることを、忘れないでくださいね。何かあれば連絡しなさい。強く言っていても、お父さんも隆一のことが心配なのですよ——

箱を調べると、底に封筒が貼り付けてありかに五万円が入っていました。少なくなって行く預金通帳に不安を抱いていた僕は、送られて来た現金を見て気持ちの落ち着きを感じました。と同時に、朝早く起き眠い目を擦りながら寒さに身を切る思いをして行く新聞配達やアルバイトが、馬鹿らしく思えて来たのです。母には感謝をしましたが、今更連絡する気にもなれませんでした。そして、元旦の配達を以て新聞配達を辞めたのです。配達を辞めた僕には何の問題意識もなく、ただ時間だけが空しく過ぎ、瞬く間に正月が去って行ったのです。

石村君が僕の部屋に訪ねて来たのが、正月が終って五日ほどが過ぎたころでした。当然の如く懐かしさと同時に、僕の心が弾んだのは言うまでもないことでした。

「先輩、いますか」

「おう、石村。何時帰って来た」

「二日前にはこっちに帰って来てましたよ。先輩は、ずっと京都にいたんですか」

「ああ、何か決められたように正月に帰るのが、子ども染みて嫌になったんだよ」

「さすがは先輩ですね。俺なんか久し振りですからね、たっぷり親に甘えて来ましたよ。ついでに小遣いに汽車賃もせしめてね。はっはっ……」

「石村、笑い事じゃないぞ。お前何時までそんなことやってるんだ。少しは親の身にもなれよ」

「それはそうと先輩、俺京都に着いてすぐ、集配所に挨拶に行ったんですよ。その時店で聞いたんですけど、先輩が配達辞めたって本当ですか」

「お前には言ってなかったんだが京都に親父の知り合いがいて、資料整理や原稿作成のバイトをその人から紹介して貰うことになったんだよ」

何故かその時、資料整理という言葉がとっさにでたのです。

「資料整理ですか……」

「親父からさあ、連絡を取れって言って来たんで連絡をしたんだ。すると先方も急いでいるらしく、正月明けから来てくれって言うんだ。結構ギャラが良くって、それで仕方なく配達の方を辞めたんだよ」

「へえー、それはよかったですね。俺、ナオンちゃんから聞いてたんですよ。先輩の生活厳しいって」

「何だ、もう石村の耳に入ったのか」

「そらそうですよ。俺のナオンちゃんと小田桐さんは親友じゃないですか。しかし、先輩は偉いですよ。俺だったら親から独立するなんて、考えられないですよ。でもいいバイトでよかったですね、先輩」

「俺も喜んでいるんだ。けど自立すると言っても結局親父の助けがないと、やって行けないんだよ。なっ」

「けど、自分の能力で稼ぐんですよ、自立と同じことじゃないですか。俺に言わせれば立派な自立ですよ」

その日は石村君が買って来たすき焼きの材料に、実家から送られて来た餅を入れての夕食に、ビールを飲みながら夜遅くまで話し合ったのです。

正月が過ぎ一月も半ばが過ぎたころ、貴女から届いた手紙を読んだ僕は、信じがたい文面に驚愕したのです。

『確定はしていませんが、ありません』

——何が言いたいんだ、佳菜さん。何がないんだ。もしや——

僕はことの重大さに恐ろしく、何度となく貴女からの手紙を読み返していたのです。そして恐怖の果てに、頭のなかに現れて来たのは母の顔でした。もし貴女の妊娠が現実になり母がその事実を知ったなら、何を言うかはおおよその察しが付いていたからでした。

——そんなことはあり得ない、絶対にあり得ない。何かの間違いだろう、佳菜さん——

僕は心のなかで、貴女からの文面を否定し続けていたのです。と同時に、

——柴田さん、止めて。受胎したらどうするの。危険な日なのよ！——

貴女の叫ぶ声が、内耳の奥から響いて来たのです。

正月が過ぎたころ、貴女は京都に戻っていると聞かされていたので、僕の思いを書き送ったのでした。というより、会って貴女の口から真実を聞く勇気がなかったのです。

『手紙受け取りました。佳菜さん、書かれていたことは本当のことでしょうか。僕は驚いています。少なくとも佳菜さんは、看護婦を目指して専門的に学んでいるから、僕は安心していたんです。戻っているのでしたら連絡をしてください。待っています。

隆一』

手紙を出し一週間が過ぎても、貴女からの連絡はありませんでした。僕は動揺した気持ちを抑えて寮に電話をし、貴女と会ったのです。

もし貴女が妊娠していたならば母が知るまで、何としても解決しておかなければならないと、強く感じていたのです。

僕たちは人目を避け、鴨川の河川敷の街灯の

下に設置されたベンチに座って話し合ったのです。

「佳菜さん、僕の手紙届いただろう」

「ええ、読んだわ」

「そうか、読んでくれていたんだ。連絡が来ないから、どうしてるかと思って」

「手紙に書かれていたこと、本当に柴田さんの気持ちなの」

「本当とは、どういうこと」

「私が看護学生だから、妊娠のことを私の責任のように書いてあったわね。本当にそう思っているの」

「責任の問題を言ったんじゃないんだ。佳菜さんが看護学生として持っている知識は、僕たちよりも専門的な知識を学んでいるだろう。だから妊娠など思いもしなかったから、あのように書いたんだよ。でも、まだ決まった訳じゃないんだろう」

「そうよ、まだ決まってないわ。私何時も不順なの。でも受胎している可能性もあるの。だから、知らせておいた方がいいと思って手紙を出したのよ」

「じゃあ仮に、妊娠していたら佳菜さんはどうするつもりなんだ」

僕は、これから話し合う事柄に恐怖を感じ、

体を震わせながら話していたのです。

「どうするって、どういう意味で言っているの」

「佳菜さんなら分かってくれると思うんだけど、僕たちまだ結婚するかどうかも決めてないし、もし子どもができたとしたら、その子は私生児として産まれる訳だし」

「今のままなら当然そうなると思うわ。だとしたら、柴田さんはどうするの」

「もしもだよ、もしも妊娠しているとしたら、処理すべきだと僕は思っているんだ」

僕は話しながら、自身の言葉が震えているのを自覚していました。

「柴田さん、貴方何を言っているか分かってる」

「だから、もしもの話をしているんだよ」

「それって、もしもであろうとなかろうと、どちらにしても同じじゃないの」

「仮に妊娠が事実だとすればだよ、僕たちの今の状況を考えれば処理するより他に道はないと思うんだよ。そのためのお金なら、母親に相談すれば出してくれると思うんだ」

僕の言葉を聞いた貴女は、眉を寄せて僕を見ました。

「お願い柴田さん、もしもだとか仮にだとか、そんな言い方しないで。今人間の命を、仮定だとしても自分たちの子どものことを話しているのよ。それに、柴田さんのお母さんには関係のない話よ。だから、お母さんのことを持ち出して話さないで」

「分かってるよ。だったら君は、僕にどうしろと言うんだ。実家から見捨てられた貧乏学生が、これから先の学費も支払えるかどうかも分からない。自分の生活も満足にできない。そんな状況で子どもを育てるなどできないのは、明白じゃないか」

「柴田さん、私これだけは言って置くわ。今私のなかで、もし命が宿っているとしたらこの命に何の罪があると言うの、どのような理由をつけようとこの命を育まずして、どうして私たち自身の尊厳を口にすることができると言うの」

「じゃあ妊娠が事実だとしたら佳菜さん、君は産むつもりでいるのか。産んだとして、その子をどうして育てて行くつもりなんだ」

「柴田さん、この際だから私の気持ちをはっきり言って置くわ。今、私のなかで命が宿っているとしたら、その命を奪う権利など誰にもないのよ。私は尊い命を消滅させることなど決してしないわ。貴方も分かっているはずよ。奪われた命は、決して戻すことができないって」

「佳菜さん、奇麗事や理屈を言っている時じゃないだろう。どうして、僕の言っていることが分からないんだ。僕だって、好き好んで言っているじゃないんだ。佳菜さんが処理をしてくれれば、また二人でやり直すことができるじゃないか。処理することは世間ではよくあることだろう」

「柴田さん、貴方は何という恐ろしいことを言うの。世間ではよくあるって本当にそう思っているの。私は信じられない、柴田さんがそんなことを言う人だなんて」

「分かった。なら君は妊娠していたら独りで産んで、独りで育てると言うんだな」

「貴方がそれを望むなら、私に異論など何一つないわ。ええ、そうよ。たとえどのような苦労をしようと、自らの手で命を消滅させた罪に苦しむより、命を育てる道を喜びとして求めて行くことに、私は私自身の人生を懸けるわ」

懸命にアルバイトをし、毎日配達をしても展望が見出せない僕が、仮にも子どもを育てるなどと口にできないのは当然だと、この時は考えていました。また妊娠という事実が判明したとしても、育てる力もない僕が出産を認めるなど、むしろ無責任だと思っていたのでした。

「佳菜さん、君は何という無責任なことを言うんだ。僕たちのような貧困な日常生活を送っていて、どうして子どもを育てることができるんだ。子どもの教育はどうする。熱が出れば医者にもかからなければならない。無理なのは火を見るより明らかじゃないか」

「私のことを無責任と言うのね。だから貴方には責任がないと言うのね」

「誰もそんなこと言ってないだろう。僕にも責任があることは分かっているよ。だからこうして話しているんじゃないか」

「じゃあ貴方は、責任も取れないことをどうしてしたの」

「どうしてって佳菜さん、それを今更言ったところで仕方がないだろう」

「仕方がないと言うのね。何という身勝手なことを言うの。分かったわ、柴田さん。貴方という人は自分に向けられた刃には弱いんだわ。そうして何時も逃げるのね」

「佳菜さん、君は僕を身勝手で卑怯な人間だと言いたいんだな」

「じゃあ聞くけど柴田さん。貴方が私を求めた時、危険だからって私は懸命に貴方を拒んだわ。その時私に言った言葉を思い出せばいいわ。貴方何を言ったか覚えている」

「えっ、言葉。い、いや……」

「覚えていないの。本当に覚えていないと言うの」

「咄嗟のことだったから、その上興奮していただろう」

「そうなの、咄嗟だったから、興奮していたから覚えていないと言うのね」

「覚えていないものは仕方ないじゃないか。じゃあ君は、僕が何を言ったというんだ。言ってみろよ」

「柴田さん、卑怯よ。卑怯だわ……」

貴女は消え入りそうな声で言い、ハンカチを取り出し口に当て肩を震わせ涙を流していたのです。僕は打ち震える貴女に、何としても出産を思い止まらせたく、いろいろと話していましたが、貴女から明確な応えを聞くことはできずに、不安と苛立ちを感じながらその日は下宿に帰ったのです。

鴨川で貴女と妊娠のことで話し合った後、貴女の出産への決意を思い出しては恐怖心を膨らませて行きました。

何としても出産だけは思い止まらせたい僕は、何度となく寮へ電話をし、処理することが当然のように貴女に迫ったのでした。

「佳菜さん、この間鴨川で僕が話したことなんだけど、覚えてくれている」

「何のこと……。受胎のことなら私の考えは言ったはずよ。そうでしょう」

「それは分かっているんだ。どうだろう、会って話したいんだが都合つくかな」

「当分は駄目です。私、卒業に向け忙しくしていますから、お会いできません」

「じゃあ仕方ないから言うけど、君にとっては辛いことかも知れないけど、もし妊娠しているのなら、僕としては何とか処分してもらいたいんだ。子どもの将来のことを考えるのなら勇気を持って、処理することが僕たちの務めだと僕は信じている。実家の母親に相談すれば、必ず費用は出してくれるはずだから。君は何も心配しなくていいから」

「そうですか。それが貴方の言いたいことなのね。結局貴方は、お母さんという存在を起点に物事を考えるのですね。柴田さん、私は当分の間は忙しくしていますから、お会いすることはできません」

貴女はいろいろと理由をつけて、会ってくれませんでした。

　僕は募る苛立ちと不安を胸に、溝口君に相談をしようと考えたのです。そして、奈良にあると聞いていた溝口君の実家に連絡を取りました。

　溝口君と僕は次の日、『リバーバンク』で会うことになったのです。

「突然呼び出したりしてすまん。溝口、大変なことになったんだよ」

「柴田が僕の実家にまで電話をして来るなんて、どうしたんだ。何が大変なんだ」

「どうしていいか分からなくってさあ、急を要するんだ。それで悪いと思ったんだが、実家に電話をしたんだ」

「柴田、そんなに興奮しないで落ち着いて話せよ」

「ああ、すまない。とりあえず、この手紙を読んで欲しいんだ」

　僕は貴女から来た手紙を溝口君に差し出しました。

「何だ、小田桐さんから柴田宛てに来た手紙じゃないか。僕が読んでもいいのか」

「いいから読んでくれ」

「小田桐さんに悪いじゃないか」

「その手紙を読んでくれないと、話が進まないんだ。溝口、頼むから読んでくれよ」

　拒んでいた溝口君も、僕の強い要望に貴女からの手紙に目を通したのです。

「柴田、これはどういうことだ」

「溝口、お前どう思う」

「どう思うって、そんなことよりお前、何時小田桐さんとそんな関係になったんだ」

「二ヶ月前のことだよ。溝口と学食で話しただろう。その日の夜だよ」

「じゃあ柴田と話した後、僕が小田桐さんに連絡を取ったあの日か」

「僕が疲れて寝ていたら、佳菜さんが部屋に入って来たんだ。それで」

「柴田、僕は信じられないよ、本当に小田桐さん承知していたのか」

「えっ」

「僕にとっても重大なことなんだ。柴田、正直に答えてくれ。小田桐さんは、本当に合意していたのか」

「う、うん……」

「僕には信じられない。小田桐さんが、今の置かれている自身の立場でそんなことに応じるとは、到底僕には考えられない。本当に合意の上なのか」

――合意の上か――

　興奮した溝口君の言葉に、答えることができずにいました。溝口君の問い掛けにうろたえ答えられずにいると、何時も穏やかな溝口君の目が怒りの目へと変わって行くのを、僕は意識したのです。

「柴田、お前は何ということをしたんだ。小田桐さんが可哀相じゃないか」

「溝口、その時の俺はどうかしていたんだ。ただどうして妊娠ということになったのか、正直理解ができないんだ」

「理解できないって、何が理解できないんだ」

「佳菜さんは……、彼女は、看護婦としての学問を積んでいるじゃないか、だから俺としては、心底安心していたんだよ」

「柴田、小田桐さんの合意も得ていないお前に、どうしてそう言い切る資格があるんだ。柴田を立ち直らせようとして、励ましに行った小田桐さんの気持ちを、柴田は踏みにじったんだ。柴田、僕は悔しいよ」

「溝口……」

「僕が悪かった、まさかそんなことになっていたとは。僕は小田桐さんに、本当に申し訳ないことをしてしまった。柴田、このことについては僕に責任があるんだ」

「責任、どうして溝口に責任があるんだ」

「あの日学食で柴田と話した後、柴田のことが心配で僕は小田桐さんに連絡をしたんだ。そして、『柴田がおかしいから、見に行ってもらえないだろうか。彼、大学を辞めると言っている』と頼んだ。すると小田桐さん『私が必ず、思い止まらせるわ』と言って……。だから小田桐さん、柴田を思い止めようと下宿へ訪ねて行ったんだ」

話しながら溝口君の瞳が潤んできました。

「そうだったのか」

「それなのに、お前という男は」

「すまん。溝口。俺、初めてだったんだ」

「それがどうした。初めてだったら許されるのか。それに、僕に謝ってどうするんだ。僕の責任だ。僕が小田桐さんに『行ってくれ』と頼まなかったら、こんなことにはなってなかった。僕は取り返しのつかないことをしてしまった」

「溝口、今更どうしようもないじゃないか」

「僕にとっては、それほど重大なことなんだ。それを今更とは」

溝口君より、貴女が僕を訪ねて下宿へ来た経緯のすべてを聞かされ、僕はうなだれたのでした。

「柴田、もし書かれていることが事実だとしたら、お前どうするつもりだ」

「どうしていいか分からないから、溝口に相談しようと思ったんじゃないか。何としても、母親にだけは知られたくないんだ。で、彼女に処理をしてくれと頼んだが、承知してくれないんだ。けど溝口、たった二度だよ。たった二度でそんなことになるのか」

その時何故か僕の口をついて、たった二度という言葉が出たのです。

「何を言っているんだ、どうしてそんなことを言うんだ柴田。お前のことより、小田桐さんの気持ちを考えてみろ。そんなことを言っている場合じゃないだろう」

「違うんだ溝口、たった二度で受胎ということになるのか、ということを言ってるんだよ」

「止めろ、止めてくれ、汚らわしい。そんな話聞きたくもない。二度であろう、何度であろうと……。お前がこんなにも、卑劣だったとは……」

「……」

そう言うと、溝口君の言葉が止まったのです。見ると耳を押さえた溝口君の目からは、涙が流れていたのです。

「残念だ。残念だよ、柴田。僕は君を軽蔑する。軽蔑だけじゃない、君に対する憎しみさえ覚える。柴田にとって、小田桐さんはどういう女性だったんだ。欲望のはけ口を求めたり弄ぶための対象ではなかっただろう。彼女は、小田桐さんは、僕たちには到底考えられないような体験をし、将来を展望できない境遇で育ちながら、なお人間としての強さと誇り、女性としての愛らしさと優しさを捨てずに、美しく生きて来た人なんだ。そんな人に柴田、お前は何ということをしたんだ」

「溝口、俺はそんなつもりで彼女を……」

「もういい。もうこれ以上柴田とは話したくない。小田桐さんに対して君は責任を取るべきだ。どう責任を取るかは、柴田自身で考えろ。僕は小田桐さんに対し、償うことのできない罪を犯してしまった」

「待ってくれ、溝口。その時の俺はどうかしてたんだ」

「柴田、君とはもう会うこともないだろう」

冷ややかな言葉を残し、溝口君は自分の支払いをすませ店を出て行きました。

独り席に残った僕は、大切な、本当に大切な友人を失ったことに淋しさと不安を感じ、ただ混乱しているだけでした。

僕と溝口君が『リバーバンク』で話し合った後、溝口君は佳菜さんと話し合っていたのです。そして自らの責任を伝える溝口君に、貴女は答えたのでした。

——溝口さんが悪いのではないわ。それに責任があるなんて言わないで。まだ受胎しているかどうか分からないのよ。溝口さん、このたびのことは誰に罪がある訳ではないのよ。むしろ、私が一番罪深いかもしれないわ。私がもっとしっかりしていれば、誰も傷付けずにすんだんだわ。だからねっ、溝口さん、自分をそんなに責めないで——

溝口君からの電話で、貴女の言葉を聞かされました。溝口君は受話器の向こうで、泣きながら僕に話していたのです。

溝口君の言葉を聞いた僕は、傲慢で身勝手な自分を思い知り、胸が苦しくなるほどの自己嫌悪に陥ったのです。

17　赤い服のお人形

一月も終わりに近付くとキャンパスは学生たちで溢れ、沈んでいた僕の気持ちも少しは明るくなったように感じました。すれ違う学生のなかにも同じ学部の顔があり、僕の生きていた日常が蘇ったようでした。

一方、決別を言い渡された日以来、溝口君と連絡を取ることもできず、また貴女とも会うこともできず悶々とした日々を過ごし、気が付けば二月も半ばになっていました。

鴨川の河川敷のベンチで、貴女と話し合ってよりすでに一ヵ月ほどが経っていました。僕の我慢も限界に達し、意を決して貴女に連絡を取ったのです。

「柴田ですが、小田桐さん」

「はい、小田桐です」

予想に反して貴女の明るい声が、受話器をとおして聞こえて来ました。貴女の明るい声を聞いた僕は、安堵感と同時に感動していたのでした。

「長いこと会えないから、僕は心配しているんだよ。佳菜さんどうしてる。元気」

「ええ、私は元気よ。どうしてそんなに心配しているの」

「いや、別に理由はないんだ」

「そう、私、毎日忙しくしているから」

「うん、忙しいのは分かっているんだ。佳菜さん、会いたいんだが都合はどうだろう」

「そうね、私も柴田さんに話したいことがあったから、ちょうどいいわ」

貴女の話したいことがあるという言葉に、僕は強い不安を抱きました。もしかして、仮定のこととして話し合った受胎のことが、現実のこととしてはっきりしたのだろうか、と思ったからでした。

「都合のいい日があったら言ってくれよ。僕は佳菜さんに合わせるから」

「そうね、じゃあ次の日曜日はどうかしら。次の日曜日午後三時ぐらいまでなら、私は空けられるわ」

「僕は何時でも空いているよ」

「じゃあ一〇時に、岡崎の平安神宮の前でどうかしら」

「佳菜さん、外は寒いから僕の下宿じゃ駄目かなあ」

「駄目じゃないけど私ね、少し歩きたいところがあるの」

「分かった。一〇時に平安神宮の前だね」

「それじゃあ柴田さん、日曜日、必ず来てねっ」

「ああ、必ず行くから」

日曜日の朝を迎えた僕の心は逸っていました。思いもしない受胎したかもしれないとの貴女の手紙を受け、そのことの処理をめぐって考え方の対立を見たまま鴨川で別れ、一ヵ月以上も貴女に会えず苛立ちだけが募っていたからです。

両親との決別後残っていた預金も減り、卒業の見通しも自立への展望も持てず、自分を見失った僕は前後の見境もなく、一時の快楽を求めた野獣のように、貴女の操を奪ってしまいましたが、その責任の重さを考えた時、言葉にならない恐怖を覚えていたのです。

僕は逡巡した思いで電話を掛けたのですが、意外と明るい貴女の声になぜか胸を撫で下ろした気持ちでした。今思い返せば、それは貴女が下した決心による意思の強さだったのです。今僕はそうだと確信しています。

僕の下宿から平安神宮までは、歩いて三〇分ほどの距離でした。僕はジーンズにジャンパー、黒いマフラーを首に巻きバッシュを履き出かけたのです。

百万遍まで来た時、僕を包み視界を遮るような粉雪が風に吹かれて舞い降りて来ました。僕は寒さに身を縮め両手をポケットに入れ、東山通を南へ下って行きました。丸太町通を東へ取り一筋目を南下すると、琵琶湖疏水が青々とした水を満面にたたえ、南から北へとゆっくりと流れて行きます。その疏水を右手に見ながら東へと折れて行きました。京都会館の裏を東に向かって歩いて行くと出店が並び、平安神宮の前には大勢の人が出入りしているのが見えて来ました。

「柴田さん」

約束の時間より二〇分ほど早く着いたので、出店の商品を見ていたのですが名前を呼ばれ振り返ると、貴女が立っていました。久々に見たせいか雰囲気が違って見えました。

黒い毛糸で編んだ帽子を深く被り、黒いシューズに長いピンクのレインコートを着て、白いマフラーを巻いた貴女が静かに立っていました。貴女の顔を見た僕は、理由もなく喜びが込み上がってきました。

「あっ、佳菜さんじゃないか、何時来ていたんだ」

「つい先ほど」

「へえ、早かったんだね。僕の方が早いと思って来たんだけど、甘かったな」

「そうでもないわ」

「佳菜さん、どうだろう体の方は。鴨川で別れてから電話で話すだけで会えなかったから、僕は心配していたんだ」

「心配しないで、もう大丈夫だから」

『もう大丈夫』貴女からその言葉を聞いた僕は、それまで体中に巻き付けられていた鎖から解き放たれたように、心からの安堵と解放感を覚えたのでした。

「佳菜さん、本当に大丈夫か」

「ええ、本当に大丈夫よ」

「本当に大丈夫なんだ。よかった、本当によかった。その言葉を聞いて、僕は本当に安心したよ。何もなかったら知らせてくれればいいのに、僕は随分心配していたんだ。でもよかったよ。これで溝口とも話ができるぞ」

「溝口さんと何があったの」

「うん、この間の佳菜さんとのことで、溝口から絶交を突き付けられたんだ。それより佳菜さん、少し肥えたか」

「そう見える」

「一ヵ月ほど見ない間に、随分感じが変わったな」

「お正月が済んで京都へ帰る時、お姉ちゃんが美味しい物をたくさん持たせてくれたのよ。それを食べて寝てばかりしていたからだわ」

「そうか、食べて寝てばかりか」

「そう、自分でも不思議」

「今日は寒いな。佳菜さん、大丈夫……」

「たくさん着込んでいるから平気よ」

「それならいいんだ。それで佳菜さん、行きたいところがあるって言ってたけど。何処」

「ええ、少し歩きたいところがあるの」

「この近くで、佳菜さんの歩きたいところってあるの」

「ええ、南禅寺の奥にある『哲学の道』を歩きたいの」

「インクラインの建設時に作られた、赤レンガ造りの水路橋だろ」

「ええ。それと今日は、柴田さんにぜひ聞いてもらいたいこともあるの」

「佳菜さんに改まって言われると、何か怖いなっ」

「どうして怖いの、私は何も特別なことを話すつもりはないわよ」

「佳菜さんに改まって話されると、戸惑うという意味で言ったんだよ。それと　大丈夫って、聞いたから言う訳じゃないんだけど、鴨川では悪かったね。思いもしなかったから、どう言っていいか分からなかったんだよ。後悔の念に駆られて」

「今更、改まって言わないで。もう済んだことだわ」

「それは分っているんだ。けど佳菜さんに僕の気持ちを知ってもらいたくって」

貴女はそれ以上言葉もなく、静かに僕を見つめていました。僕を見つめる貴女の黒い瞳が、何か深い思いに愁えているように感じたのです。

貴女と鴨川で言い争ってから初めて顔を会わせた僕は、恥ずかしさと同時に後ろめたさに似たものを感じていたのです。それは溝口君の言った『合意の上か』という言葉が、古傷のように僕の心に残っていたからでした。

今、貴女の何時になく訴えるような瞳に秘められた愁いは、僕を沈痛な淵へ引き込み予測できない恐怖へと変わって行ったのでした。

「毎日寒い日が続くと、朝の配達大変ね」

貴女は小さく、静かに問いかけました。

「その配達のことだけど、事情があって正月を以って辞めたんだよ」

「えっ、辞めたの。どうして……」

「その代わり、別のバイトに行っているんだ。親父の友だちのところでのバイトなんだ」

思いも寄らなかった貴女の問いかけに僕は言葉が詰まり、言い訳にも似たことを話していたのです。僕の言葉を聞いた貴女は、本当に冷ややかな表情になっていました。

「……」

沈黙が続きました。僕はこの時、額に汗を滲ませていたのです。

僕たちは神宮道の南に建つ赤い大鳥居に向かって、交わす言葉もなく歩きました。横を静かに歩く貴女の顔はほんの少し下を向き、物思いに耽るように目を細め足元を見ながら歩いていました。僕はそんな貴女に言葉をかけることもできず、ただ貴女の歩調に合わせて静かに歩くしかありませんでした。

粉雪が静かに音もなく、僕たちを取り囲んで降りて来ます。

広い道に緑が広がるここ岡崎一帯は、建物も低く歩く者には開放的な世界を醸し出していました。疎水が流れる橋を渡り、仁王門道を疎水の横の遊歩道を行き、動物園の裏を過ぎると南禅寺に続く参道に出ました。

参道に入ると松の木に挟まれた道の奥に中門が見え、門を潜ると左手が松林でその奥には石川五衛門で有名な三門、そして法堂、清涼殿、

書院と続きその後ろには獨秀峰（しょくしゅうほう）が、比叡山を見上げるように聳え立っていたのです。

混沌とした黒銀の上空。この広大な宇宙を白い網で包むように、永遠に不変であろう粉雪が舞っていたのです。

何と静かで、厳かなのでしょう。僕は心が洗われる思いで、粉雪を快く顔に受け歩いていたのです。清涼殿まで行くと右手に赤レンガで造られた半円アーチの、水路閣が見えて来ました。

僕たちはそのアーチを潜り、貴女の手を引き水路閣の上に登りました。橋の上に行くと両端が歩道になり、なかほどの溝に琵琶湖から引かれた水が流れていました。

この疎水端の道は東山通から銀閣寺道まで続いていて、これが『哲学の道』と呼ばれている道でした。東山通に向かって歩いていると、粉雪の舞う木々の間より見渡す京都の街は屋根が白く広がり、僕は祇園の舞妓の白粉を思い浮かべたのでした。

「柴田さん、今日は私の話を最後まで聞いて欲しいの。その上で、改めて柴田さんと話し合いたいことがあるの」

「何だよ、改まって」

「お願いだから、今日は私の話を最後まで聞いて」

「分かった。兎に角、佳菜さんの話を最後まで聞くよ」

僕はレンガが敷かれた歩きやすい道に貴女を導き、所々凸凹のある土の上を歩きながら貴女の話に応えていました。左には山肌が、そして右手には木々が高く立ち並んでいて風が遮られた道には、静かにゆっくりと綿毛のように粉雪が舞い降りていました。一瞬の静寂を感じながら、僕は貴女の言葉を心して待ったのです。

「実はねえ柴田さん、私は小田桐家の養女なの。私には実の兄と姉がいて、父は私が生まれて二歳の時に病気で亡くなったの。父が亡くなった後仕事のなかった母は、私たちを連れ父の親戚を頼って、三年くらい転々としたの。けど親戚の生活も貧しく、私たちを受け入れるだけの余裕もない親戚ばかりで、母は居辛かったのか良く私たちを叱っていた。

そんな生活に疲れた母は、父の実家の近くにある孤児院に私たちを預けるために話に行ったの。今にして思えば母にしても私たち三人を連れていては働くこともできず、そのままでは四人とも生きて行けないと考えたの。母が孤児院に行き事情を話して『子どもだけでも預かって欲しい』と頼むと、そこの院長先生が優しい人で私たちを受け入れると同時に、母を寮母として雇ってくれたの。勿論食べるだけでお給金などごく僅かだったでしょう。でも母は喜んでその仕事をさせてもらうべくお願いし、どういう状況であろうと親戚を頼ることなく、親子が一緒に暮らせるようになったの。私はその時五歳になっていた。白いエプロンに白い布を頭に巻き、食事を作って配って行く母が私の顔を見ては微笑むの。私はそんな母が自慢で嬉しかった。けど何時見ても母は懸命に働いていた。孤児院で母と一緒に過ごした歳月、母と遊んだ記憶がないの。母は部屋の拭き掃除やトイレの掃除、子どもたちの服やズボンの縫い物、下着や服、シーツの洗濯をしては、庭で太陽に照らされて洗濯物を干したり、荷物を運んでいたり休むこともなく働いていた。私は今も母の眩しい後姿を思い出すの。そんな私たち親子を孤児院の皆は、特別な存在として見ていたようだった。父の親戚の家の人たちに気遣い顔色を見て、生活をしていたころに比べとても幸せだった。そんな孤児院での生活が長い時間続いたように、そのころの幼い私は感じていた。ところがある日、突然母の姿が孤児院から消えてしまった。私は懸命に母の姿を求めて捜した。調理場、洗面所、物干場、トイレ、何処を捜しても母の姿はなかった。私は子ども心に不思議に思った。けど、また何日かすれば元気な母の姿に会えると、信じて疑わなかった。ところが何時まで経っても母は孤児院に帰って来ない。私はある時お兄ちゃんに、『どうしてお母ちゃんは帰って来ないの』って尋ねたの。するとお兄ちゃんは私の頭を撫で、『もうお母ちゃんはここへは帰って来ないよ。大きくなったら必ずお兄ちゃんがお母ちゃんを捜すから、その時は三人で会いに行こうな』って。お兄ちゃんの話を聞いた私は大声で『お母ちゃんは何処へ行ったの』って、お兄ちゃんにすがって泣きながら叫んだ。その日の夜、三つ上の姉と抱き合って眠った。母がいなくなって寂しかった私は次の日も、またその次の日も姉と抱き合って寝たの。毎日、毎日、姉と二人で小さな布団を並べ小さな声で母のことを話すの、『どうしてお母ちゃんは私を置いて出て行ったの』って。ある日お兄ちゃんが私たちを呼んで、母がいなくなった理由を話した。何時も、何時も、孤児院の皆はお腹を空かせていた。勿論私たち姉妹もそうだった。ある日夕食の配膳が終わった後、バケツに余った小さなジャガ芋の蒸したのを、お母ちゃんは誰にも見つからないようにお兄ちゃんとお姉ちゃんに持たせた。ところがそれを見ていた人がいて、院長先生の耳に入ったの。当然院長先生は母を呼んで、それが事実かどうか確めたの。母は事実だと認めて、孤児院を辞めることになった。そのことをお兄ちゃんに聞かされた日、私とお姉ちゃんは院長先生を訪ね、泣きながら母を許して欲しいとお願いしたの。すると院長先生は物入れからお人形さんを二つ取り出し『このお人形さんは貴女たちのお母さんが二人に渡してくださいって、置いて行かれたお人形さんですよ。今日はこのお人形さんを抱いて寝なさい』と言って、私たち二人にお人形をくれたの。その日以来、私とお姉ちゃんは片時もそのお人形を放さず抱いていた。そして私が九歳の時、今の小田桐の両親に養女としてもらわれたの。その時の私が持っていたのは、赤い服を着たお人形だけだったの。私が小田桐の義母に手を引かれて孤児院を出る時、門の前に立っていたお姉ちゃんは私と同じお人形を抱き、悲しそうな目でじっと私を見送っていた。私は義母に手を引かれ涙を流しながら、何度となく振り返って『お姉ちゃん！』と呼んだ。お姉ちゃんも泣きながら『佳菜！』と、私の名前を呼び続けていた。私はその日のことを決して忘れない」

少し前を歩きながら静かに話す貴女の後ろ姿に、僕は言葉もなくただ胸の痛みに息苦しさを感じながら聞いていました。正直貴女の話は、僕には信じがたいものでした。

——佳菜さん、君は幼少のころからそんな悲惨な体験をして来たのか——

僕は貴女の話を聞きながら、心のなかで叫んでいました。

「ところが、もらわれた小田桐の家には私より年上の義兄が四人もいて、私は毎日買い物や義兄たちの汚れ物の洗濯などをさせられたの。小田桐の義母は病弱で入退院を繰り返し、子どもの世話ができなかった。それで私がもらわれたのだわ。けど、それだけではなかったの。小田桐の家で、私は義兄たちに苛められた。もらわれっ子、親無っ子、孤児院の子と。何かあれば何時もそう言われた。そんな私への苛めは、小田桐の家のなかだけではすまなかった。学校のなかでも道を歩いていても買い物先でも、孤児院でもらわれて来た子、親のない子。と囁かれ敬遠され、子ども心に本当に悔しかった。けど孤児院で汗を流し働いていた母の姿を思い、辛く苦しい時も私は頑張ったの。私は絶対この義兄たちや苛めた人たちに負けない。だから中学校を卒業したら家を出て独立するんだと、小さい胸で誓い続けた。そんな私のことを友だちとして、手を差し伸べてくれたのが弘子と典子だったの。そんな辛い毎日のなかで唯一心の救いは、小田桐の祖母だった。祖母は私を見ては何時も『佳菜ちゃん、佳菜ちゃん』と言って、お菓子をくれたり励ましてくれたりとても優しくしてくれ、本当に嬉しかった。祖母のためなら力を惜しまなかった。しかし、それも長くは続かなかった。私が中学一年生の時に小田桐の祖母が亡くなったの。その時は本当に寂しかった。その後中学校を卒業し私は小田桐の家を出、病院で働きながら定時制の高校を卒業した。とても忙しくて何時も疲れていたけど、看護学校に入るんだという希望を持つことで、辛い生活を乗り切ることができたの。看護学校に入るため少ないお給料のなかから、一生懸命お金を貯めたわ。そんな時五歳上の兄が私を訪ねて来たの。兄は一五歳まで孤児院にいて、その後社会に出たんだけど孤児院で育ったという理由だけで、仕事場で冷たくされたらしくいろいろな仕事に就いたけれど長続きせず、すさんだ暮らしをしていた。私の職場に度々訪ねて来てはお金を持って行くの。私も食べるのがやっとの生活だったから、何度となく訪れる兄にいい加減にするよう叱ったわ、でも兄は私の言葉を聞き入れず私は仕方なく仕事場を何度か替ったの。そんな兄も、三年前の暮れに大怪我をして病院に運ばれたけど死んでしまった。おそらくトラブルの上の怪我でしょう。そして私は定時制の高校を卒業して、この京都の看護学校に来たの。私が何故、京都の看護学校を選んだのか。弘子はいろいろ言っていたけど、誰もその理由は知らない。お兄ちゃんが生きている時、私に言ったことがあるの。『お母ちゃんを京都で見た人がいる』と……。私はそのお兄ちゃんの言葉に、引き寄せられるようにして京都に来たのよ。六歳の時に別れた母と、運がよかったら京都の街角で出会えるかもしれない。母が恋しい、母に会いたい。京都に来た私は虚ろな母の面影を強く胸に滾(たぎ)らせて、京都の街を探して歩いた。けど、母に会うことはできなかった。私は、母が歩いていた古都京都の地で、私も暮らし歩いたことで私は心のなかに母を宿した。思い返せば小田桐の家で養女として育った日々、子どもの私にとって辛く悲しいことの連続だった。誰に話したとしても信じてもらえないけれど、小さな胸で幾度死のうと思ったことか。でも、今死ねば母に会えない、姉や兄にも会うことができない。母と出会い、姉と兄と私の四人で話せる日が来るまで、強い気持ちで頑張って生きよう。そう自分に言い聞かせて辛い毎日を耐えて来た。柴田さん、貴方と鴨川で出会ったのは京都に来て三年目だったの。これからは自由に生きて行ける。そんな思いで、桜の花を見ながら心を和ませていたの」

「そうだったのか。佳菜さんの話を聞いて僕は体が震えて来たよ」

「柴田さん、お願い。もう少し、私の話を聞いて」

僕が言葉を掛けると、貴女は振り向き哀願するような目で言ったのです。僕は貴女の話を最後まで聞くことを約束しながら、僕の人生から見れば想像を絶するような貴女の生い立ちを聞かされ、身震いし無言でいることができなかったのです。

僕は腕を胸の前で組み、震える体を締めていたのです。体の震えを止めなければ、それ以上貴女の話を聞き続けることができなかったのです。と同時に、自立という自身の課題を大層に受け止めて来た自分が、恥ずかしく思えて来たのです。

「ああ、すまない佳菜さん。話を続けて」

「去年の春、私は柴田さんと鴨川で偶然にも出会い、付き合って行くなかで柴田さんの感性に憧れにも似たものを感じたの。そんな感情は、今までの私のなかにはなかったものだった。そして柴田さんのお母さんとお話した後、心を貧しくしていた私は、柴田さんから人間としての優しさと心遣いを受け、体が震えるほどの感激を覚えたの。生きていて柴田さんと巡り会えたことに喜び、心からの幸せを噛み締めていたのよ。私のこの気持ちは、決して偽りではなかった」

「その佳菜さんの気持ち、僕にも十分伝わっていたよ」

「柴田さん、正しいことを正しいと主張することも、不正義を見過ごさず不正義として立ち向かうことも、自分にはできないこと嫌なことをうやむやにせず、はっきり断ることも、信じた道を切り開くため進んで困難に立ち向かうことも、すべて勇気が必要だと私は思っているわ。だから柴田さんにも曖昧にせず、正直に私の気持ちを伝えようと思っているの」

「その佳菜さん気持ちを、ぜひ聞かせてくれよ」

「私は随分貧しいなかで、いつも自分独りで考え、分からずとも進んで来た。確かに柴田さんの家庭環境を聞かされ羨ましく思った私は、柴田さんに憧れに似たものを感じたのは、さっきも言ったとおりよ。柴田さんは私にとって眩しい存在だった。だから何とか理解し合いたい。信じ合い認め合いたい。同じ次元でのものを共有していたいと思って来たのは、私の偽らざる気持ちだった。下宿で体を求められた時必死で抵抗したけど、私の心の何処かで柴田さんを受け入れていたのかも知れない。その後、私はいろいろと考えた。私は柴田さんが好きよ。けど、私と柴田さんの考えには余りにも隔たりがある。それは何時も柴田さんから、真実を聞くことのできないもどかしさ。柴田さんのお友だちから聞かされる話と、柴田さんの話が違うことへの苛立ちと虚しさ。やはり私も女性よ、柴田さんの下宿で柴田さんと弘子が唇を重ねたこと、Kホテルで昼食を取り鴨川の土手で腕を組んで歩いたこと。そんな話を皮肉にも柴田さん、当の弘子から聞かされたのよ。しかも、それがどちらも柴田さんから求めたことだと、弘子は嬉しそうに私に言って聞かせたわ。

たとえ間違いだったとしても、聞かされた私は居たたまれなかった。貴方の下宿で弘子と関わったことを尋ねた時も、正直な答えをもらえなかった。柴田さん貴方、私以外にも付き合う対象として弘子という女性がいることを、石村さんに言っていたでしょう。そのことも弘子は自慢気に話し『もうじき柴田さんは私を選ぶはずよ』と私に言った。私は本当に寂しかった。そんな思いを何度となく感じて来たの。でもそれは私たちお互いの歩み寄りと労わり合うことで、乗り越えることができると信じていた。けど、下宿で二度目の出来事の後鴨川のベンチで話し合った時、柴田さんの生きて行く上での認識と命の重さに対する考え方が、私との間にあれほどの隔たりがあるとは、思いもしないことだった。鴨川で話してから一ヵ月、貴方は毎日のように寮へ電話をして来た。私は柴田さんから受胎への処理を迫る言葉を聞く度、虚しさと孤立感を深めて行ったわ。誰に相談することもできず、哀しさのあまり眠れない夜もあった。後悔してもはじまらないと分かっていても、貴方からの電話を受け、毎日、毎日、私は泣き続けた。本当に辛い思いでこの一ヵ月を過した」

僕は淡々と話す貴女の言葉に、愕然としました。

——俺は何という馬鹿だったんだ。当の沢田さんから佳菜さんが聞かされていたことも知らないで、その場しのぎの言い逃れで切り抜けたと思い込み、有頂天になっていた。何という愚か者なんだ——

「柴田さん、私はこれまでどんなに辛くとも貧しく苦しくとも、目の前のことに真直ぐに立ち向かい、自分に偽らずに暮らして来たわ。柴田さんに対しても正直に懸命に、お付き合いをして来たつもりよ。でもこれまでのことを考えると、柴田さんを信じ切ることができないの。これ以上、このような気持ちを持ちながら付き合って行けば、結局お互いを不幸にするだけだと思うの。今日柴田さんに私の生い立ちを話したのは、そのことを理解してもらおうと思ったからよ。柴田さん、貴方は私とは違い素晴らしい一面を持っているわ。貴方はその素晴らしい個性ゆえ、想像や感性の世界と現実の生活とを、取り違えているように思うの。それが私と柴田さんとの基本的な考え方の違いだと、私は気付いたの。

貴方は自立を目指して懸命に進もうとする一方、お母さんからの仕送りで自転車やカセットラジオを買っていた。そんな柴田さんの境遇を、弘子は自慢するように私に話して聞かせた。自立を目指して私と話し誓い合っていた柴田さんを、どのように考えればいいのか分からなくなって行ったの。そして新聞配達を辞めたことにも」

「佳菜さん」

「柴田さん、私は貴方が好きよ。でも、これ以上貴方とのお付き合いを、こんな気持ちで続けることは到底できないと結論を出したの」

「石村、溝口。あいつらが僕のことで何を言ったんだ。沢田さんもそうだ。くそっ」

「柴田さん、石村さんや溝口さんをそんなふうに言うのは止めて。弘子や石村さんたちには罪はないわ。すべて柴田さん自身から出たことではないのかしら。他人に目を向けるより、まず柴田さんのこれまでの言動に主眼を置くべきだと、私は思うわ。やはりこれ以上お付き合いすることは、私にはできないわ」

「まっ、待ってくれ佳菜さん。石村たちのことは佳菜さんの言うとおりだ。僕も自分のこれまでを振り返り、改めるべきは改めるよ。ただ、このまま君と別れることは、今の僕にはできない。佳菜さん、頼むから僕の話しも聞いて欲しいんだ」

僕は、貴女が僕から去って行くことを現実のこととして悟った時、心の底から恐怖を覚えたのでした。

道はただ眼下に水が流れ、白銀の世界はとても静かでした。純白に降り戦ぐ粉雪が静かにゆっくりと落ちて来る。僕たちが進めば粉雪が流れる。

貴女は白いマフラーを首に巻き、少し前を歩いている。山道の静けさのなか、僕たちの話す声が小さく反響していました。

「柴田さん、当然貴方の話も聞くつもりよ」

「僕は確かに佳菜さんの言うとおり、まだまだ世のなかを甘く考えているかも知れない。けど佳菜さんと知り合い付き合って行くうちに、自分の人生にとって何が大事なのかを僕なりに考え、佳菜さんから見れば初歩的な段階かも知れないが、自身の自立を考え懸命に努力して来たじゃないか。だからこそ両親とも決別し、佳菜さんのなかへ飛び込んだんじゃないか。それなのに付き合いを止めると言うのは、僕には納得できないよ」

「柴田さん、思い違いをしないで。柴田さんにとって私は他人よ。その他人のなかに、いえ、他人の人生のなかに自分の人生を見出だそうとするなんて、私には到底理解できないわ。仮に柴田さんの言っていることを認めたとするなら、柴田さんの人生を決定するのは一体誰だというの。貴方以外の人間に、貴方の人生を決めてもらおうとでも言うの。そんな理屈到底私には理解できないし、まして認めるなどとんでもないことだわ」

「佳菜さん、僕の言ったのは僕の人生の決定を、佳菜さんの人生のなかに位置付けようとして言ったんじゃないんだ。僕が言おうとしたのは、誰しもが乗り越えなければならない道を、佳菜さんに気づかせてもらった僕が懸命に歩み出した時、佳菜さんから付き合いを断られたら僕の歩むべき目標が、無意味なものになると言うことで言ったんだ。そうだろう佳菜さん、僕にとっては当然じゃないか」

「何故、何故、どうして。言って、どうして当然なの」

「佳菜さん……。僕は君を愛してるからだ」

僕の言葉に貴女は立ち止まりしばらく目を閉じ、そして呟くように話し出したのです。

「思い返せば、私はいろいろな失敗を繰り返して来た。けど私は他人に頼ることなく、苦しくとも辛くとも独りで歩いて来た。否、私にはそうするより他に道はなかった。独りで頑張って生きて行くという信念が、たとえその道が人の気付かない暗くて細い道であったとしても、失敗を繰り返しながらも大きな過ちを犯すことなく、今日まで私を歩ませてくれた。この私の信念は、私の命が果てるまで私の胸から消えることはないわ」

「佳菜さん」

「柴田さん、貴方の青春には輝く色彩があるわ、私の青春は地味で灰色よ。色彩なんて何処にもない」

「何を馬鹿なことを言ってるんだ。僕の青春こそ空っぽで灰色だ。僕から見れば、佳菜さんの青春こそ輝いているじゃないか。色彩を放っているじゃないか。だからこそ僕は君に愛を抱いたんだ」

「私の青春……。色彩……。私の青春など、まして色彩など何処にもないわ。日陰で育った、いじけた娘だわ」

「佳菜さん、僕を信じて欲しいんだ。佳菜さんの信念のなかで生きている僕になるため、佳菜さん独りの女性を見つめて僕は自立を達成して見せるよ。その上でなお佳菜さんに付き合いを断られたら、僕は佳菜さんの言葉を素直に受け入れるよ。確かに佳菜さんの言うとおりだ。他人の人生のなかに自身の人生など、意義付けられる訳がないのは当然のことだ。たとえどのような人生を歩もうと、それは自分が選んだ道でしかないんだ。佳菜さんありがとう。佳菜さんの言葉で、僕は今まで以上に頑張れそうだよ」

「私の思い、分かってくれたの」

「ああ、どんな困難も乗り越えられそうだよ。勇気が湧いて来たよ」

「私、偉そうなことを言って、ごめんなさい……」

「いいんだよ、佳菜さんの心も分からずにいた僕の方こそ謝るべきだよ。それより辛かった佳菜さんの過去を、よく僕なんかに話してくれたよ。僕は嬉しいよ」

「うっー」

僕の言葉を聞いた貴女は顔を押さえ、その場にしゃがんで嗚咽したのでした。僕は心から貴女を愛しく思い、衝動的に肩を抱えて抱き起こしました。

「佳菜さん、結婚しよう。二人で頑張れば何とかなる。佳菜さん、結婚しよう」

「そんなこと駄目よ。こんな不安な気持ちで結婚なんてできないわ」

「今すぐの話しではないんだ。僕の歩んでいる人生が本当に佳菜さんの眼鏡に叶った時でいいんだ。僕は必ず佳菜さんの要望に応えられる人間になる。それまで待っていて欲しいんだ」

「……」

僕は懸命に、貴女に訴えたつもりでした。緩やかに静かに降りて来る粉雪が、僕の顔の上で水滴に変化し流れて行くのを感じながら、結婚への思いは熱く大きくなって行きました。僕は貴女の腕を取り強く抱き、唇を重ねたのです。貴女は抵抗もなく体を委ねたのでした。閉じられた貴女の瞳から、線を引きながら流れて行く涙。

——佳菜さん、行かないでくれ。佳菜さん——

僕は心のなかで強く叫んでいました。僕はどんなことがあっても貴女を放したくはなかった。このまま永遠の時が過ぎればいいと、願っていました。長い時間が過ぎたように感じていました。そして貴女の体が僕から離れるのを、意識したのです。

僕は貴女の肩を組み、木々のなかをゆっくりと歩きました。貴女は下を向きながら涙していました。

「佳菜さん、今この場で承諾をしてくれとは言わない。佳菜さんが納得した時でいいから、僕と結婚することを考えて欲しいんだ」

僕の言葉に貴女は下を向いたまま、首を振って頷いてくれたのでした。僕は貴女が僕の言葉に納得し応じてくれたのだと、不安と同時に胸に小さな灯を点していたのでした。

佳菜さん、それも僕の独りよがりだったのでしょうか。

哲学の道で、貴女と話した日から二ケ月が過ぎていました。その間僕は貴女に会いたい思いが募り、何度となく病院の寮へ電話を入れたのですが、貴女は電話には出て来ませんでした。僕はこの時期貴女の僕に対する対応がどれほど冷酷であろうと、貴女の意思に叶う自身を確立するための決意は揺るぎませんでした。そしてその僕の決意を実家の母に伝え、貴女への手紙を書いたのです。

小田桐佳菜様

佳菜さん、お元気でしょうか。佳菜さんと

会っていない月日がこれほど長いのに、僕の心のなかに何の不安も起ってこないのがとても不思議なのです。佳菜さんと知り合ってより、もう一年が過ぎました。思い返せば実に夢のような一年でした。大原や京都御苑、またハイキングやコンパなどで貴女と共有した時間は、実に楽しく本当に有意義なものでした。と同時に、僕にとってはとても、とても苦しい一年でもあったのです。

佳菜さん、僕は貴女に会えずにいたこの二ヵ月の間、随分多くのことを学びました。他人へのいたわりや命の尊さ、また周りの人を大切に思うなかでこそ自分の幸せもあるということを、わがままで育った今までの僕は理解していなかったのです。僕はそんな自分を蔑みました。自分を形成しているすべての皮膚を剝ぎ取ることで、新しい自分に生まれ変われるものなら全身の皮膚を剝いでしまいたいと、何度思ったことか。

佳菜さん、僕はもう迷いません。自分に向けられる刃に恐れを抱いたとしても、けっして逃げることはありません。佳菜さんと哲学の道で話し合った後、新聞配達も復活し、週に三回ですが学生課紹介のアルバイトに行っています。

佳菜さん、貴女が言っていた自立とは、自身の社会生活をするべき責任を、自身が果たしているのかどうかだということが、やっと僕にも理解ができたのです。今、貴女と真正面から向き合える確信ができたからこそ、貴女との時間的な隔たりがどれほどあろうとも、苦にはならないのです。

佳菜さん、おめでとう。看護婦として、大学病院に勤められることになったと北岡さんから聞きました。今まで以上に、看護婦としての本格的な勉強が欠かせないよね。当然夜勤もあるんでしょう。ますます忙しくなりますね。貴女は頑張り屋さんですから、あまり無理をしないようにしてください。

僕も頑張ります。佳菜さんも頑張ってください。佳菜さん、貴女の心のなかで僕を思い出されたら連絡をください。

何時までも、何時までも、僕は、待っています。

五月　七日

柴田隆一

僕は哲学の道以来、新聞配達のアルバイトもやり直し、この春より二部への編入を済ませてある出版社の試験を受け、二次試験の面接通知を受け取ったのでした。

そんな僕に貴女から一通の手紙が届いたのは、五月に入り一週間ほどが過ぎたころでした。

投函された貴女の手紙を見つけた僕は、疑いませんでした。貴女が僕を受け入れてくれたのだと……。

佳菜さん貴女は、僕の青春には輝く色彩があると言った。今、僕は断言する。佳菜さん、貴女の生き様のなかにこそ光り輝く人間の色彩があるんだ。命の色彩があるんだ。

も、もしかして……。佳菜さん、そうなんですか。平安神宮で『もう大丈夫』と言ったのは……。そして手紙に書かれていた貴女の言う、新しい命を守るとは！

と、すれば佳菜さん、貴女に伝えたいことがあるのです。本当に伝えたいことが……。

佳菜さん、今の僕は喜んでその新しい道を、貴女と一緒に歩むことができるのです。

僕は今、細い繭の糸のような雨が降るなかを、貴女から届けられた手紙をジャケットの内ポケットに入れ、涙して歩いています。佳菜さん、貴女は今何処にいるのです。

教えてください。佳菜さん……。

18　別れの手紙

柴田隆一様

――さようなら、さようなら――

貴方に送るこの言葉ために、私は幾日悩み考えたことでしょう。

柴田さん、決して怒らずに、最後までこの手紙を読んでいただきたいのです。

柴田さん、私は今、机に向かってこの手紙を書いています。窓に目をやれば、薄桃色の花みずきの咲いているのが見えています。私がこの木のような存在なら、どれほど心が和むでしょう。安らぎを覚えるでしょう。たとえ厳寒の雪にまみれて姿を隠そうと、その重さに枝が折れようと、春の来る日を堪えて待てばいいのですから……。

女性にとって、男性の方からプロポーズをされることは、どれほど賛美の言葉を聞くより嬉しいはずなのに、貴方から結婚の申し入れを受けた私は、毎日悩み苦しんでいたのです。思えば、哲学の道での私は、結婚への憧れだけで前向きに考えることをお約束しました。しかし柴田さん、貴方とのこれまでのことを考えるとどうしようもない混乱に陥るのです。どうしてこんなに苦しみ、悩まなければならないのでしょうか……。

――さようなら、柴田さん――

貴方に伝えるべき言葉が他に見つからないのです。私にとって貴方の存在とは、どのようなものだったのでしょう。

――心から認め合いたい。次会えば、心から受け入れよう――

柴田さん、これは貴方のことを考えて、幾度となく私のなかで繰り返して来た言葉でした。しかし、貴方と別れ独りになると何時も空しさだけが心に残り、冷たい部屋に帰って来るのです。私のこの気持ちは貴方も分かっていたでしょう。何故なら、心の隙間が埋められないことへの焦りにも似た貴方の気持ちを、私も知っていたから……。

体を求め合うことでその隙間が埋められると、貴方は考えられたのでしょうか。それとも、欲望を満たすだけの行為だったのでしょうか。思い返せば、そのころの私はどう仕様もなく貴方に好意を寄せていたのです。

貴方の下宿であのようなことになるまでは、まだ貴方に対する思いが私のなかにあったのです。私が働けば、何がしかの援助ができる。私はこのことにこだわって、溝口さんに相談をしたのです。それが貴方の誤解を生むことになったのは、私はともかくさぞ溝口さんは残念だったでしょう。鴨川のベンチで貴方と話した数日後、溝口さんから私の寮へ電話があったのです。溝口さんは、『柴田が大学を辞めると言っている。柴田のところへ行って欲しい』と私に頼んだため、貴方の下宿であのようなことになり私を傷付けたと、心から苦しまれていました。その溝口さんの言葉を聞いた時、私の心は清く洗われたように感じたのです。

そして石村さんともお話しました。石村さんのひたむきな貴方への友情は、貴方にとって得難いものだと感じました。柴田さん、貴方はもっと誠実に、謙虚に、石村さんを本当の友人として受け入れるべきではないでしょうか。

お二人とお話をしたのは二月半ばのころでした。私と話した溝口さんと石村さんのお二人は、私の貴方に対する決別の意志を知り、懸命に貴方をかばっておられました。そんなお二人の言葉に、もう一度貴方とのことを考え直そうと思い平安神宮に出向いたのです。何故なら柴田さん、貴方の、苦しみながらも自立しようとする前向きな姿が、横で見ている私にも伝わって来ていたからです。

それと、貴方が私と付き合ったことが原因で『学業をおろそかにしている』と、貴方のお母さんから言われたことに私なりに責任があるように感じていたからです。しかし柴田さん、貴方の人間としての生きて行く上での根本的な考えを知り、到底貴方を受け入れることができないと気付いたのです。

平安神宮で貴方と会い哲学の道へ向かう途中、貴方から新聞配達を辞めたと聞かされた時、その決心は私のなかで揺るぎないものになって行きました。

それは、貴方が目の前にある課題を達成するために、貴方自身が立てた配達という手段を簡単に見捨て、お父さんのお友だちのところでのアルバイトだとして、結局安易な道を選んでしまった。善悪ではなく貴方のその意識が、受け入れられないことだったのです。

柴田さん、貴方の感性の繊細さ想像力の豊かさは周囲も認めているように、私も感心し期待もしていました。しかし、それが現実の生活のなかでは認められない場合も、また多くあるのです。世の人々から注目をされなくてもいい、周りから羨望を集めなくてもいい、私は正直に誠実に貴方と向き合いたかったのです。

柴田さん、私は『哲学の道』で貴方と話し合って以来、貴方の度重なる寮への電話に申し訳なく思いながらも一切応じませんでした。『自分の選択した道が、本当に正しかったのだろうか』と悩み混乱の余り、自分を冷却する時間が欲しかったからです。

その間にも、看護学生として三年間一緒に過ごした北岡さんを初め、同僚のほとんどが寮より巣立って行き、大学病院に残るのは私を含め数人でした。

私はまだ多くを、この病院で学びたいと願っていました。

病院に残るための試験も受け、手続きも済ませていました。しかし私が病院に居続けることは、結局貴方の自立を妨げることになると気付いたのです。それと貴方には関係のないことですが、ここを去らなければならないもう一つの理由があるのです。それは新しい命を守らなければならない責任があるからです。

柴田さんもうこれ以上、お互い傷付け合うことは止めるべきです。でなければ憎しみ合わねばなりません。だからと言って貴方と共有した私のこの青春を、決して後悔している訳ではありません。もし、もう一度私に青春の時間が与えられたとして、別の青春を歩んで満足するとは思えないからです。

柴田さん、今私は晴れ晴れとした気持ちで、この手紙を書いています。何故なら私には、新しく命を懸けて歩むべき道が出現したからです。

柴田さん、もう私には青春という言葉はいらないのです。もう恋人と呼ぶことも、呼ばれることにも、喜びや意義を感じないからです。

――さようなら、柴田さん――

私は、私の信じた道を行きます。そしてその信じた道がどのように遠い道程であろうと、予想もしない苦境を伴う道であったとしても、たとえその道すがら命が絶えたとしても、私は偽ることのない頼ることのない人生を歩んで行きたいのです。年老いて自身の人生を振り返った時、偽らなかったことに幸せを感じ頼らなかったことに満足を実感する、そんな平易な人間を全うしたいのです。

柴田さん、私が貴方の求めに応えられなかったのは、どうしようもないことだったのです。この手紙が貴方の手元に届くころ、私は新しい自分を探して三年間お世話になったこの部屋から旅立っているでしょう。思い出が一杯詰まっている赤い服を着せたお人形を抱え、一つのショルダーバックにすべての物を入れて……。

ただ、私が入る前、この部屋に住んでおられた方からいただいた、柴田さんと初めて鴨川で出会った時、私が持っていたあのカセットラジオはこの部屋に残して行きます。

そのカセットラジオに【ブーベの恋人】のテープを入れ、その曲に送られて私は新しい旅立ちをしたいからです。

柴田さん、隆一さん……、お元気で、さようなら

小田桐佳菜

〔完〕

あとがき

本書「青春の色彩」は二〇一四年より年二回、日本民主主義文学会京都支部の支部誌「京都民主文学」に一七回に渡って発表したものを、出版に際し整理したものです。

当初は最終章を、一八章「別れの手紙」として独立させていたのですが、「京都民主文学」は半年に一度の発行ですので出版への時期を考え、一七章に「別れの手紙」を含め完結としました。

本書では、当初のスタイルに戻って一八章を独立させ最終章として発表することにしました。

また、私にとっては当然のことですが、作品の整理にあたっては文の削除、補充、整理など多少手を入れたことを、この場にてお断りしておきます。

本書のテーマは『命の尊厳』と、『女性の平和的で母性的な優しい心と、苦難に立ち向かう意思の強さ』です。主人公は京都R大学在学生柴田隆一の恋人で、大学病院内の高等看護学校の学生、小田桐佳菜（仮名）という実在の女性です。

彼女は私の配偶者の友人で私が二三歳のころに出会ったのですが、早いものでもう半世紀が経過しています。

そして彼女の生い立ちを知ったのが、友人として知り合ってから三〇年が経ったころでした。何時も静かで物事を前向きにとらえ、シングルで懸命に子どもを育てておられました。彼女の生い立ちを私の配偶者から聞かされた時、どうしても作品化したいと思いそのことを彼女に伝えました。しかし私の話を聞いた彼女は、はじめは拒んでおられました。話してより一年が経ったころ、ぜひにと了承をいただきました。

それから二〇年が経ちました。ここで言い訳をするつもりはありませんが何もできないでいる私に、年月の流れが鞭のように私の意思を打つ、と感じる日々を過ごしてきました。勿論、私の才能の無さは言うまでもありませんが、不十分と感じながらも、ようやく形としてまとめることができました。これも日本民主主義文学会京都支部の三野真樹子さんをはじめ支部員の方々、若かりしころに出会い大きな影響を受けた、京都R大学部落問題研究会に所属していた仲間の協力や励ましがあったればこそと、幸運を噛みしめています。

本作品の時代背景は一九六八年ごろの設定です。希望と混迷が混在した時代に、多くの若者が将来への不安や生活苦を抱えながら、小田桐佳菜がたどったように失敗や過ちを繰り返し、失望や孤独を乗り越え懸命に生きていました。そんな若者たちの姿を思い出し一つの意思として残したく、創作と向き合ってきました。

また、私事で大変恐縮ではありますが、二〇二三年三月一九日、二五年来の友人であった松井活氏（享年六九才）が、鬼籍へと旅立たれました。

松井活氏とは処女作「西からの夜明け」連載時以来、部落問題研究所の文芸部会の部員として、また日本民主主義文学会の会員として親交を深めていました。数年前、文芸部会が終わった後でのことでした。京都駅の近くでお酒を飲みながら死生観について話し合い、『松井さんは僕より若いんだから、僕より先に死なないでよ』私が言うと『何を言ってるんですか。そんなこと分かりませんよ』楽しく談笑したことが思い出されます。

松井活氏には前作「舞鶴湾の風」に続き、本書「青春の色彩」が出版となれば『私が批評文を書くから』と、約束をいただいていました。本当に残念です。深く哀悼の意を表するものです。

最後になりましたが、出版をお願いしました株式会社『本の泉社』代表浜田和子様はじめ関係各位にお世話になりました。また、いつも私の要望に快く応じてくださる新谷一男先生と、京都文化後援会に所属されている絵手紙教室主宰の藤本忠正さんに挿絵をお願いしました。装画については、友人で画家の古井三恵子さまに提供して頂きました。心から感謝申し上げます。

二〇二四年三月

菱﨑　博

【参考文献】ヘッセ詩集　高橋健二訳（新潮文庫）

●著者略歴

菱﨑　博（ひしざき　ひろし）

1949年12月３日 京都西三条部落に生まれる。
　　　　　　　　西三条子供会を経て部落解放運動に参加。
1968年３月　　京都洛南高校卒業。
1968年６月　　京都民医連春日診療所勤務
1971年３月　　京都市役所勤務
1997年　　　　部落問題研究所文芸部会参加
2003年　　　　日本民主主義文学会京都支部入会
2007年３月　　京都市役所退職

【執筆活動】
1996年『もうやめへんか同和』（共著）
2002年『西からの夜明け』
2004年『京都新発見』（共著）
以上、京都かもがわ出版
2020年『舞鶴湾の風』（本の泉社）

青春の色彩

2024年4月6日　初版第1刷発行

著　者　菱﨑　博

発行者　浜田和子

発行所　株式会社 本の泉社
〒160-0022 東京都新宿区新宿2-11-7 第33宮庭ビル1004

電話：03-5810-1581　Fax：03-5810-1582

mail@honnoizumi.co.jp ／ http://www.honnoizumi.co.jp
DTP　杵鞭真一

印刷・製本　ティーケー出版印刷

ISBN978-4-7807-2257-4　C0093